ARE YOU MY MOTHER? A Comic Drama

당신 엄마 맞아? 웃기는 연극

앨리슨 벡델 글그림

송섬별 옮김

OOMZICC
PUBLISHER

진정한 당신 자신을 알았던,

내 어머니에게.

어떤 것도 다만 하나가 아니기에.

–버지니아 울프

목차

1 여느 헌신적인 어머니

눅눅한 지하실을 수리하다가 실수로
나오는 길을 막아 버렸다.
쿵쾅! 철컹!
SLAM!
clunk
두려웠다.
거미줄 친 작은 창문을 비집고 나가는
수밖에 없을 듯하다.
!

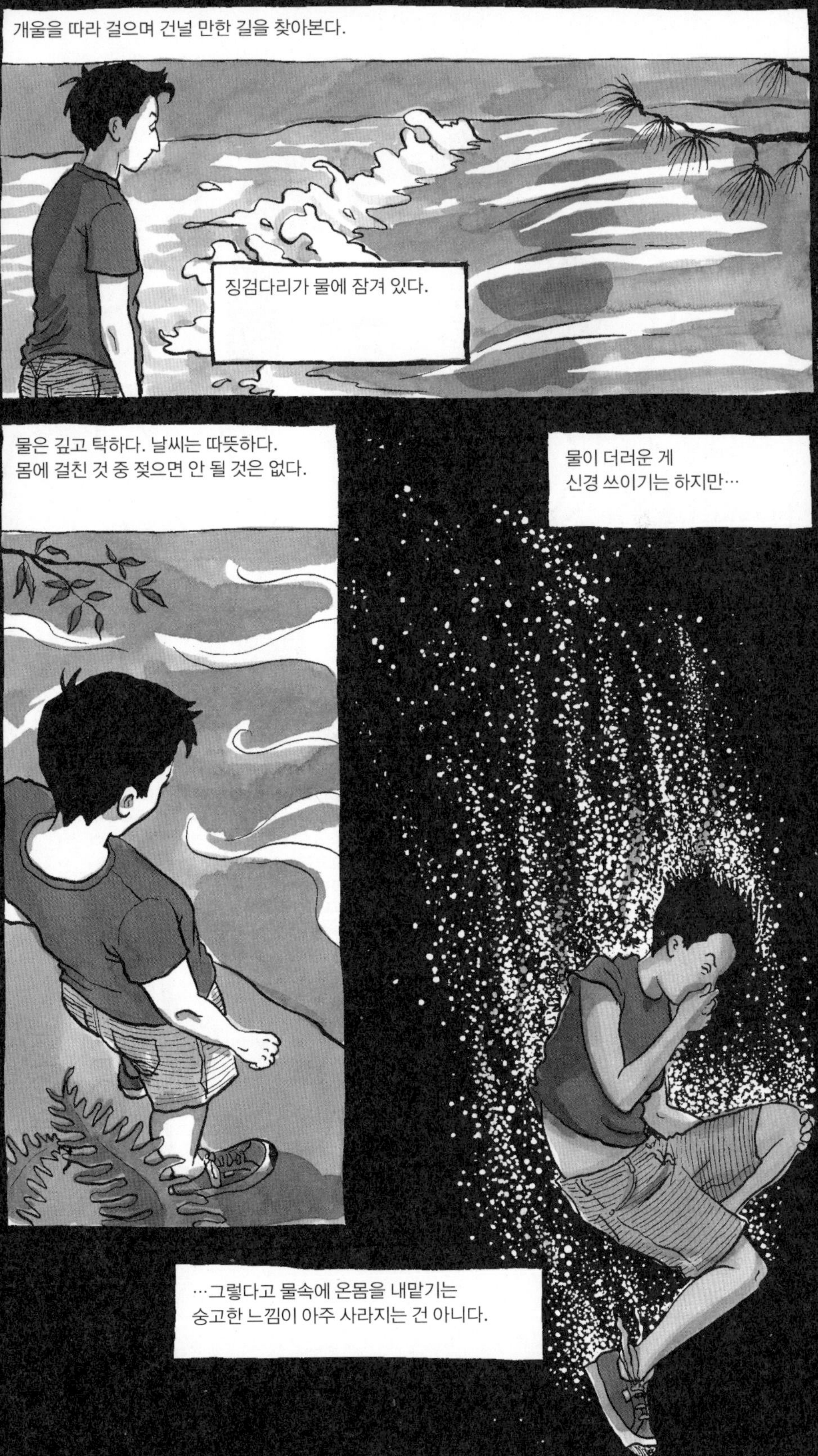
개울을 따라 걸으며 건널 만한 길을 찾아본다.
징검다리가 물에 잠겨 있다.
물은 깊고 탁하다. 날씨는 따뜻하다.
몸에 걸친 것 중 젖으면 안 될 것은 없다.
물이 더러운 게
신경 쓰이기는 하지만…
…그렇다고 물속에 온몸을 내맡기는
숭고한 느낌이 아주 사라지는 건 아니다.

엄마…
이 이야기는 내가 다른 이야기를 시작했던 시점에서 시작한다.
HANH HNNH
개울이 나오는 꿈을 꾼 때는, 아버지에 관한 회고록을 쓴다고 어머니께 미처 말하기 전 시점이었다.
…할 말이 있어요.
엄마, 하고 싶은 말이 있어요.

흠, 흠

꿈이 불러온 감정에 며칠째 사로잡혔다. 죽음의 공간에서 빠져나온 뒤
맹목적인 믿음만 품고 생명력 넘치는 감각의 공간으로 풍덩 뛰어드는 꿈.
그럼 엄마는 '뭐냐?' 하겠지.
그럼 나는…
뭐냐? 앨리슨, 대체 무슨 말을 할 셈이냐?
저 혼자 잘난 줄 아는 유아독존에 제멋대로 앨리슨?
좋아.
난 이렇게 대답하면 돼. '아빠에 관한 책을 쓰고 있어요.'
엄마는 그러겠지. **'뭐어어엇?!!'**
전부터 엄마에게 어려운 얘길 꺼낼
때면 이렇게 미리 연습을 하곤 했다.

십오 년 전, 엄마에게 내가 레즈비언이라고
말할 준비를 했던 때와 비슷한 기분이 됐다.
애초에 엄마한테 왜 얘길 하려는 거지?
그 오 년 전, 생리를 시작했다고 말할
용기를 냈던 때와도 비슷했다.
말을 꺼내기까지 반년이나 걸렸다.
좋아, 엄마는 일단 충격을 받고 '왜?'라고 할 거야.
이 이야기, 엄마에 관한 회고록은 방금 말한 두 개의 장면 중 하나로 시작해도 좋겠다.
어, 그냥 제가 해야 할 일이니까요.
그러면 엄마는 '왜?' 하겠지.
아빠한테 제대로 된 장례식을 치러 주고 싶어요. 진실을 말하고 싶죠.
아니 그보단 이야기의 시작을 더 오래 전,
첫 생리도 하기 전으로 거슬러 올라가 보면
어떨까 생각하다가…
Scranton
진실이라고?
…엄마에 관한 회고록의 진짜 문제는
이야기의 시작이 없다는 점인 걸 깨달았다.
네, 아빠가 양성애자였고 자살했다는 거요. 괜찮으시죠?

(표지판) 스크랜턴

어릴 때 내가 생명의 탄생을 이해한 방식과도 비슷하다. 나는 엄마의 몸속에 있는 난자였고 엄마는 엄마의 엄마 몸속에 있는 난자였고 또 엄마의 엄마는…… 그런 식으로 이어지는,
아찔하도록 끝없는 회귀.
엄마한테 상처 주긴 싫지만 해야 할 일이에요.
ROAD WORK
내가 그 종착점이라고 생각하면 안심된다.
(표지판) 도로 공사 중
재생산을 하려는 욕망이 티끌만큼이나마 있다고 쳐도 나의 난소는 이미 수명을 다했다.
마흔 다섯이 될 때까지 정확한 주기로 반복되던 생리를 엄마에 관한 회고록을 쓰기로 결심한 그 주, 처음으로 건너뛰었다.
(표지판) 갓길 없음
NO SHOULDER
언젠가 엄마도 이해하길 바라요.
물론 내가 이 이야기를 쓰기 시작한 시점은 이야기가 시작되는 시점과는 다르다. 어떤 순간을 살아 내는 동시에…
괜찮네, 가식에다가 선생질까지.
…글로 쓸 순 없는 노릇이니까.
?

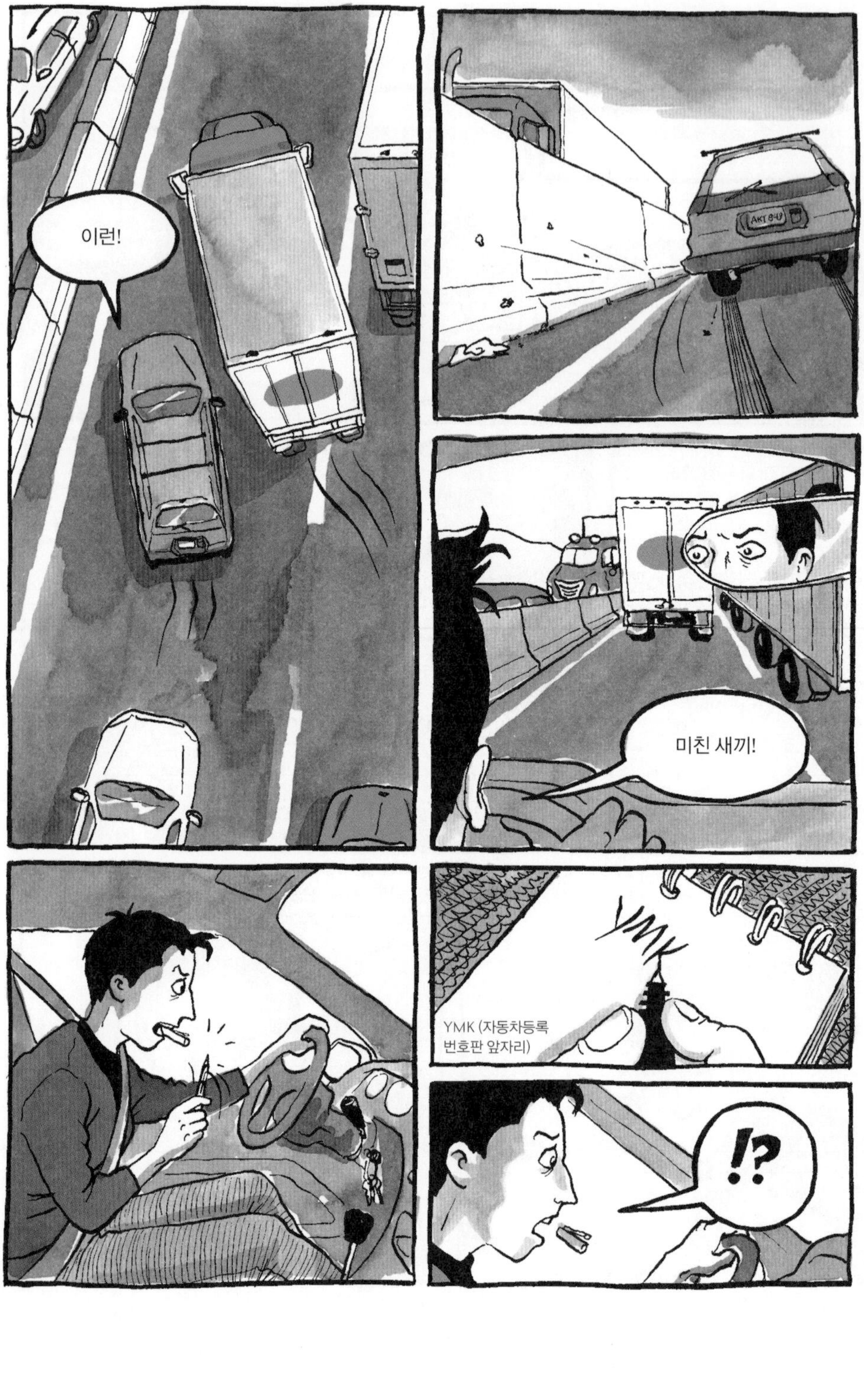
이런!
미친 새끼!
YMK (자동차등록
번호판 앞자리)
!?

아빠를 친 차가
선빔 브레드
트럭이었다.
…아빠가 뛰어들었을
그 트럭.
STROEHMANN
Sunbeam
BREAD
(트럭) 선빔 브레드
의아하리만큼 문학적이고 상징적인 방식으로 죽음을 스치고 나니, 엄마에게 아빠에 관한 회고록 이야기를 하는 것쯤은 상대적으로 별일 아니게 느껴졌다.
며칠 뒤, 엄마와 이런저런 잡다한 일을 하고 돌아오는 길에 그 얘길 꺼냈다.
그러니까 네가 해야 할 일이라는 거냐?
네, 그렇죠.
내가 도와줄 순 없겠다. 네가 알아서 하렴.

전반적인 반응은 기대 이상이었다. 그날 저녁
엄마의 남자친구 밥이 식사를 하러 왔다.
해야 하는 일이라고 하네.
당신은 괜찮고?
난 아무래도 상관없어, 다 까발리든 말든.
십자말풀이나 하러 가야겠다.
은퇴한 정신과 의사인 밥은 내 개울 꿈을 나름대로 해석했다.
물은 보통 창조성을 뜻하잖아. 네 작업에 좋은 일이 있을 모양이다.
그저 네 아빠가 얼마나 지독한 사람이었는지 잔뜩 적힌 분노투성이 책만은 아니길 빈다.
사실 그게 어려운 점이다…
…엄마에 관한 회고록 또한 '분노투성이'라고 엄마가 생각할지도 모른다는 두려움. 또 하나 어려운 점은
이 회고록을 쓰는 지금까지도 엄마와 나 사이의 이야기가 현재 진행 중이라는 점이다.
다니엘 멘델슨이 쓴 회고록에 관한 칼럼이 〈뉴요커〉에 실렸는데 봤니?
잘 썼더라. 그 사람이 널 제치고 상 받았던 사람 맞지?
음… 아뇨.
어… 맞아요.
JANUARY

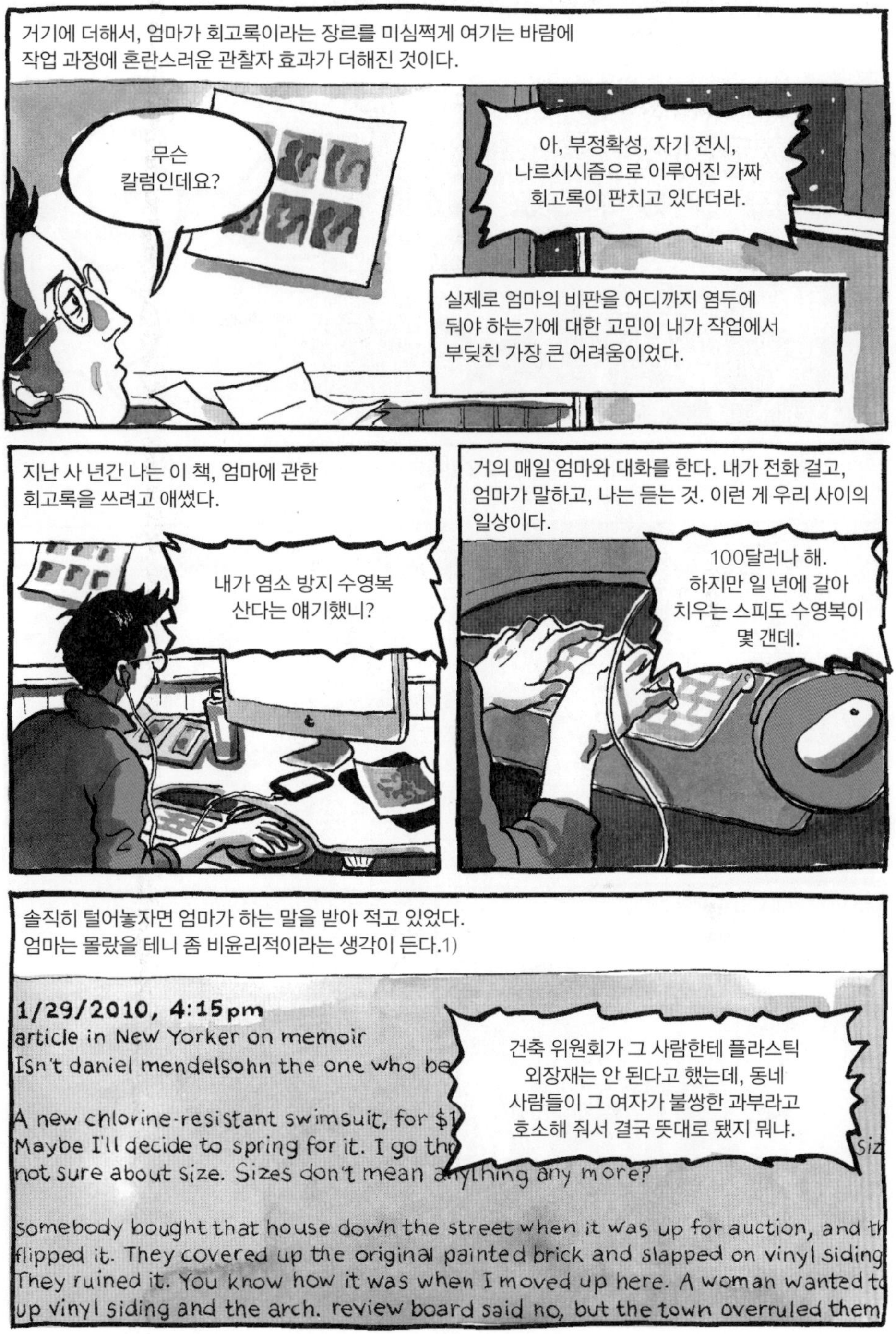
거기에 더해서, 엄마가 회고록이라는 장르를 미심쩍게 여기는 바람에 작업 과정에 혼란스러운 관찰자 효과가 더해진 것이다.
무슨 칼럼인데요?
아, 부정확성, 자기 전시, 나르시시즘으로 이루어진 가짜 회고록이 판치고 있다더라.
실제로 엄마의 비판을 어디까지 염두에 둬야 하는가에 대한 고민이 내가 작업에서 부딪친 가장 큰 어려움이었다.
지난 사 년간 나는 이 책, 엄마에 관한 회고록을 쓰려고 애썼다.
내가 염소 방지 수영복 산다는 얘기했니?
거의 매일 엄마와 대화를 한다. 내가 전화 걸고, 엄마가 말하고, 나는 듣는 것. 이런 게 우리 사이의 일상이다.
100달러나 해. 하지만 일 년에 갈아 치우는 스피도 수영복이 몇 갠데.
솔직히 털어놓자면 엄마가 하는 말을 받아 적고 있었다. 엄마는 몰랐을 테니 좀 비윤리적이라는 생각이 든다.1)
1/29/2010, 4:15pm
article in New Yorker on memoir
Isn't daniel mendelsohn the one who be
A new chlorine-resistant swimsuit, for $1
Maybe I'll decide to spring for it. I go th
not sure about size. Sizes don't mean anything any more?
somebody bought that house down the street when it was up for auction, and th
flipped it. They covered up the original painted brick and slapped on vinyl siding
They ruined it. You know how it was when I moved up here. A woman wanted to
up vinyl siding and the arch. review board said no, but the town overruled them
건축 위원회가 그 사람한테 플라스틱 외장재는 안 된다고 했는데, 동네 사람들이 그 여자가 불쌍한 과부라고 호소해 줘서 결국 뜻대로 됐지 뭐냐.

1) **2010년 1월 29일 오후 4시 15분**
뉴요커에 실린 회고록 칼럼
다니엘 멘델슨이 너를 제치고 상 받은 /
100달러짜리 염소 방지 수영복 /
그래도 살 생각이다 / 사이즈는 모르겠다,
이제 와서 사이즈가 무슨 소용이겠니?
우리 동네에 있는 그 집이 경매에 나와서
누가 샀단다. 벽돌에다 페인트를 칠하고
외벽을 플라스틱 외장재로 덮었는데 흉하기
짝이 없구나. 어떤 여자가 외장재와 아치에
플라스틱을 쓴다는 걸 건축 위원회가
반대했는데 주민들이 우겨서 /

그래도 나는 엄마의 목소리, 구체적인 단어 사용,
무표정으로 구사하는 유머를 포착하고 싶다.
내 스스로 이를 되살리긴 어려울 것 같아서다.
똑같이 가난한 과부인데, 나는 무슨 죄로 그런 흉물을 보고 살아야 하니?
나는 엄마가 하는 말을 받아 적느라 엄마 말을
제대로 알아듣지도 못한다.
음… 어.
엄마가 일기 쓰듯이 내게 아무 말을 쏟아 내는 걸 몰랐다면 좀 더 양심의 가책을 느꼈을지 모르겠다.
엄마는 늘 일기를 썼다. 엄마는 단순히 그날 한 일을 기록하는 거라고 우겼다. 내적 경험이 아닌
외적 경험의 기록이라고.
나 역시 엄마처럼 인생의 기록을
남기려는 욕구가 있다.
엄마는 그날 한 일을 당신의 일기(journal)에
기록하고 또 매일 다른 저널(journal)을 읽기도
한다. 〈뉴욕 타임스〉다.
나갈 일이 있거든 오늘 자 신문 좀 사다 주렴.

온라인 신문 말고 종이 신문 말이다.
눈보라 때문에 신문 배달이 안 돼서 이 동네에선 아무도 못 받았어.
오늘 자 〈뉴욕 타임스〉를 버몬트에서 펜실베이니아까지 보내 달라고요?
그래, 나 강박증인 거 안다. 그렇지만 소식도, 퍼즐도 놓치기 싫단 말이지.
가끔 버지니아 울프의 일기 한 구절을 떠올린다. '정말 부끄러운 실수다! 아무것도 쓰지 못하는 바람에 인생의 열 하루가 기록되지 않은 채 수도꼭지의 물처럼 흘러 사라져 버렸다.'
나는 어린 시절부터 일기를 썼다. 내가 강박 장애로 일기 쓰는 데 너무 오랜 시간을 들이자 엄마가 내 침대에 앉아 내 말을 받아써 주기도 했다.
엄마가 대리 교사로 학교에 왔다. 메리 조가 연애 테스트를 가져와서 같이 버스 안에서 풀어 봤다.
엄마의 온전한 관심을 받는 건 드문 일이었다. 사실 벌새를 꾀어 손가락에 앉히는 것만큼 기적적인 일이었다.
많이 풀지는 못했다. 피아노 레슨을 받으러 갔다. 바흐의 미뉴에트를 쳤다.
엄마는 내 말에 귀를 기울였다. 내가 하는 모든 말을 다 받아 적었다.
그럴 때면 마음이 차분하게 누그러졌다.

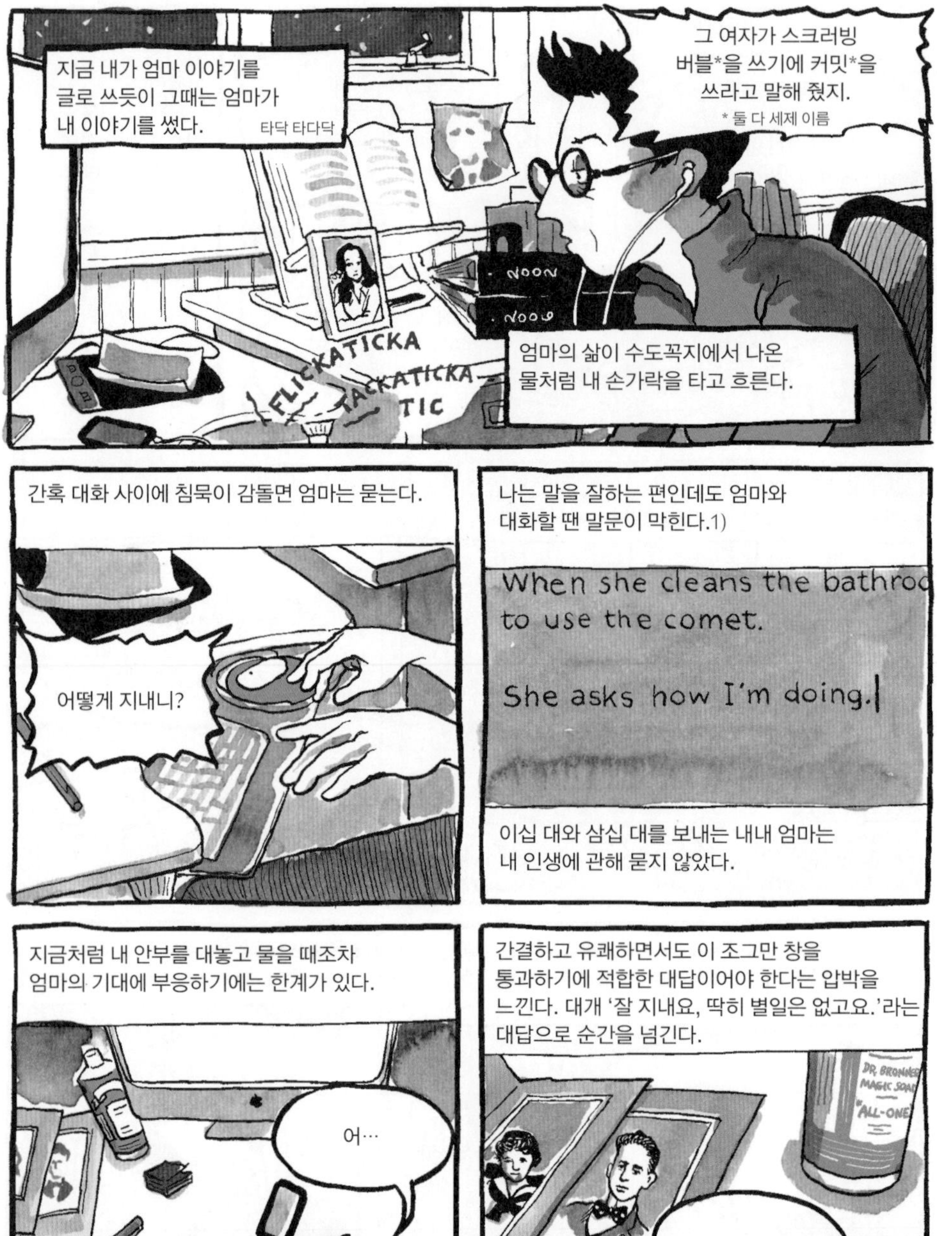
지금 내가 엄마 이야기를
글로 쓰듯이 그때는 엄마가
내 이야기를 썼다.
타닥 타다닥
그 여자가 스크러빙
버블*을 쓰기에 커밋*을
쓰라고 말해 줬지.
* 둘 다 세제 이름
FLICKATICKA
TACKATICKA
TIC
엄마의 삶이 수도꼭지에서 나온
물처럼 내 손가락을 타고 흐른다.
간혹 대화 사이에 침묵이 감돌면 엄마는 묻는다.
어떻게 지내니?
나는 말을 잘하는 편인데도 엄마와
대화할 땐 말문이 막힌다.1)
When she cleans the bathro
to use the comet.
She asks how I'm doing.
이십 대와 삼십 대를 보내는 내내 엄마는
내 인생에 관해 묻지 않았다.
지금처럼 내 안부를 대놓고 물을 때조차
엄마의 기대에 부응하기에는 한계가 있다.
어…
간결하고 유쾌하면서도 이 조그만 창을
통과하기에 적합한 대답이어야 한다는 압박을
느낀다. 대개 '잘 지내요, 딱히 별일은 없고요.'라는
대답으로 순간을 넘긴다.
저는…

1) 욕실을 청소할 때 /
커밋을 쓰라고 /
내가 어떻게 지내냐고 묻는다.

하지만 내가 적극적으로 뛰어들지 않는 한 엄마가 대화를 독점한다고 불평해서는 안 된다.
그래서 오늘처럼 한 발짝 더 나아가 보기도 한다.
책을 처음부터 다시 써야겠어요.
뭐라고?!
새로 시작하려고요, 뭔가… 중요한 이야길 두고 변죽만 울리는 것 같아서요.
하!
엄마는 다 안다는 듯이 웃는다.
쓰고 싶은 게 뭔지는 묻지 않는다.
너무 이것저것 집어넣으려 하나 보군!
엄마는 내가 이 책에 나와 엄마의 관계를 그리는 걸 안다. 책에 대해 아버지에 관한 회고록과
대강 비슷한 느낌을 받는 것 같다—체념이랄까.
순서를 잘못 읽었구나. 쪽 번호가 어떻게 되는 건지 모르겠다. 다시 봐야겠어.
근래에 엄마한테 첫 장이라고 생각한 부분을 보냈다.
크리스마스에 엄마 집에 갔을 때 우리는 이 주제로
3분 정도 이야기를 나눴다.

첫 장은 자아와 욕망에 관한 복잡하고 추상적인 이야기로 엄마에 대한 언급은 거의 없었다.
앨리슨, 그냥 쓰고 싶은 대로 써.
지친 말투였지만 퉁명스럽지는 않았다. 마치 이렇게 말하는 것처럼 들렸다. '내 얘길 꼭 써야 한다면 쓰되 나한테 허락을 구하지는 마.'
고마워요.
엄마의 복합적인 격려를 받은 지 이틀 뒤, 십 년 전 꾸었던 개울 꿈을 연상시키는 꿈을 꿨다. 이번에는 나름대로 장비도 갖추고 있었다.
나는 동굴 속 웅덩이에 있었다.
물에 뛰어들어 동굴 벽 아래로 헤엄쳐야 밖으로 나갈 수 있었다. 동굴 벽 너머가 바깥이었다.
분명 할 수 있으리라는 생각이 드는 동시에 물밑에서 나오지 못할까 봐 겁이 났다. 나는 한참을 뭉그적거리며 물이 새어 들어가지 않도록 고글을 고쳐 썼다.
그러다 드디어 물에 뛰어들기로 하는 순간…
…잠에서 깼다.
나는 지난번 꿈과 마찬가지로 이 꿈을 좋은 징조, 내 글이 잘 풀릴 거라는 암시로 받아들였다.

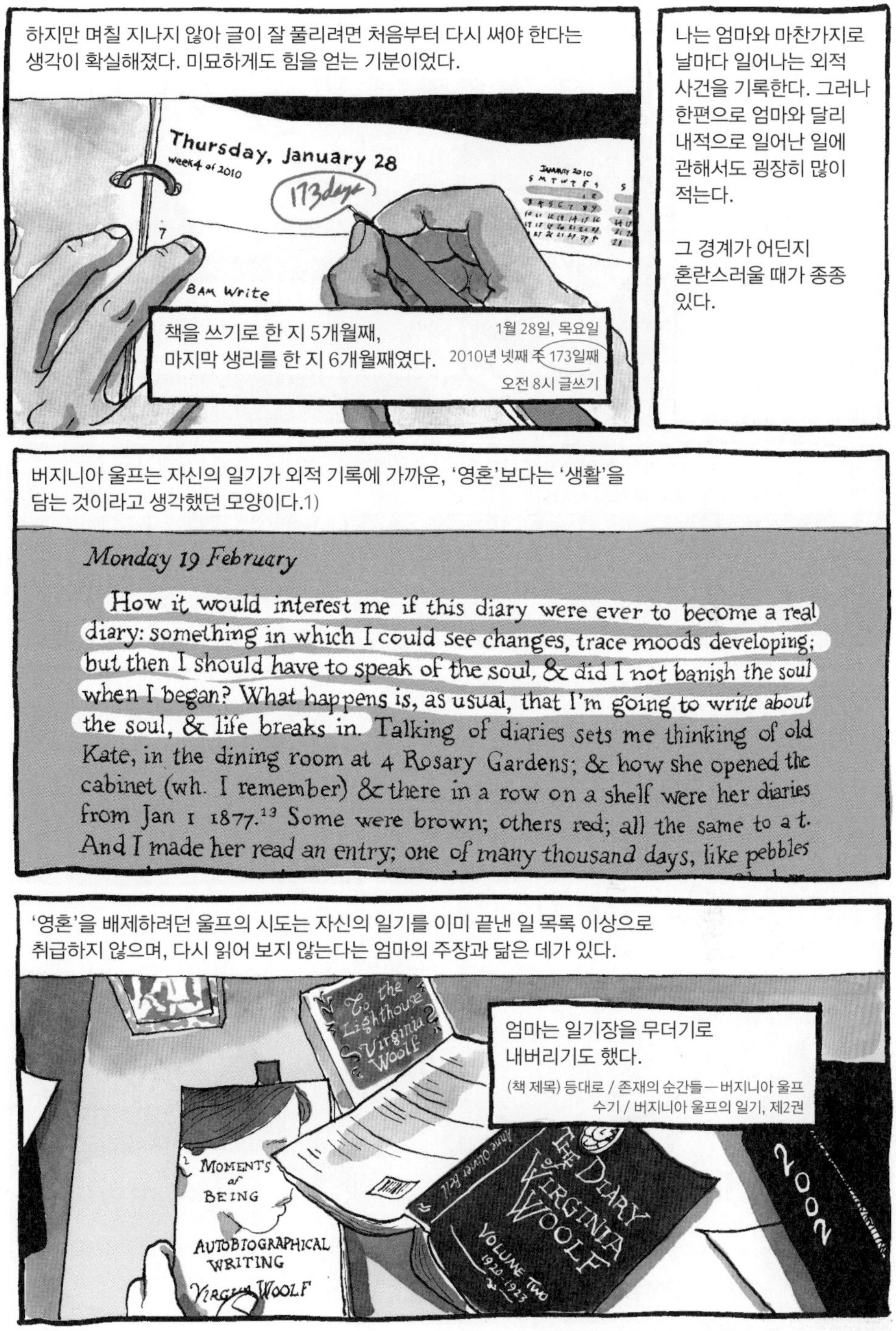
하지만 며칠 지나지 않아 글이 잘 풀리려면 처음부터 다시 써야 한다는 생각이 확실해졌다. 미묘하게도 힘을 얻는 기분이었다.
Thursday, January 28
week 4 of 2010
173 days
8AM Write
책을 쓰기로 한 지 5개월째, 마지막 생리를 한 지 6개월째였다.
1월 28일, 목요일
2010년 넷째 주 173일째
오전 8시 글쓰기
나는 엄마와 마찬가지로 날마다 일어나는 외적 사건을 기록한다. 그러나 한편으로 엄마와 달리 내적으로 일어난 일에 관해서도 굉장히 많이 적는다.
그 경계가 어딘지 혼란스러울 때가 종종 있다.
버지니아 울프는 자신의 일기가 외적 기록에 가까운, '영혼'보다는 '생활'을 담는 것이라고 생각했던 모양이다.1)
Monday 19 February
How it would interest me if this diary were ever to become a real diary: something in which I could see changes, trace moods developing; but then I should have to speak of the soul, & did I not banish the soul when I began? What happens is, as usual, that I'm going to write about the soul, & life breaks in. Talking of diaries sets me thinking of old Kate, in the dining room at 4 Rosary Gardens; & how she opened the cabinet (wh. I remember) & there in a row on a shelf were her diaries from Jan 1 1877.13 Some were brown; others red; all the same to a t. And I made her read an entry; one of many thousand days, like pebbles
'영혼'을 배제하려던 울프의 시도는 자신의 일기를 이미 끝낸 일 목록 이상으로 취급하지 않으며, 다시 읽어 보지 않는다는 엄마의 주장과 닮은 데가 있다.
To the Lighthouse Virginia Woolf
엄마는 일기장을 무더기로 내버리기도 했다.
(책 제목) 등대로 / 존재의 순간들—버지니아 울프 수기 / 버지니아 울프의 일기, 제2권
MOMENTS of BEING
AUTOBIOGRAPHICAL WRITING
VIRGINIA WOOLF
THE DIARY of VIRGINIA WOOLF
VOLUME TWO 1920-1923
2002

1) 2월 19일 월요일
이 일기는 진짜 일기가 될 수 있을까 궁금하다. 변화를 확인하고 기분의 전개를 추적할 수 있는 기록 말이다. 그러기 위해서는 영혼에 관해 이야기해야 하는데, 애초부터 영혼은 배제하려던 게 아니었나? 언제나 그랬듯이 영혼에 대해 쓰고자 해도 생활이 끼어든다. 일기에 대해 쓰다 보면 장미 가든 4번지 식당에서의 늙은 케이트, 케이트가 캐비닛을 열던 것(나의 기억), 선반 위에 1877년 1월 1일부터의 일기장이 나란히 늘어서 있던 것이 기억난다. 몇 권은 갈색이고 빨간색도 있었는데, 모양은 같았다. 내가 한 편 읽어 달라고 했다. 조약돌처럼 무수한 나날들 속에서……

나는 엄마의 말들이 사실이라고 믿는다.

하지만 엄마의 말투에는 나를 은근히 비난하는 느낌이 있다. 마치 나의 자의식 과잉을 당신의 자의식 없음과 비교하는 듯하다.

물론 이 생각 또한 내 자의식 과잉의 증거일 뿐이다. 엄마는 아마 그런 생각을 하지 않았을 것이다.

사실 엄마가 나를 염두에 두고 있으리라고 생각하는 것 자체가 좀 애잔한 감이 있다.

엄마의 의식 속 나보다 내 의식 속 엄마의 존재가 훨씬 크다. 버지니아 울프는 자신이 열세 살 때 사망한 어머니의 존재에 마흔네 살 때까지 사로잡혔다고 쓴 바 있다.1)

when I was thirteen, until I was forty-four. Then one day walking round Tavistock Square I made up, as I sometimes make up my books, *To the Lighthouse*; in a great, apparently involuntary, rush.
One thing burst into another. Blowing bubbles out of a pipe

울프가 그 걸작을 짜증 날 정도로 빨리 구상했다는 사실은 일단 넘어가자.
중요한 것은 다음 구절이다.2)

when it was written, I ceased to be obsessed by my mother. I no longer hear her voice; I do not see her. I suppose that I did for myself what psycho-analysts do for their patients. I expressed some very long felt and deeply felt emotion. And in expressing it I explained it and then laid it to rest. But what is

성인이 된 이래 나는 거의 항상 심리 치료를 받아 왔지만, 엄마에 대한 강렬한 감정을 내려놓지 못했다.

제 인생은 엉망진창이에요. 안정된 연애를 못한 지 팔 년이 됐고…

자꾸 다른 사람에게 끌리곤 해요.

지금의 상담사 캐롤을 만난 지는 십 년째다.

아버지의 자살을 다룬 회고록을 쓰고 있는데 한 문장을 쓸 때마다 두 문장씩 지워요.

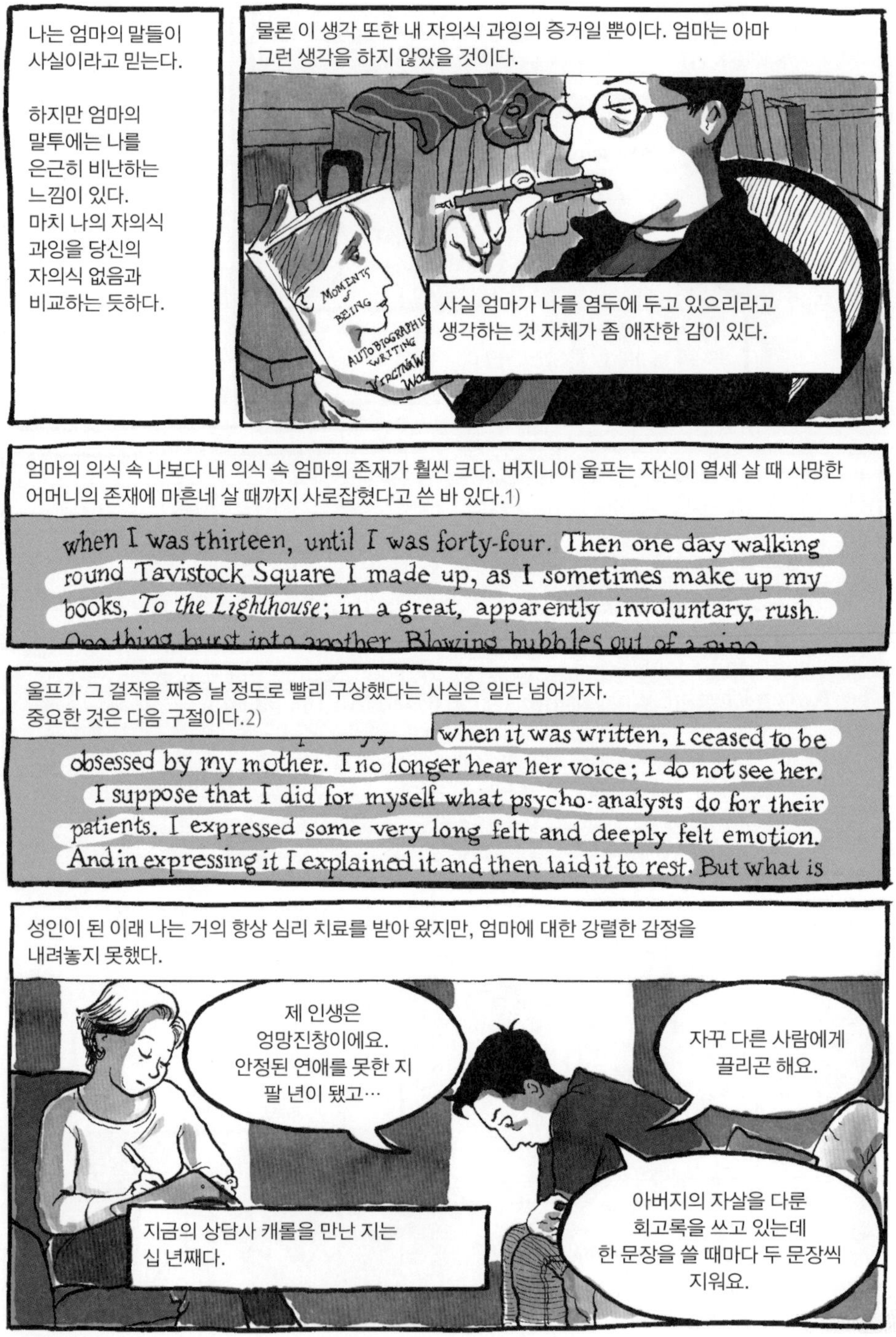

1) 내가 열세 살일 때부터 마흔네 살이 될 때까지 산책하다가 다른 책들을 구상했던 때와 마찬가지로 나도 모르게 불현듯 〈등대로〉를 구상했다.

2) 그 책을 쓰고부터 더는 어머니에게 사로잡히지 않았다. 더는 어머니의 목소리가 들리지도, 어머니가 보이지도 않았다. 나는 정신 분석가들이 환자에게 하는 일을 나 자신에게 했던 것 같다. 오랫동안

강렬하게 느낀 감정을 표현했다. 그리고 감정을 표현함으로써 그 감정을 설명한 뒤 내려놓았다.

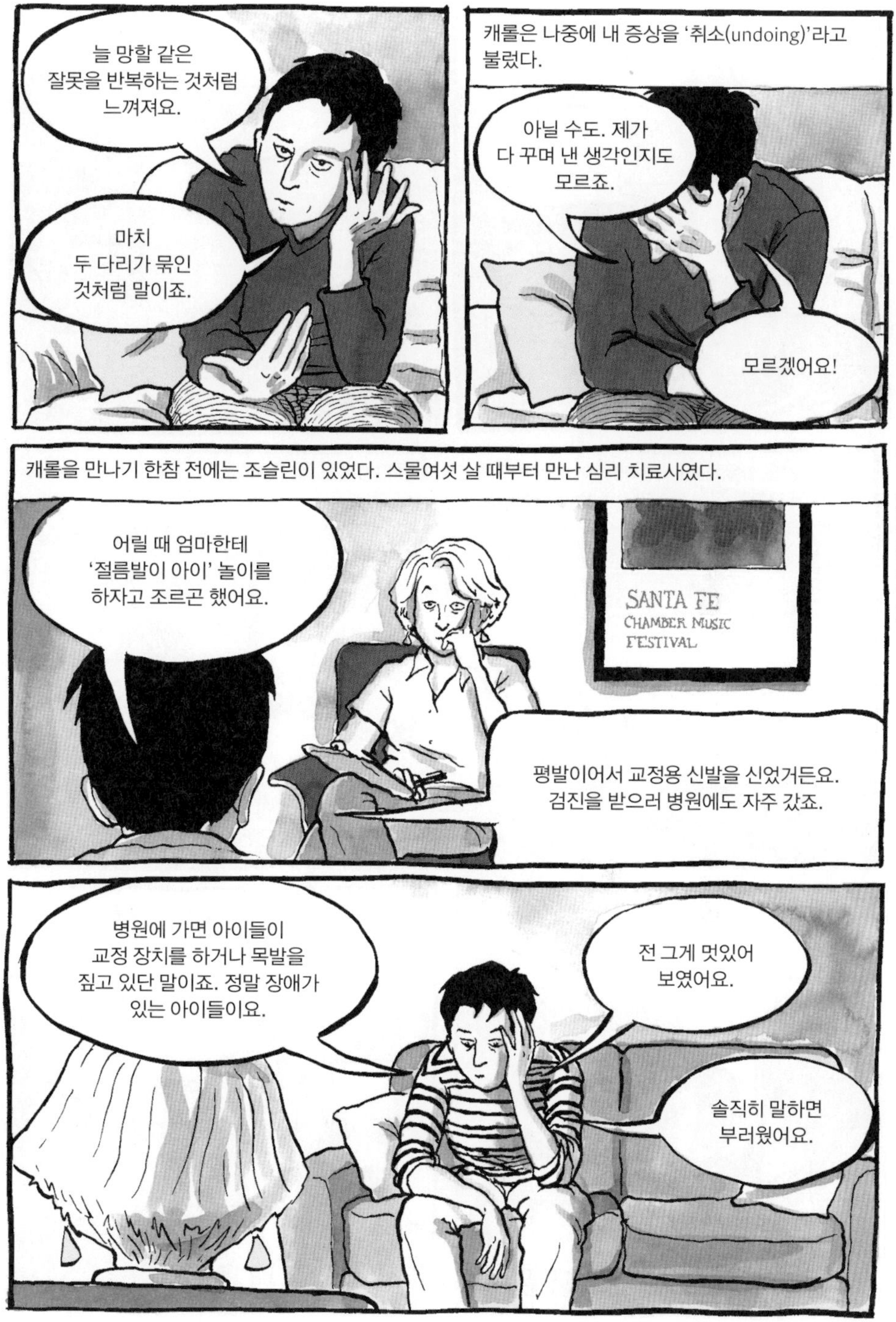
늘 망할 같은 잘못을 반복하는 것처럼 느껴져요.
마치 두 다리가 묶인 것처럼 말이죠.
캐롤은 나중에 내 증상을 '취소(undoing)'라고 불렀다.
아닐 수도. 제가 다 꾸며 낸 생각인지도 모르죠.
모르겠어요!
캐롤을 만나기 한참 전에는 조슬린이 있었다. 스물여섯 살 때부터 만난 심리 치료사였다.
어릴 때 엄마한테 '절름발이 아이' 놀이를 하자고 조르곤 했어요.
SANTA FE CHAMBER MUSIC FESTIVAL
평발이어서 교정용 신발을 신었거든요. 검진을 받으러 병원에도 자주 갔죠.
병원에 가면 아이들이 교정 장치를 하거나 목발을 짚고 있단 말이죠. 정말 장애가 있는 아이들이요.
전 그게 멋있어 보였어요.
솔직히 말하면 부러웠어요.

(포스터) 산타페 실내악 축제

내가 '절름발이' 아이인 척하면 엄마는
장단을 맞춰 줬다.
이 목발을 짚으렴.
재밌었죠. 내가 상상을 하면 엄마도 함께 해 줬거든요.
첫 이 년간은 카우치(couch)*에 앉아 심리 치료를 받았지만 나중에는 눕게 됐다.
그사이에 캐롤이 정신 분석가가 되었기 때문이다.
내가 왜 여기 누워 있죠?
분석과 치료는 여러모로 다른데, 앉는 것과
눕는 것의 차이는 특히 컸다.
작업을 해야 해요.
이론에 의하면 내담자가 정신 분석가를
볼 수 없는 자세로 누워 있을 때 무의식에
더 빨리 접근할 수 있다는 것이다.
그놈의 책을 절대 끝낼 수 없을 거예요.

* 상담용 소파 혹은 긴 안락의자. 프로이트가 고안한 최초의 정신 분석 기법에서 환자를 카우치에 눕히고 신행했던 데에 기인해 '정신 분석'을 상징하는 단어로도 쓰임. 정확한 의미를 살리기 위해 원어를 살려 표기함.

심리 치료는 보통 단기간에 이루어지며 증상 완화에 더 집중하지만,
정신 분석은 문제의 밑바닥까지 서서히 접근한다.
창조적 투쟁을 하는 건지, 폐경기가 와서 기분이 오락가락하는 건지 모르겠어요.
정신 분석가는 이를 위해 자기 자신을 상대로 반드시 분석 훈련을 거쳐야 한다.
회고록 쓰기에 오랜 시간이 걸린 이유는 내가 카우치의 안팎에서 정신 분석가가 환자에게 하는 일이 대체 뭔지 알아내려고 했기 때문이다.
특히 영국의 정신 분석가이자 소아과 전문의였던 도널드 위니캇의 작업을 공부했다.
게다가 위니캇을 어디 집어넣어야 할지도 모르겠고요.
위니캇의 신기하고 매혹적인 이론을 조금이나마 이해하는 데만도 몇 년이 걸렸다.
위니캇의 어떤 면에 그토록 이끌리는 걸까요?
그 사람이 우리 엄마였으면 좋겠어요.

위니캇은 대상관계이론의 개척자 중 한 사람이다.
프로이트는 개인을 고립된 존재, 원초적이며 본능적인 욕망을 충족하고자 하는 에고(ego)로 보았다.
반면 위니캇은 '아기 같은 것은 존재하지 않는다.'는 유명한 말을 남겼다.
mother
'아기를 보여 준다는 것은 이 아기를 보살피는 사람 역시 보여 주는 것이다.'
위니캇은 엄마와 아기의 관계에서처럼 정신 분석가와 환자 사이에 일어나는 상호 작용의 인식 체계에 집중했다.
therapists
Jocelyn
A*
B
C
D
Carol
25
age
30
35
40
45
50
그는 환자를 분석한 경험을 활용해 신생아의 신비로운 정신적 삶을 파헤쳤다. 또한 우리가 사물과 관계 맺는 방식은 물론 알고 보면 외부 세계 전체와 관계 맺는 방식까지 신생아 때 결정된다는 것을 밝혀냈다.
romantic attachments
Eloise
Diane
Y
Amy
Z
Holly
Donna
하지만 위니캇은 개인의 발달이 입에서 '가!'라는 말을 처음 뱉는 순간부터 노령으로 사망하는 순간까지라는 열정적인 믿음 또한 갖고 있었다.
그 자신의 삶 역시도 자기를 세계 안에 선명한 방식으로 끊임없이 펼친 한 예라 할 수 있다.
* 알파벳으로 표시한 인물들은 이 책에 등장하지 않음.

어째서 그가
당신 어머니이길
바랄까요?
모르겠어요.
확실한 건 만약
위니캇이 우리
엄마였다면 내가
이 책으로 괴로울
일이 없었을 거란
사실이죠.
제가 쓸모를 좀
발휘했겠죠.
문제는 엄마 생각에서
벗어나야 이 책을 쓸 수
있을 것 같은데 말이죠.
엄마 생각에서 벗어나기
위해서는 책을 쓰는
수밖에 없단 거예요.
역설(paradox)
이에요.
엄마의 정교하고 무감하며 고상하고 부사 따위로
꾸미지 않은, 편집자스러운 목소리가 내 뇌리를
떠나지 않는다.
아니면
딜레마일지도.
모르겠어요.
아무것도
모르겠어요.
태비스톡 광장을 걷던 버지니아 울프에게
불현듯 찾아왔다던 언어와 이미지의 급류가
어찌나 부럽던지.

1924년 10월부터 다음해 봄 사이 언제쯤이었을 것이다.
버지니아 울프는 한번도 정신 분석을 받아 본 적이 없었지만 남동생 아드리안은 정신 분석을 받았다.
버지니아는 여동생에게 보낸 편지에 다소 경멸하는 투로 이렇게 썼다. “분석의의 표현에 따르자면, ‘그 애의 비극’은 전부 우리의 행동 때문이래. 어린 시절 억압을 받았다는 거지.”
울프는 그 뒤 십 년, 어쩌면 더 오랜 세월이 지나고서야 프로이트의 저작을 읽었다.
남편 레너드와 함께 만든 호가스 출판사에서 프로이트의 논문집이 그즈음 출판되었는데도 말이다.
버지니아의 가까운 친구였던 리튼의 형 제임스 스트레이치와 형수 앨릭스 스트레이치가 번역을 했다.

GENERAL
제임스 스트레이치는 프로이트에게 정신 분석을 받은 경험이 있는, 이웃한 고든 스퀘어에서 수련 중이던 정신 분석가였다.
여기서 그의 환자 중 한 사람이 등장한다. 젊은 소아과 전문의였다.
도널드 우즈 위니캇은 두 군데 종합 병원에서 일했고 할리 스트리트에서 개인 병원을 운영했다.
그가 퀸즈 종합 병원에서 퇴근했다고 치면 아마 베스널 그린에서 지하철을 탔을 것이다.
아니, 1925년에는 베스널 그린 역이 없었으니까 리버풀 스트리트까지 걸어가서 킹스 크로스 역에서 지하철을 탔다고 하자.
CRESCENT
EUSTON
KING'S CROSS ST PANCRAS
EUSTON SQUARE
RUSSELL SQUARE
WARREN ST
GOODGE ST
BRITISH MUSEUM
CHANCERY LANE
ALDERSGATE
OLD STREET
LIVERPOOL STREET
TOTTENHAM COURT RD
POST OFFICE
HOLBORN
ALDWYCH
MANSION HOUSE
BANK
ALDGATE
LEICESTER SQUARE
COVENT GARDEN
BLACKFRIARS
TEMPLE
CHARING CROSS
CANNON STREET
MONUMENT
LONDON BRIDGE
TRAFALGAR
WATERLOO

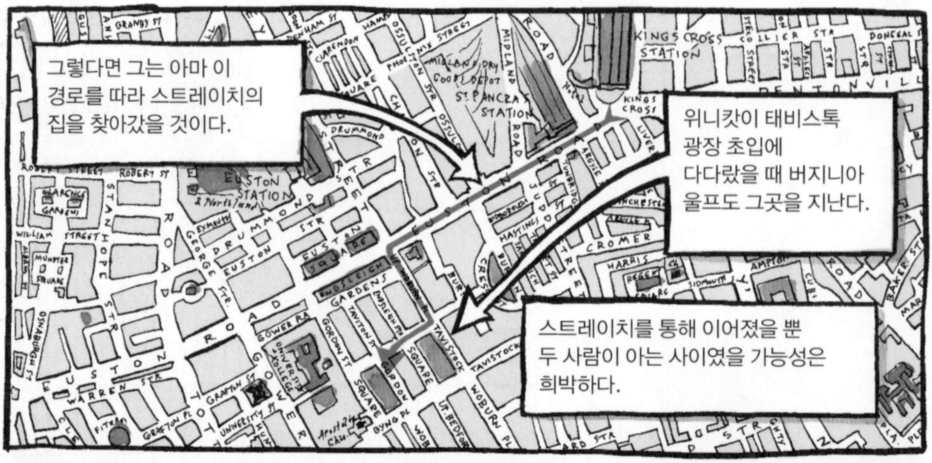
그렇다면 그는 아마 이
경로를 따라 스트레이치의
집을 찾아갔을 것이다.
위니캇이 태비스톡
광장 초입에
다다랐을 때 버지니아
울프도 그곳을 지난다.
스트레이치를 통해 이어졌을 뿐
두 사람이 아는 사이였을 가능성은
희박하다.
KINGS CROSS STATION
ST. PANCRAS STATION
EUSTON STATION
EUSTON ROAD
TAVISTOCK SQUARE
GORDON SQUARE

상인의 아들인 도널드는 스물아홉 살로, 스트레이치가 속한
교양 있는 블룸즈버리 지식인들의 세계에 경도되어 있다.
그 세계의 중심에
있던 버지니아
울프는 중년에
접어들며 널리
알려졌다.
위니캇의 책 역시 호가스 출판사를 통해 출판되지만,
버지니아가 죽고 한참 시간이 흐른 뒤의 일이다.

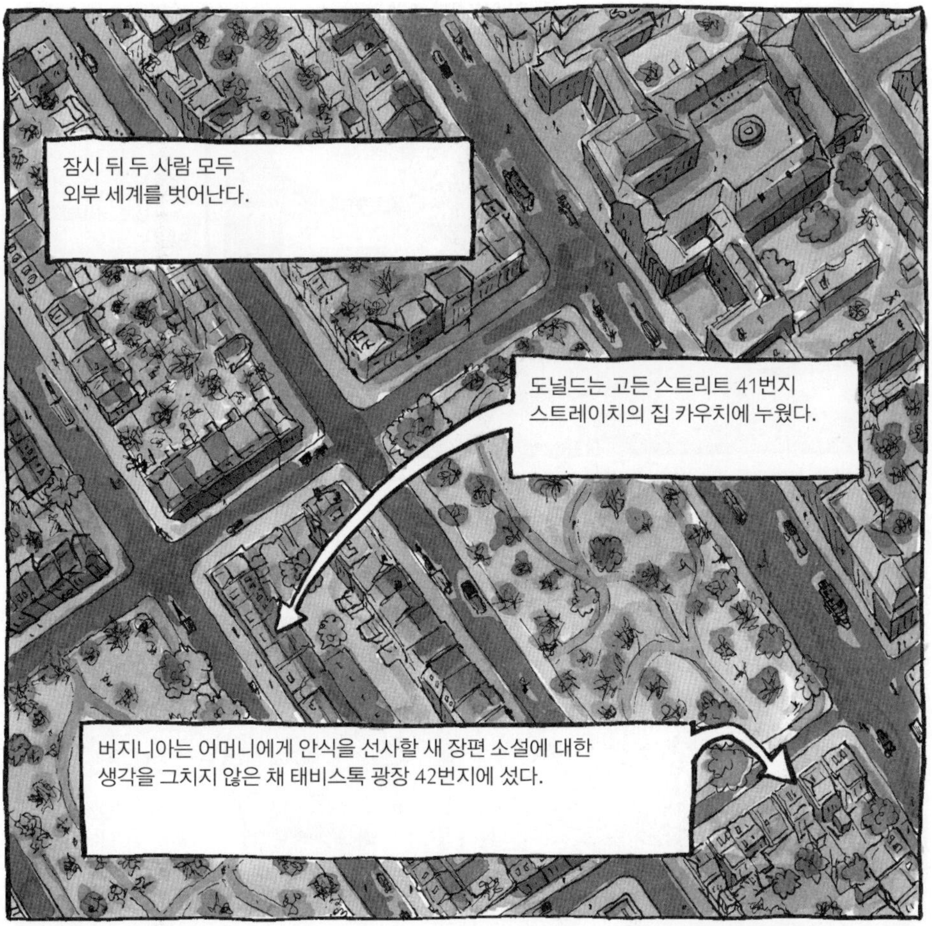
잠시 뒤 두 사람 모두
외부 세계를 벗어난다.
도널드는 고든 스트리트 41번지
스트레이치의 집 카우치에 누웠다.
버지니아는 어머니에게 안식을 선사할 새 장편 소설에 대한
생각을 그치지 않은 채 태비스톡 광장 42번지에 섰다.

도널드 역시 어머니 생각을 하고 있었을 가능성이 높다. 그의 어머니 역시 갓 세상을 떠났거나
1925년이 끝나기 전에 세상을 떠날 것이었다. 정확한 날짜는 찾지 못했다.
어머니가 곰 가죽을 뒤집어썼어요. 어머니의 남근이 튀어나오더니 나를 거세했죠.
이건 위니캇이 실제로 꾼 꿈이다. 작은 픽션을 집어넣는 것이 내게 즐거움을 주지만, 울프가 1923년
〈댈러웨이 부인〉을 쓰는 동안 남긴 일기의 구절처럼 '가능한 한 사실에 매달릴 것'의 필요성을 느낀다.

나의 궁극적인 관심사는 픽션이 아니다. 나는 이야기를 지어낼 수 없다. 아니, 정확하게는 실제로 일어난 일에 대한 이야기만을 지을 수 있다.
책을 다시 써야겠어요.
뭐라구?!
처음부터 다시 시작해야겠어요.
한번은 엄마가, 아빠에 대한 책이 픽션이었더라면 더 좋았을 거라고 했다. 픽션이라면 자서전처럼 우리 가족을 드러내지 않아도 됐을 테니까.
나는 이 책의 중요성이 진실이란 점에 있다고 설명했다. 게다가 내가 픽션으로 만들었어도, 사람들이 자전적인 이야기라는 걸 짐작했을 거라고.
하! 너, 또 이것저것 집어넣으려고!
엄마는 내 이야기에 꿈쩍도 하지 않았다. 물론 〈등대로〉는 픽션임에도 불구하고 자전적인 이야기에 무겁게 뿌리내리고 있다.
그러게요. 이야기가 있어야 하죠.
버지니아 울프는 일기에서 '생활'과 '영혼'을 구분했듯이 자서전을 쓰는 데서도 '두 가지 종류의 진실'을 구분했다.
그래, 사람들은 서사를 중시하지.
하지만 그 이야기의 갈피가 잡히지 않네요.
'자서전 작가는 알려진 사실을 전적으로, 완전하게, 정확하게, 의견을 덧붙이지 않고 써야 한다. 그런 다음 삶을 마치 픽션처럼 써야 한다.'

〈등대로〉에 등장하는 인물인 릴리 브리스코는 램지 부부가 아이들과 공놀이하는 것을 보다가 잠깐의 상념에 잠긴다.1)
ing catches. And suddenly the meaning which, for no reason at all, as perhaps they are stepping out of the Tube or ringing a doorbell, descends on people, making them symbolical, making them representative, came upon them, and made them in the dusk standing, looking, the symbols of marriage, husband and wife. Then, after an instant, the symbolical outline which transcended the real figures sank down again, and they became, as they met them, Mr. and Mrs. Ramsay watching the children throwing catches. But still for a mo-
울프에게 있어 픽션이 도달할 수 있는 가치란 그저 '실제 인물'을 뛰어넘는 '상징적인' 속성인 듯싶다. 사실보다 더 심오한 진실 말이다.
그래서 울프는 논픽션인 어머니를 '분명하게 묘사하기 어렵다'고 했다. 실제로 그녀의 어머니는 깜짝 놀랄 만큼 아름다웠다.2)
But apart from her beauty, if the two can be separated, what was she herself like? Very quick; very direct; practical; and amusing. I say at once offhand. She could be sharp, she disliked affectation. "If
이 모든 말은 나의 엄마를 묘사할 때도 똑같이 쓸 수 있다.
이야기의 갈피가 잡히지 않아요.
요즘 실비아 플라스의 일기를 읽고 있단다. 자기 머리를 오븐에 집어넣었지.
(책 표지) 실비아 플라스 / 뉴요커

1) 그리고 문득 아무런 이유도 없이 지하철에서 나오거나 초인종을 누르는 순간 사람들에게 깃들며 이들을 상징적이며 전형적인 존재로 만드는 의미는 어스름 속에 선 두 사람에게 내려앉아 이들을 결혼의 상징, 남편과 아내의 상징으로 만들었다. 찰나가 흐른 다음 순간 실제 인물을 초월하는 이 상징적 윤곽이 다시금 가라앉으면서 이들은 아까 만났던 것과 같은, 아이들과 공놀이하고 있는 램지 씨와 램지 부인이 되었다.

2) 그러나 아름다움과 별개로, 어머니와 아름다움을 분리할 수 있다고 전제할 때 어머니 자체는 어떤 사람이었던가? 몹시 날렵하고, 직설적이며, 현실적이고, 재미있는 사람이었다. 가감 없이 표현하자면 그녀는 예리할 때가 있고, 허례허식을 싫어한다.

엄마는 상냥한 말투로 안타깝다는 듯이 "작가의 삶이란 그렇지."라고 했다. 하지만 나는 우리 집 오븐을 생각했다. 전기 오븐이라 다행이다.
오! 잃어버렸던 시를 찾았어!
좋군요! 컴퓨터로 검색하는 법을 알려 드리려고 했죠.
내가 스스로 알아냈다!
엄마는 젊은 시절 시를 쓰다가 결혼하고 아이 낳고 고등학교 교사 일을 하며 시 쓰기를 멈췄다. 엄마는 요즘 다시 시를 쓴다.
아, 여호와의 증인에서 사람이 찾아왔구나. 끊어야겠다.
어… 그래요.
엄마는 자신이 시인이 아니라 주장한다.
끊을게요.
나는 실비아 플라스를 읽은 적이 없다. 엄마는 버지니아 울프를 읽은 적이 없다. 우리는 그런 식으로 서로의 취향에서 벗어나 있다.

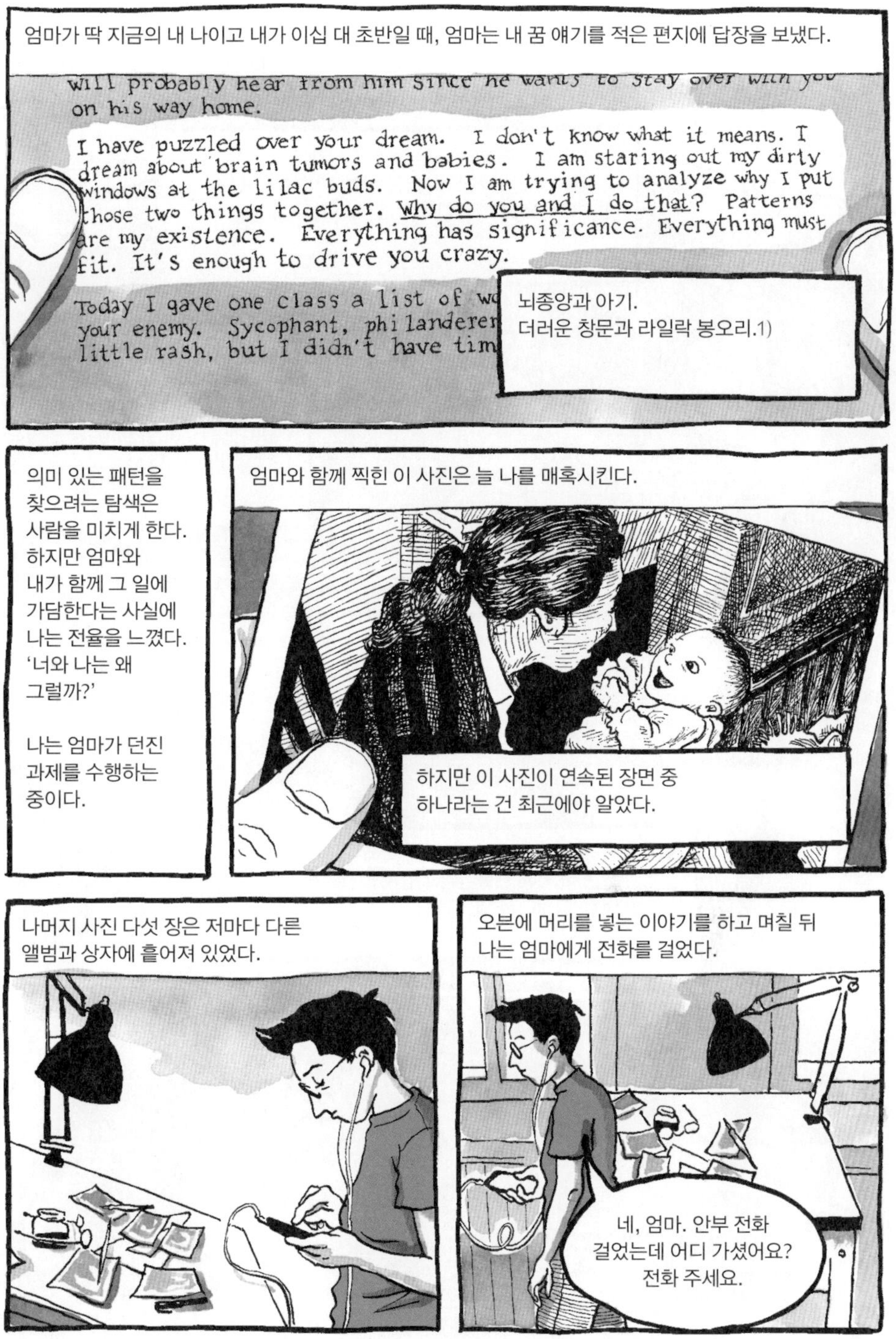
엄마가 딱 지금의 내 나이고 내가 이십 대 초반일 때, 엄마는 내 꿈 얘기를 적은 편지에 답장을 보냈다.
will probably hear from him since he wants to stay over with you on his way home.
I have puzzled over your dream. I don't know what it means. I dream about brain tumors and babies. I am staring out my dirty windows at the lilac buds. Now I am trying to analyze why I put those two things together. Why do you and I do that? Patterns are my existence. Everything has significance. Everything must fit. It's enough to drive you crazy.
Today I gave one class a list of w
your enemy. Sycophant, philanderer
little rash, but I didn't have tim
뇌종양과 아기.
더러운 창문과 라일락 봉오리.1)
의미 있는 패턴을 찾으려는 탐색은 사람을 미치게 한다. 하지만 엄마와 내가 함께 그 일에 가담한다는 사실에 나는 전율을 느꼈다. '너와 나는 왜 그럴까?'
나는 엄마가 던진 과제를 수행하는 중이다.
엄마와 함께 찍힌 이 사진은 늘 나를 매혹시킨다.
하지만 이 사진이 연속된 장면 중 하나라는 건 최근에야 알았다.
나머지 사진 다섯 장은 저마다 다른 앨범과 상자에 흩어져 있었다.
오븐에 머리를 넣는 이야기를 하고 며칠 뒤 나는 엄마에게 전화를 걸었다.
네, 엄마. 안부 전화 걸었는데 어디 가셨어요? 전화 주세요.

1) 네 꿈 이야기는 혼란스럽더구나. 무슨 뜻인지 모르겠다. 나는 뇌종양과 아이에 관한 꿈을 꾼단다. 더러운 창문 너머로 라일락 봉오리를 쳐다보는 중이지. 난 지금 어째서 그 두 가지가 함께 꿈에 등장하는 건지 분석해 보려는 참이다. 너와 나는 왜 그럴까? 내 존재가 곧 패턴이야. 모든 것에는 의미가 있어. 모든 것이 꼭 들어맞아야 한다. 그러니 미칠 만도 하지.

원판 필름이 없으니 사진 순서를 알 방법은 없다. 그럼에도 나만의 서사를 따라 사진을 배열했다.
Gerber®
POPS UP
SAFETY BUTTON
엄마가 우스꽝스러운 표정을 짓고 나에게 소리를 내 준다. 사진 속 나는 낯설고 이상하리만치 정확하게 그 표정과 입 모양을 따라 한다.
도널드 위니캇은 〈여느 헌신적인 어머니〉에서 '이는 신비로운 일이 아니다.'라고 썼다.1)
agrees, that *ordinarily* the woman enters into a phase, a phase from which she *ordinarily* recovers in the weeks and months after the baby's birth, in which to a large extent she is the baby and the baby is her. There is nothing mystical about
HELIX
오랫동안 나는 현재의 엄마와 나 사이의 상호 작용을 이 책에 포함시키고 싶지 않았는데 그것이 너무 '평범해서'였다.
DRRINNG!
엄마!
그래, 운동 다녀왔다. 수영 한 바퀴 돌고 왔지.
'60

1) '일반적으로' 여성은 어떤 단계에 들어서는데, 이 단계에서 아기가 태어나고 수수에서 수개월간 그녀는 그녀가 아기이고 아기가 그녀인 상태로부터 '평범하게' 회복한다. 이 과정에 신비스러운 구석이라고는 조금도 없으며…

어젯밤 그래미 시상식에 레이디 가가가 나왔는데 말도 안 되게 근사하더라. 펑크가 좋다. 괴짜 같은 것도 좋고!
하지만 타이츠를 입고 나온 건 너무했어. 만약 다시 태어나면 록 디바처럼 입어 보고 싶구나.
하지만 나는 생활 속에 초월적인 것이 언제나 스며든다는 사실을 알아차리기 시작했다.
JAN • 19 •
간밤에 잠을 설쳤어. 자꾸 꿈에 네 아버지가 나온다.
실비아 플라스의 일기를 읽어서 그런가. 테드 휴즈랑 그렇게 싸워 댔으니.
내가 순서를 정렬한 사진 속에서 나는 엄마와 점차 유대를 쌓다가 기쁨의 비명을 지른다.
'60
그러다가 사진기를 든 남자의 존재를 발견했을 때 그 유대는 산산이 깨어진다.
그 여자는 정말 버릇없고 제멋대로야.
생후 삼 개월의 나는 벌써 아버지의 분노를 차고 넘치게 보았기에 그를 경계한 것이다.
Alison 3 mo.
Locust Lane
PURAPLAST
HI-POLYMER
GERMANY

그 사진들이 찍힌 건 엄마가 내 동생을 임신한 때와 거의 비슷한 시점이다.
그 여잔 속물이야. 속물에다 버릇도 나빠.
실비아 플라스를 좋아하시는 줄 알았는데요.
위니캇은 어머니가 '아기를 보살펴야 한다는 집착에 굴복할 수 없는 이유'를 세 가지로 꼽았다.
심리 치료사에게 자기 어머니를 미워해도 될 이유를 끊임없이 묻더구나.
첫째, 어머니가 죽는다. 둘째, 자신이 적절하다 생각하는 시점이 오기 전에 새로운 아이를 임신한다. 셋째……1)
THE ORDINARY DEVOTED MOTHER
ing. Or a mother becomes depressed and she can feel herself depriving her child of what the child needs, but she cannot help the onset of a mood swing, which may quite easily be reactive to something that has impinged in her private life. Here she is causing trouble, but no one would blame her.
In other words there are all manner of reasons why some children do get let down before they are able to avoid being wounded or maimed in personality by the fact.
Here I must go back to the idea of blame. It is necessary for us to be able to look at human growth and development, with all its complexities that are internal or personal to the child, and we must be able to say: here the ordinary devoted mother factor failed, without blaming anyone. For my part I have no interest whatever in apportioning blame. Mothers
엄마를 미워해도 될까요?
안 되죠!
아! 세레나의 손녀가 얼마 전 생리를 시작했대. 고작 열두 살인데 말이야. 참 안됐다. 열두 살이면 아직 어린애잖니.
음, 열두 살이면 지극히 평범한 걸요.

1) 여느 헌신적인 어머니
어머니는 우울해지고 아기에게 필요한 것을 아기로부터 빼앗았다고 느끼며 기분이 급변하여 사생활에 영향을 주는 요소에 민감해지기 쉽다. 이때 그녀는 문제를 일으키나, 누구도 비난하지 않는다. 즉 어떤 아이들이 실제로 상처를 받거나 인격이 훼손될 능력이 생기기 전부터 낙담하는 데는 수많은 이유가 있다는 것이다. 나시 비난이라는 개념으로 돌아가자. 인간의 성장과 발달에 있어 아이를 이루는 내적이거나 사적인 모든 복잡성을 고려해 살피는 것은 중요하다. 우리는 아무도 비난하지 않으면서 '여느 헌신적인 어머니'라는 요인은 실패했다고 말할 수 있어야 한다.

나는 훼손된 적이 없다. 상처를 받았을 뿐이다. 아마 회복 불가능하진 않을 것이다.1)
her baby and in his or her care. At three or four months after being born the baby may be able to show that he or she knows what it is like to be a mother, that is a mother in her state of being devoted to something that is not in fact herself.
사진 속 사진기를 보는 모습이 꼭 내 어린 시절의 끝을 알리는 장면처럼 느껴진다.2)
난 마음이 아파. 이제 더는 아이가 아니잖니.
'그녀가 아기이고 아기가 그녀라는.' 나는 이 말에 신비스러운 구석이 없다는 주장에 동의할 수 없다.
No! (mom, as if she's SP's therapis
Serena's granddaughter just got h
is too young....
Well I'm heartbroken.
She won't be a child anymo
두 개의 분리된 존재가 같아지는 것. 하나가 되는 것.
oung....
1) 아이는 생후 3~4개월이면 어머니가 되는 것이 어떤 건지 알고 있다는 것을 보여줄 수 있는데 이때 어머니란 실제 그녀 자신이 아닌 무언가에 헌신하는 어머니의 존재이다.
2) 안 되죠! (엄마가 SP의 심리 치료사를 흉내 내며) 세레나의 손녀가 얼마 전 너무 어려…… 난 마음이 아파 이제 더는 아이가 아니야
heartbroken.
마음이 아파
n't be a child a

나에게는 현실의 모든 법칙을
뛰어넘는 것처럼 신비롭게 다가온다.

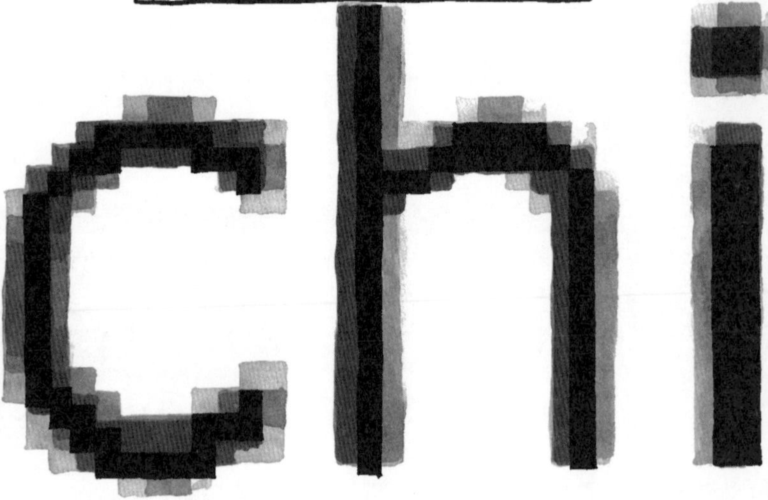

아이

* 이행대상(transitional object, 移行對象)이라고도 함. 영국의 심리학자 도널드 위니캇이 정신 분석에서 처음으로 사용한 정신 분석학 용어. 이행대상은 생후 4개월부터 18개월까지의 아이가 갖는 구순기적(口脣期的) 욕망의 대상을 말하며 여기서 대상은 '어머니, 신체 일부, 담요, 인형' 같은 중간 대상임. 위니캇은 이러한 이행대상을 주체와 너무 가까워서 거의 자아의 연장선상에 있으므로 별개의 대상이라고 할 수 없다는 이유에서 '역설(逆說)'이라고 했음.

2 과도기 대상들 *

여자 친구가 풀밭에서 자고 있다.
에이미!
조심해!
담요에 거미가 붙었어!
어느새 담요는 여러 천 조각을 꿰맨 퀼트 이불로 바뀌었고 이슬 맺힌 거미줄이 그 위를 덮었다.
우아! 거미줄이 칼 같이 11등분이야!
도구도 측정기도 없이 어떻게 이럴 수 있지?

나는 에이미의 말꼬리를 끊어 먹는 나쁜 습관이 있었다. 꿈속에서조차.

꿈속에서는 이 진부한 이야기가 심오한 양 느껴졌다. 짜릿한 기쁨을 느꼈다.

거미줄 꿈을 꾼 건 개울 꿈을 꾸고 이 년 뒤쯤으로, 프로이트의 〈꿈의 해석〉을 읽기 시작한 때였다.
나는 아버지에 관한 책 작업에 한창이었다.
Dykes To Watch Out For by Alison
전업 작가로 글을 쓰고 연재만화를 그리는 사이에 짬짬이 책을 썼다.
(신문) 주목할 만한 레즈비언들, 앨리슨 벡델
〈꿈의 해석〉을 산 건 그로부터 몇 주 전, 열띤 정신 분석 세션*이 끝난 뒤였다.
크리스마스이브에 같이 마트 다녀오는 길에 에이미와 돈 문제로 크게 싸웠어요.
이십 대 초반부터 레즈비언 친구들이 나오는 연재만화를 그렸지만 먹고살 만큼 벌기가 점점 더 힘겨워지고 있었다.
성당을 지나는데 사람들이 안으로 들어가더군요. 미사를 보러 가자고 했죠.
그냥 싸움 관두자.
나는 모태 천주교 신자였지만 오랫동안 냉담자였다.
겉옷은 여기 두면 될까?
에이미는 유대교 신자였다.

* Session. 진료의 한 주기. 정신 분석과 심리 치료에서 환자(내담자)와 의사(상담가)가 만나는 진찰과 치료의 1회 회기를 뜻함. 면담의 시작부터 끝까지를 지칭하는 정신 의학 전문 용어이기에 원어를 살려 표기함.

여긴 고해
성사실이야!
우리는 불경한 웃음이 터지려는 걸 애써 참았다.
미사는 이미 한창이었다.
하지만 조금 뒤, 우리 앞줄 자리에 연극 의상을
갖춰 입은 아이들을 보고 눈물이 쏟아질 뻔했다.
통로 건너편에는 천사 옷을 입은 아이들이 앉아 있었다. 머리 위로 성가대의 노래가 흘러나왔다.
…echoing their joyous strain
왜 그게 슬프게
느껴졌어요?
캐롤의 질문에 다시 울음이 터질 것 같았다.
그래도 애써 참았다.
모르겠어요.
아이들이 모두
너무…
…순수해서.
나는 울지 않았지만 그때부터 누가 토하진 않을까,
아니면 독감이라도 옮진 않을까 걱정하기 시작했죠.

…기쁨에 메아리치네

나가자.
그런데 마침 어린 목자들이 일어서서 나가는 바람에 움직일 수가 없었다.
스윽, 삐걱
SHUFFLE
SQUEAK
그때 어떤 여자가 황급히 나갔고 남자가 따라갔다.
속이 안 좋아?
내 불안감이 거세졌다. 출구는 하나뿐인데 밖에서 그 여자가 토할지도 모를 일이니까.
다음 기회에 겨우 바깥으로 나왔다. 다행히 그 여자는 물론 여자의 흔적도 없었다.
맙소사!
어째서 아이들의 순수함 때문에 울고 싶었을까요?
맙소사, 정말 진부하죠?

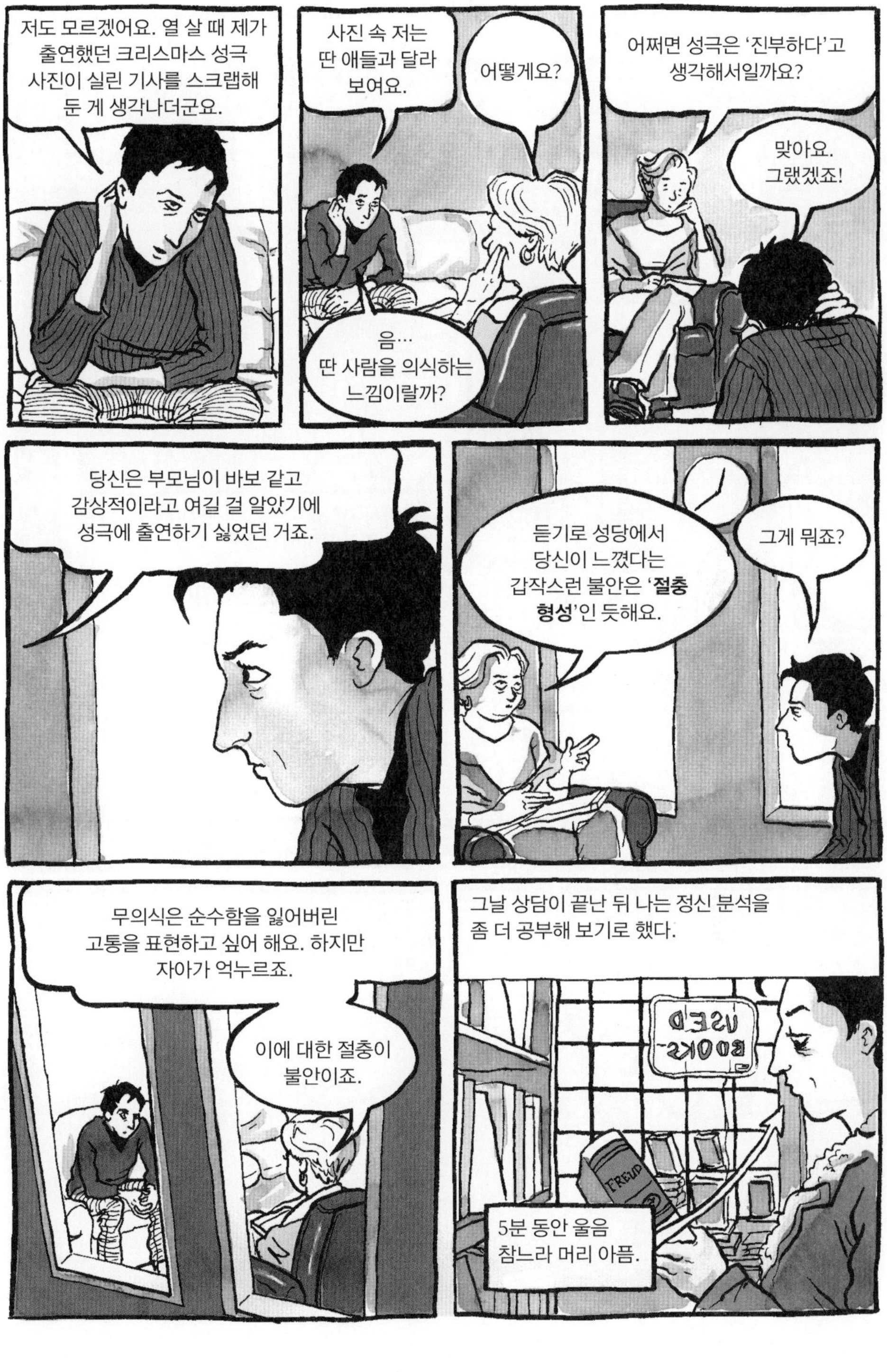
저도 모르겠어요. 열 살 때 제가 출연했던 크리스마스 성극 사진이 실린 기사를 스크랩해 둔 게 생각나더군요.
사진 속 저는 딴 애들과 달라 보여요.
어떻게요?
음… 딴 사람을 의식하는 느낌이랄까?
어쩌면 성극은 '진부하다'고 생각해서일까요?
맞아요. 그랬겠죠!
당신은 부모님이 바보 같고 감상적이라고 여길 걸 알았기에 성극에 출연하기 싫었던 거죠.
듣기로 성당에서 당신이 느꼈다는 갑작스런 불안은 '**절충 형성**'인 듯해요.
그게 뭐죠?
무의식은 순수함을 잃어버린 고통을 표현하고 싶어 해요. 하지만 자아가 억누르죠.
이에 대한 절충이 불안이죠.
그날 상담이 끝난 뒤 나는 정신 분석을 좀 더 공부해 보기로 했다.
USED BOOKS
FREUD
5분 동안 울음 참느라 머리 아픔.

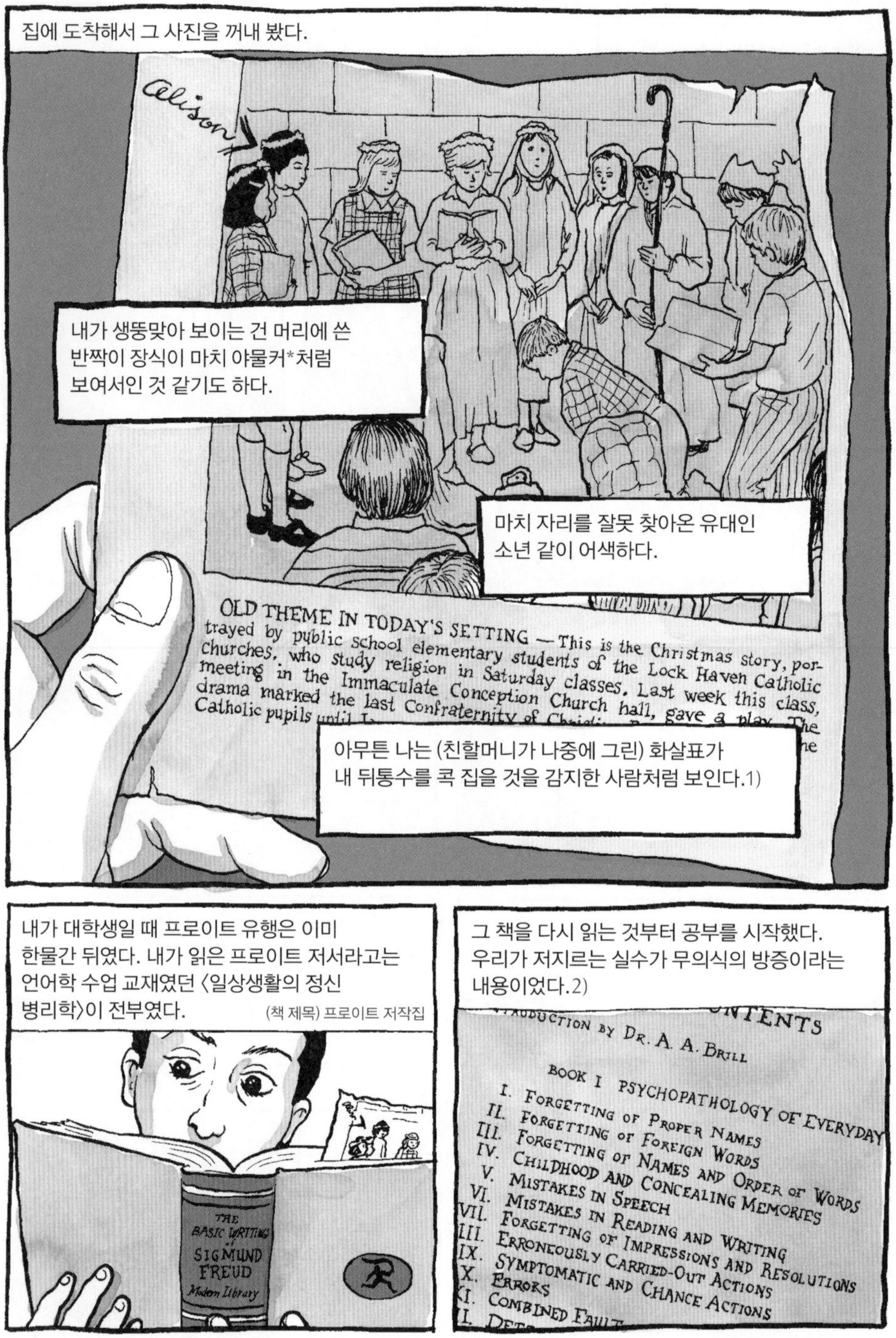

집에 도착해서 그 사진을 꺼내 봤다.

내가 생뚱맞아 보이는 건 머리에 쓴 반짝이 장식이 마치 야물커*처럼 보여서인 것 같기도 하다.

마치 자리를 잘못 찾아온 유대인 소년 같이 어색하다.

아무튼 나는 (친할머니가 나중에 그린) 화살표가 내 뒤통수를 콕 집을 것을 감지한 사람처럼 보인다.1)

내가 대학생일 때 프로이트 유행은 이미 한물간 뒤였다. 내가 읽은 프로이트 저서라고는 언어학 수업 교재였던 〈일상생활의 정신 병리학〉이 전부였다.

(책 제목) 프로이트 저작집

그 책을 다시 읽는 것부터 공부를 시작했다. 우리가 저지르는 실수가 무의식의 방증이라는 내용이었다.2)

이십 년 전 책을 처음 봤을 때 읽었던 예시가 또렷이 기억났다. 프로이트는 실수로 잉크병 뚜껑을 바닥에 떨어뜨려 깨뜨린다.
몇 시간 전에 프로이트의 누이는 잉크스탠드가 책상 위 다른 물건들과 어울리지 않는다고 말했다.
프로이트는 일부러 잉크병을 깨뜨려 누이를 만족시켰을까? 선물로 새것을 사 줄 수 있게?
그는 자신의 명백한 실수가 실제로는 잉크스탠드 주변에 놓인 더 값비싼 장식 인형들을 건드리지 않았다는 점에서 '가장 교묘하고 계획적인' 술책이었다고 주장한다.

사람의 무의식에 그토록 확실한 목적이 있을 수 있다는 개념을 알게 되어 나는 들떴다. 나 자신의 '잘못 수행된 행위'에 보다 관심을 기울이게 됐다.
PROPANE FILLING STATION

(표지판) 프로판가스 충전

프로이트의 책을 사고 일주일 뒤 철물점에서 산 널빤지를 내 차에 맸다.
KEROSENE
날이 추웠기에 서둘러 움직였다.

(표지판) 등유

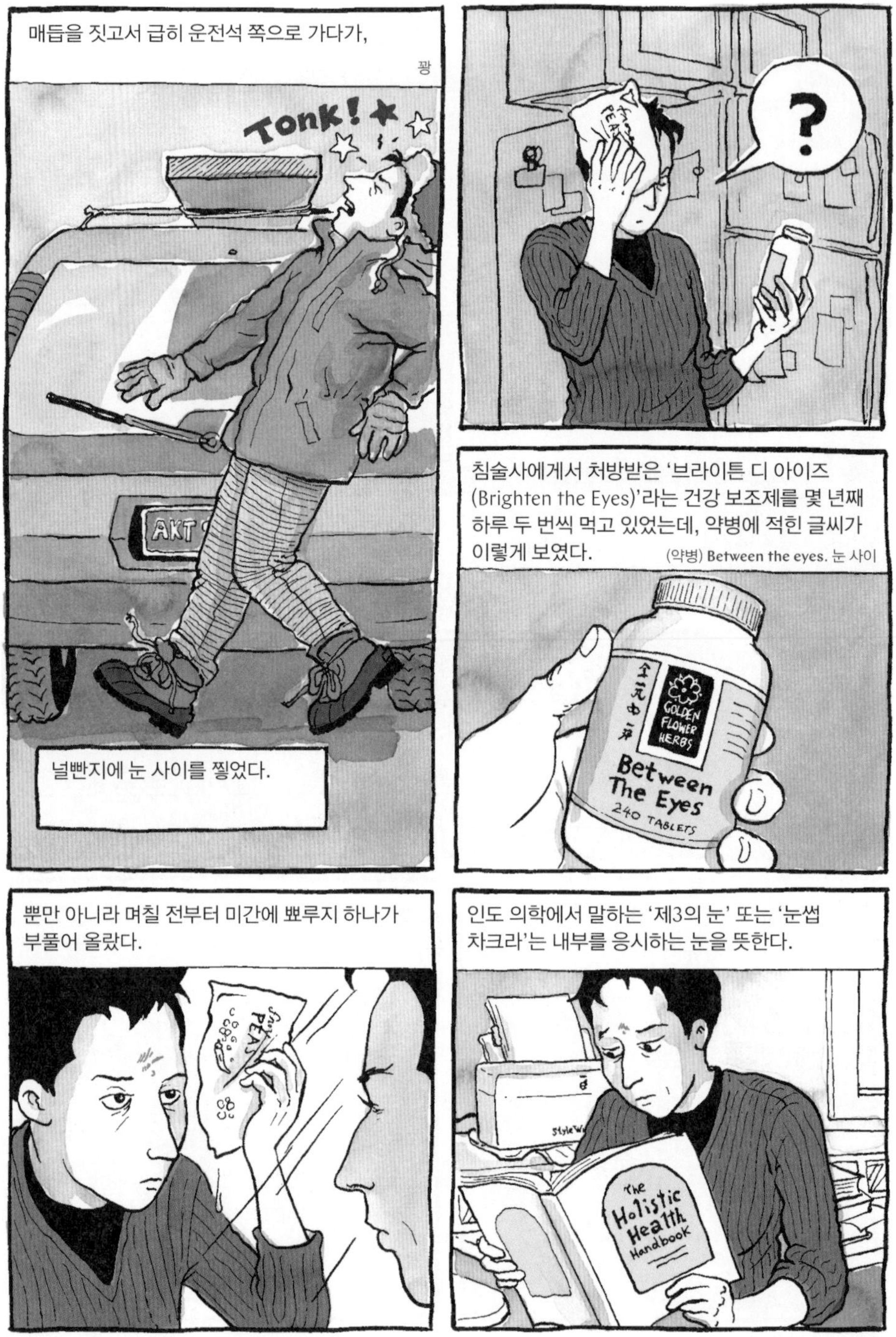
매듭을 짓고서 급히 운전석 쪽으로 가다가,
쾅
TONK!
AKT
널빤지에 눈 사이를 찧었다.
?
침술사에게서 처방받은 '브라이튼 디 아이즈 (Brighten the Eyes)'라는 건강 보조제를 몇 년째 하루 두 번씩 먹고 있었는데, 약병에 적힌 글씨가 이렇게 보였다.
(약병) Between the eyes. 눈 사이
GOLDEN FLOWER HERBS
Between The Eyes
240 TABLETS
뿐만 아니라 며칠 전부터 미간에 뾰루지 하나가 부풀어 올랐다.
PEAS
인도 의학에서 말하는 '제3의 눈' 또는 '눈썹 차크라'는 내부를 응시하는 눈을 뜻한다.
The Holistic Health Handbook

(책 제목) 통합 건강 지침서

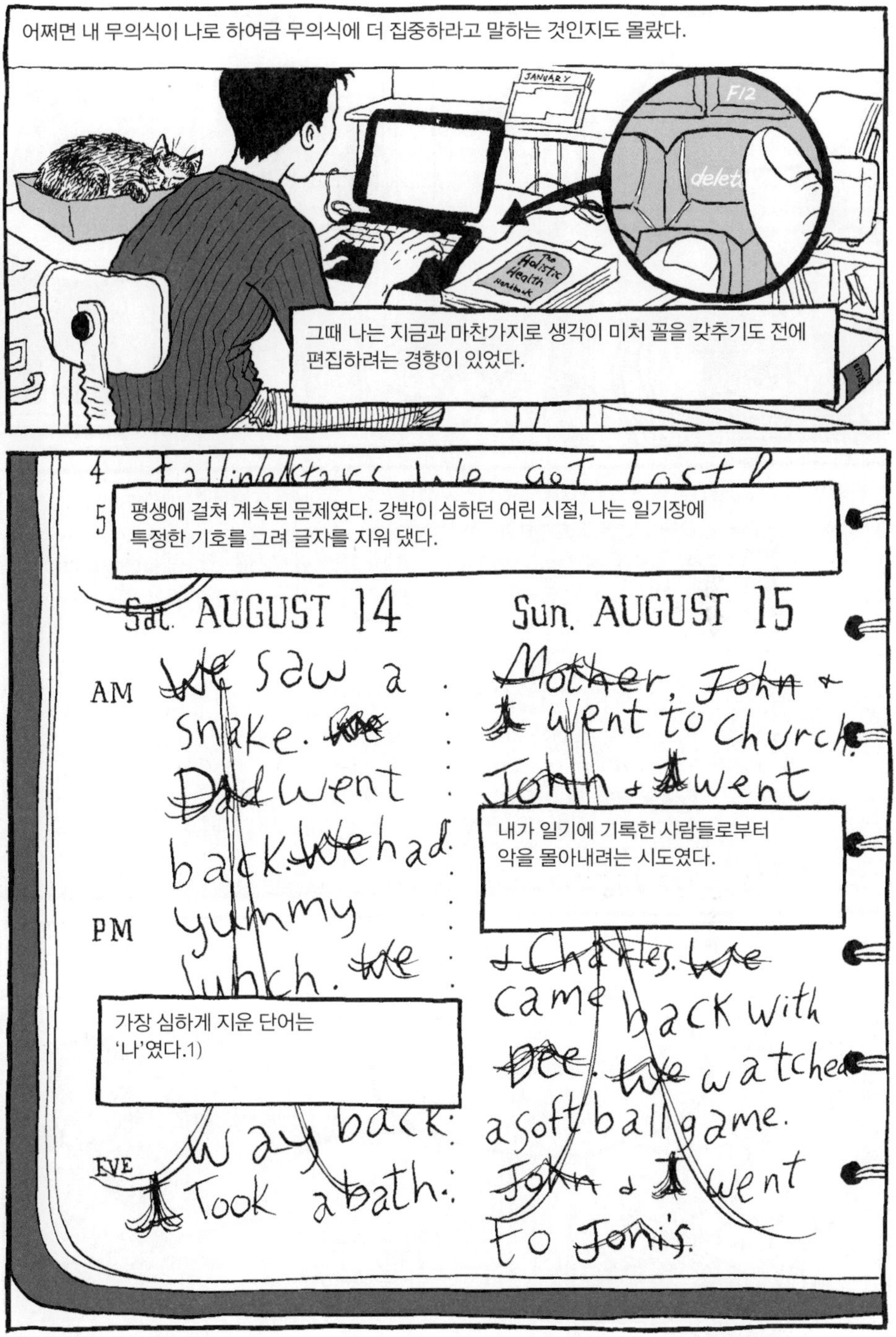

1) 8월 14일 (토)
우린 뱀을 봤다. 우린
아빠는 돌아갔다. 우린
맛있는 점심을 먹었다.
나는 샤워했다.

8월 15일 (일)
엄마, 조, 나는 교회에 갔다.
우린 찌와 함께 돌아왔다.
우린 소프트볼 게임을 봤다.
조과 나는 조씨스한테 갔다.

아직 일기 쓰니? 늦었구나.

다 끝나 가요.

프로이트는 〈일상생활의 정신 병리학〉에서 내 행동을 설명해 줄 만한 내용을 언급했다.1)

Child – and truly, I should not have failed to teach you.

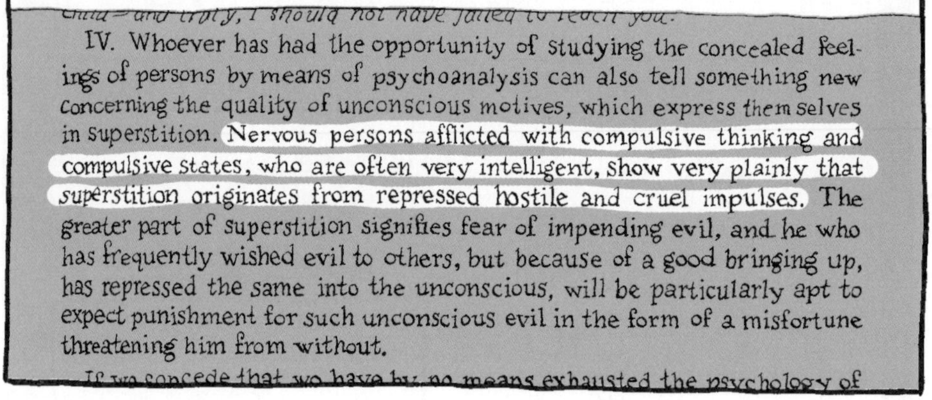

IV. Whoever has had the opportunity of studying the concealed feel-ings of persons by means of psychoanalysis can also tell something new concerning the quality of unconscious motives, which express themselves in superstition. Nervous persons afflicted with compulsive thinking and compulsive states, who are often very intelligent, show very plainly that superstition originates from repressed hostile and cruel impulses. The greater part of superstition signifies fear of impending evil, and he who has frequently wished evil to others, but because of a good bringing up, has repressed the same into the unconscious, will be particularly apt to expect punishment for such unconscious evil in the form of a misfortune threatening him from without.

If we concede that we have by no means exhausted the psychology of

내 첫 심리 치료사 조슬린 역시 이 이론을 지지했다. 초기 세션에서 조슬린은 이상한 질문을 던졌다.

아버지가 자살했다는 사실에 분노를 느끼나요?

음… 아니요.

1) 4. 정신 분석을 활용해 인간의 숨겨진 감정을 연구할 기회가 있었던 사람들은 미신을 통해 표현되는 무의식적인 동기의 특질에 대해서도 새로운 이야기를 할 수 있을 것이다. 강박적 사고와 강박적 상황에 빠진, 대체로 지능이 높은 신경증 환자들은 미신이 적대적이고 잔혹한 충동으로부터 기인한다는 점을 분명히 드러낸다. 미신이란 대개 악한 일이 발생하리라는 두려움을 나타내는 것이다. 타인에게 악한 일이 발생하기를 이따금 기대하지만 교육을 잘 받은 덕에 이런 소망을 무의식으로 억누른 사람은 외부로부터 자신을 억압하는 불행의 형태로 무의식적인 악을 벌하기를 기대하는 성향이 있다.

조슬린의 진료실을 들른 뒤로 우울감이 곧바로 나아졌다. 친구의 조언대로 다른 심리 치료사를 두 명 더 만나 봤다. 하지만 조슬린과는 비교도 되지 않았다.[2]

내 인생은 매주 화요일 오후 세 시를 기준으로 돌아가기 시작했다. 끔찍하고 단조로운 기분은 사라졌으나, 나는 여전히 불안했고 제대로 잠을 자지 못했다.

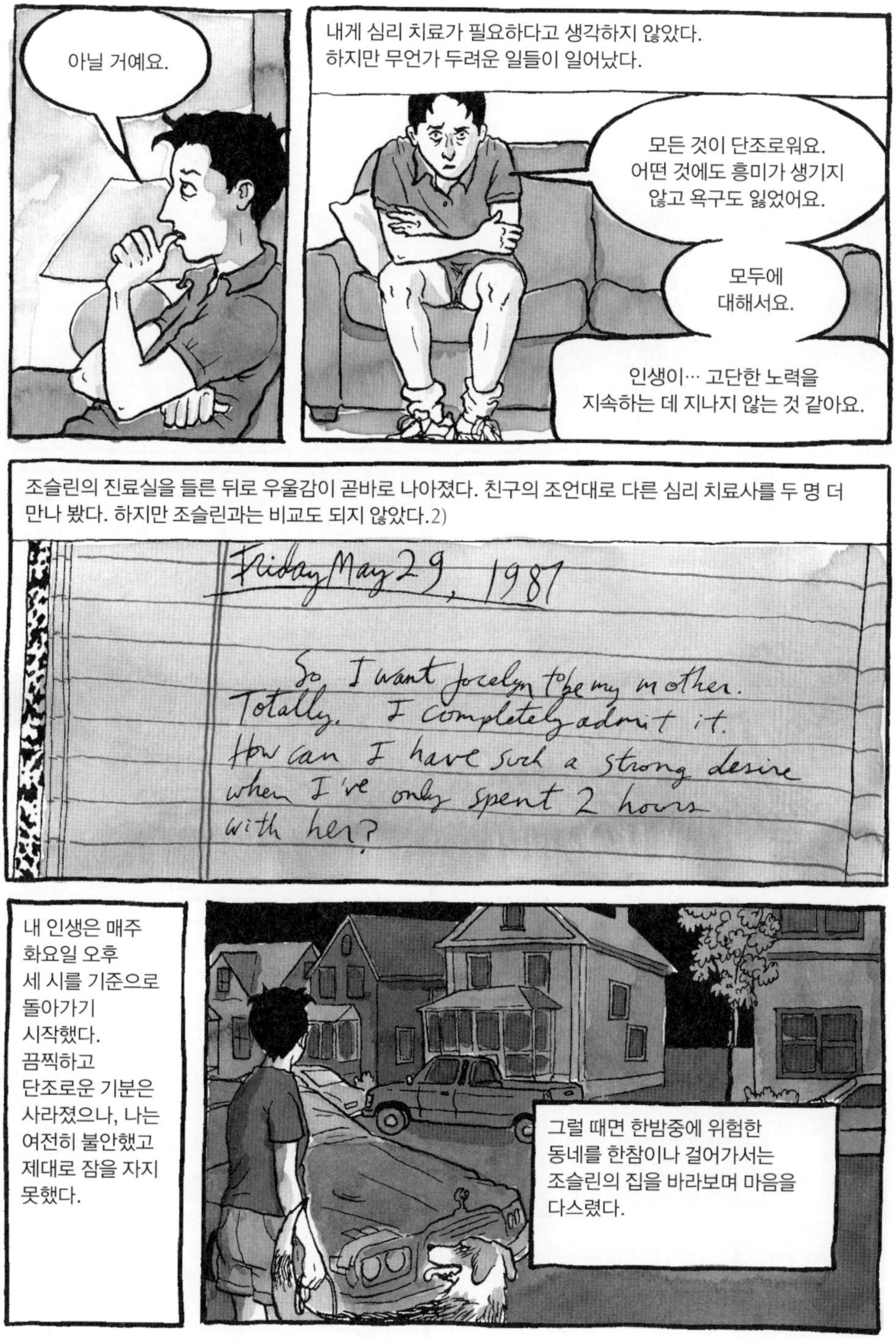

2) 1987년 5월 29일 금요일
조슬린이 우리 엄마였으면 좋겠다.
정말, 진심으로 그렇게 생각한다.
단 두 시간 함께 보냈을 뿐인데
어떻게 이토록 강렬한 욕망이 생길 수 있지?

조슬린은 우울이 나의 자기방어를 무너뜨리는 데에 긍정적인 것이었다는, 그러한 과정은
여자 친구 엘로이즈와의 안정된 관계 덕분에 가능했다는 내 이론에 동의했다.
엘로이즈와 함께 산 지 삼 년 반. 우리는 이스트코스트에서 엘로이즈의 대학 친구들이
있는 트윈시티스로 이사를 했다.
내가 엘로이즈와 사귄 건 그녀가
브린 모어 대학을 졸업한 뒤 자동차 정비과
학위를 준비할 즈음이었다.
BUILDER'S SQUARE
사람들이
우리 볼까 봐
걱정 안 돼?
그 멍청이들은
네가 내 남자
친구인 줄 알아.
피곤해 보여.
빨리 여기를 떠나지 않으면
결국 그 자식들에게 또 볼트
커터*를 들이대게 될 거야.
그러나 조슬린과의 관계가 시작되면서
엘로이즈와의 관계는 끝을 향하게 된다.
오늘 뭐 했어?
심리 치료를 받았어.
치료에 관한 책도 샀고.

* Bolt Cutter. 볼트 절단기. 두꺼운 철사나
철망을 자를 때 사용함.

어쩌다 이 얇은 책 한 권을 만난 건지는 잘 모르겠다. 조슬린을 통해서는 아니었다. 어쩌면 친구가 추천한 책일 수도 있다. 그저 책 제목에 눈길이 갔던 것 같기도 하고.
(책 제목) 재능 있는 아이들의 드라마, 앨리스 밀러
Intimate Partners
MEN WHO HATE WOMEN
The Drama of the Gifted Child
BE HERE NOW
WHEN SOCIETY BECOMES an ADDICT
CODEPENDENT NO MORE
melody beattie
보아하니, 일종의 신성한 글이었다.
좋아요. 당신이 알던 이전의 삶에 작별을 고하겠네요.
VISA
엘로이즈는 심리 치료를 받던 초기에 자기 자신에게 자꾸만 몰입하던 나를 참고 견뎠다.
…걔들이 정비소를 차린대.
이 책은 내가 쭉 느껴 온 엄마와의 이상하리만치 내밀한 관계를 완벽히 설명해 주었다. 내가…
세상에 자동차 수리공 게이라니? 모순 아니야? 근데 난 걔 남자 친구까지 알잖아.
정말.
…엄마의 엄마 같았던 느낌을.
걔는 엄청 크고 오래된 주유소를 갖고 있어. 근데 승강기는 없고 급유기만 있어.

이 책에서 '재능 있는'이란 '똑똑함'보다 예민함을 뜻한다.1)
tively from the type of talent that is needed by an analyst. His sensibility, his empathy, his intense and differentiated emotional responsiveness, and his unusually powerful "antennae" seem to predestine him as a child to be used—if not misused—by people with intense narcissistic needs.
Of course, there is the theoretical possibility that a child
The Drama of the Gifted Child
ALICE MILLER
흠, 승강기가 없단 말이지.
정신 분석가들을 위한 책이었기에 내용을 다 이해하진 못했다.
남의 정비소에서 일하는 기분일 걸.
나는 앨리스 밀러가 계속 인용하는 위니캇이라는 사람의 이론에 빠져들었다.
특히 무슨 일이 있어도 숨겨야만 한다는 '진짜 자아'라는 개념에 집중했다.2)
perienced for the first time during analysis.
The true self has been in "a state of noncommunication," as Winnicott said, because it had to be protected. The patient never needs to hide anything else so thoroughly, so deeply, and for so long a time as he has hidden his true self. Thus it is like a miracle each time to see how much individuality has survived behind such dissimulation, denial, and self-alienation, and can reappear as soon as the work of mourning brings freedom from the introjects. Nevertheless, it would be wrong to understand Winnicott's words

1) 아이의 감수성, 공감 능력, 강도 높고 유별난 정서적 수용력, 또 보기 드물게 강력한 '촉각(안테나)' 때문에 아이는 강력한 자기애적 욕구를 가진 사람들에게 이용되고 만다.

2) 진짜 자아는 보호받아야 하기 때문에 위니캇의 표현대로라면 '소통 단절의 상태'에 놓인다. 환자는 그 무엇보다도 전적으로 깊숙이 오랫동안 진짜 자아를 숨긴다. 이러한 위장, 부정, 자기 소외 속에서 개인의 특질이 살아남는다는 것, 또 애도 작업이 내사 기제로부터 자유를 가져다주는 즉시 다시 나타난다는 것은 기적이 아닐 수 없다. 그럼에도 불구하고 위니캇의 말을…

책을 읽는 내내 나는 위니캇이 여자라고 생각했다.
언제까지 읽을 거야?
The Drama of the Gifted Child
모르겠어. 불안해서 긴장 좀 풀어야겠어.
긴장은 내가 풀어 주지 뭐.
사랑스럽긴.
위니캇을 언급할 때 인칭 대명사가 나온 적이 없을뿐더러 위니캇의 이론 자체도 돌봄과 모성의 측면을 다루고 있어서였다.
또한 위니캇이 성(姓)이란 것을 알았지만 어감 때문에 여자아이 이름인 '위니'가 떠올랐던 것이다.
만약 밤 산책 나갈 거면 개도 데려가.
물론 내가 아는 '위니'라곤 '위니 더 푸'뿐이었지만.
A.A. MILNE THE WORLD OF POOH
...ifted Child
ALICE MILLER
(책 제목) 곰돌이 푸의 세계, A. A. 밀른

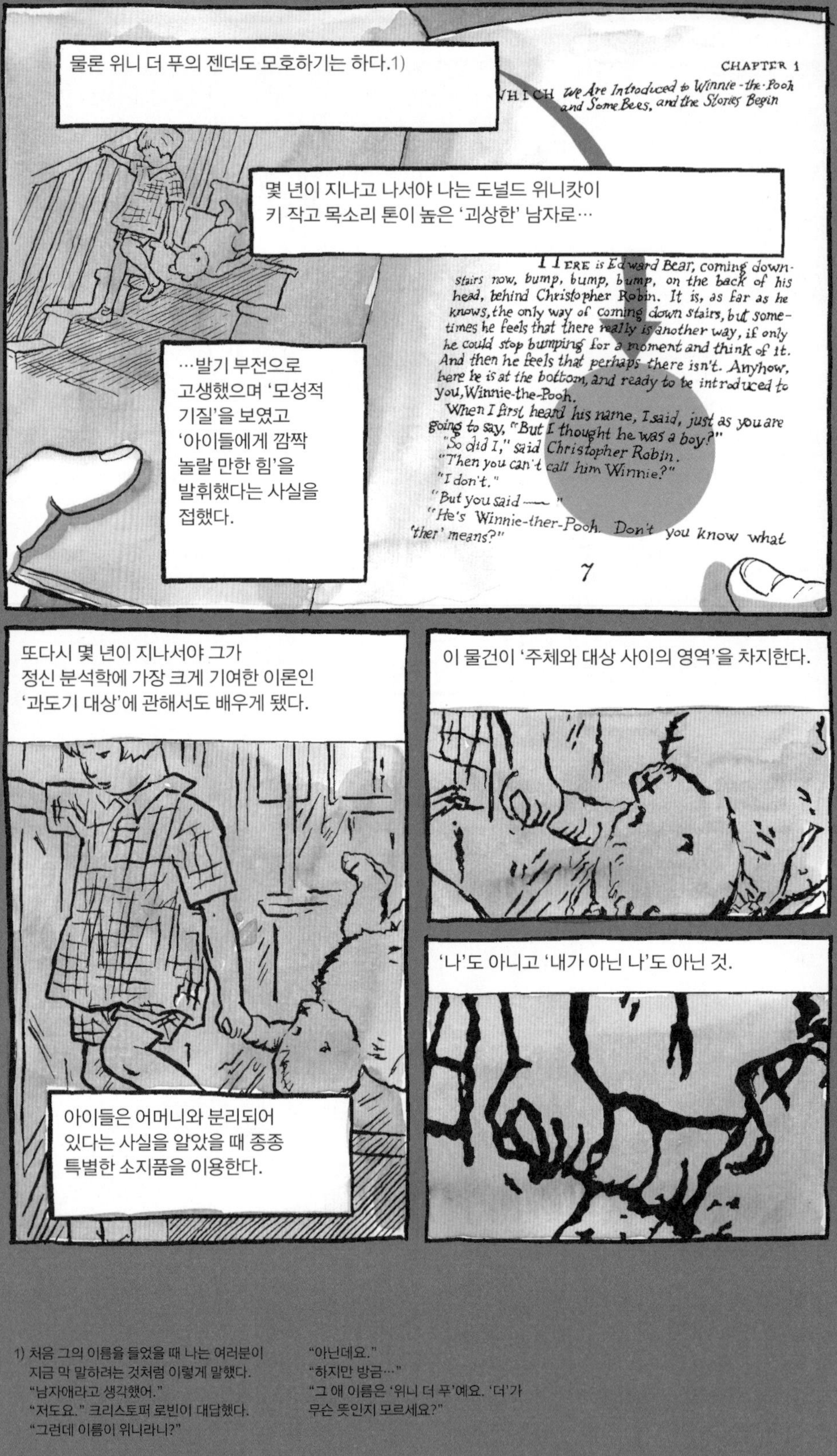
물론 위니 더 푸의 젠더도 모호하기는 하다.1)
CHAPTER 1
WHICH We Are Introduced to Winnie-the-Pooh and Some Bees, and the Stories Begin
몇 년이 지나고 나서야 나는 도널드 위니캇이
키 작고 목소리 톤이 높은 '괴상한' 남자로…
HERE is Edward Bear, coming downstairs now, bump, bump, bump, on the back of his head, behind Christopher Robin. It is, as far as he knows, the only way of coming down stairs, but sometimes he feels that there really is another way, if only he could stop bumping for a moment and think of it. And then he feels that perhaps there isn't. Anyhow, here he is at the bottom, and ready to be introduced to you, Winnie-the-Pooh.
When I first heard his name, I said, just as you are going to say, "But I thought he was a boy?"
"So did I," said Christopher Robin.
"Then you can't call him Winnie?"
"I don't."
"But you said ——"
"He's Winnie-ther-Pooh. Don't you know what 'ther' means?"
7
…발기 부전으로
고생했으며 '모성적
기질'을 보였고
'아이들에게 깜짝
놀랄 만한 힘'을
발휘했다는 사실을
접했다.
또다시 몇 년이 지나서야 그가
정신 분석학에 가장 크게 기여한 이론인
'과도기 대상'에 관해서도 배우게 됐다.
아이들은 어머니와 분리되어
있다는 사실을 알았을 때 종종
특별한 소지품을 이용한다.
이 물건이 '주체와 대상 사이의 영역'을 차지한다.
'나'도 아니고 '내가 아닌 나'도 아닌 것.

1) 처음 그의 이름을 들었을 때 나는 여러분이 지금 막 말하려는 것처럼 이렇게 말했다. "남자애라고 생각했어."
"저도요." 크리스토퍼 로빈이 대답했다.
"그런데 이름이 위니라니?"
"아닌데요."
"하지만 방금…"
"그 애 이름은 '위니 더 푸'예요. '더'가 무슨 뜻인지 모르세요?"

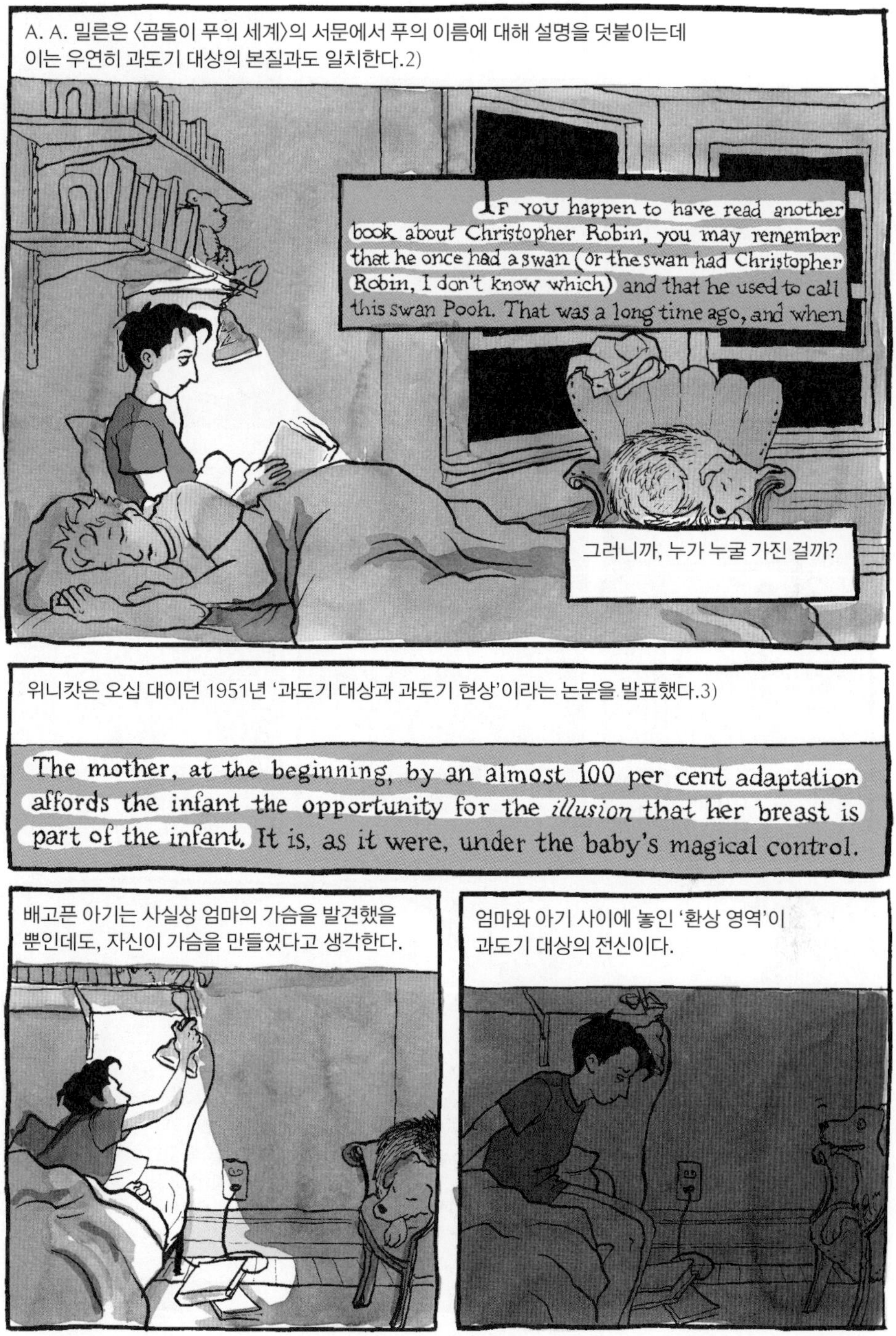
A. A. 밀른은 〈곰돌이 푸의 세계〉의 서문에서 푸의 이름에 대해 설명을 덧붙이는데 이는 우연히 과도기 대상의 본질과도 일치한다.2)
IF YOU happen to have read another book about Christopher Robin, you may remember that he once had a swan (or the swan had Christopher Robin, I don't know which) and that he used to call this swan Pooh. That was a long time ago, and when
그러니까, 누가 누굴 가진 걸까?
위니캇은 오십 대이던 1951년 '과도기 대상과 과도기 현상'이라는 논문을 발표했다.3)
The mother, at the beginning, by an almost 100 per cent adaptation affords the infant the opportunity for the *illusion* that her breast is part of the infant. It is, as it were, under the baby's magical control.
배고픈 아기는 사실상 엄마의 가슴을 발견했을 뿐인데도, 자신이 가슴을 만들었다고 생각한다.
엄마와 아기 사이에 놓인 '환상 영역'이 과도기 대상의 전신이다.

2) 여러분이 크리스토퍼 로빈이 등장하는 다른 책을 읽은 적이 있다면 한때 크리스토퍼 로빈에게 백조가 있었다는 사실(어쩌면 백조에게 크리스토퍼 로빈이 있었던 건지도 모르고요)과 백조의 이름이 푸였다는 사실을 기억할지도…

3) 어머니는 처음부터 거의 100%에 달하는 확률로 신생아에게 엄마의 가슴이 아기의 일부라는 환상을 가질 수 있는 기회를 제공한다. 이는 아이의 마술적인 통제 아래 이루어진다.

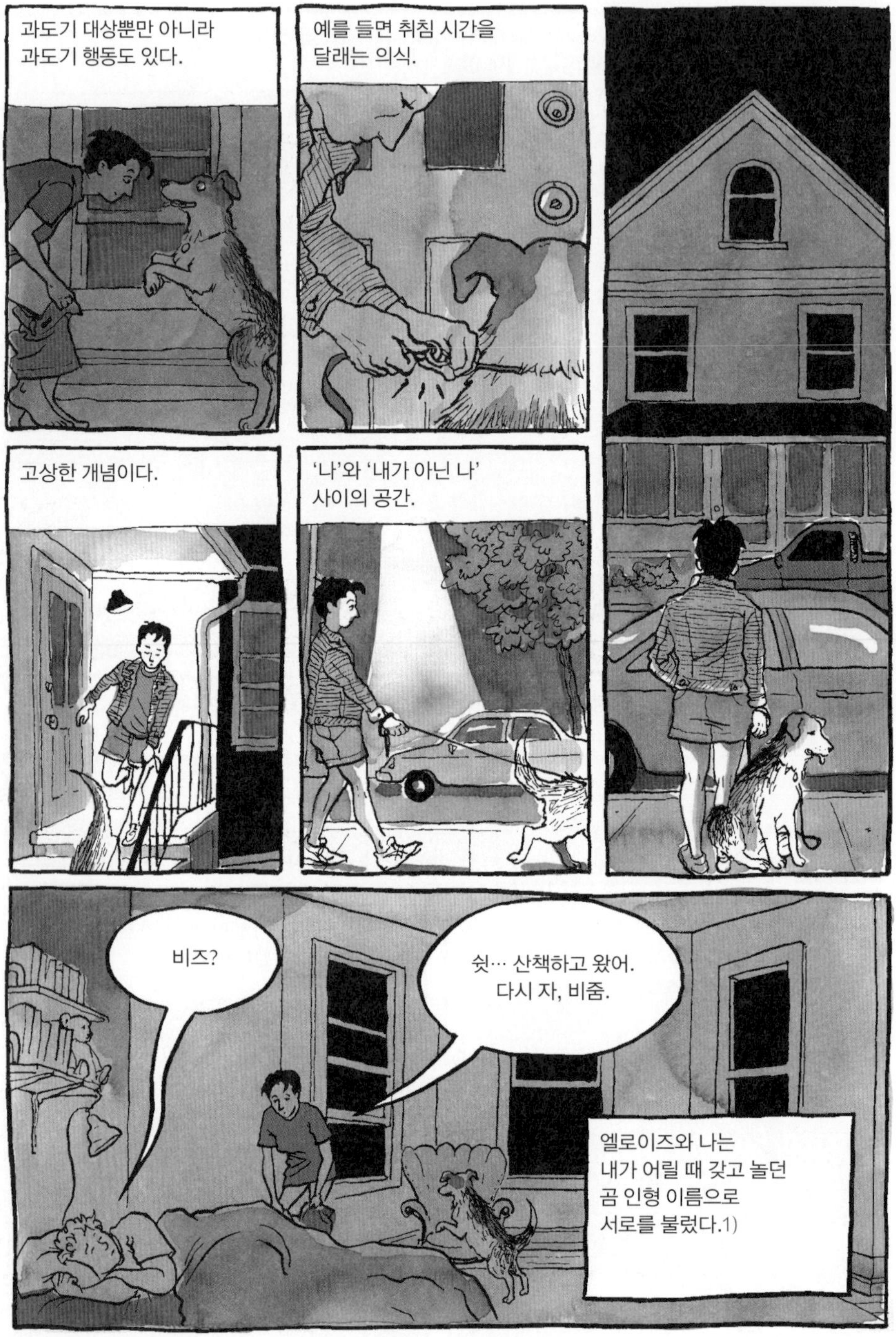
과도기 대상뿐만 아니라
과도기 행동도 있다.
예를 들면 취침 시간을
달래는 의식.
고상한 개념이다.
'나'와 '내가 아닌 나'
사이의 공간.
비즈?
쉿… 산책하고 왔어.
다시 자, 비줌.
엘로이즈와 나는
내가 어릴 때 갖고 놀던
곰 인형 이름으로
서로를 불렀다.1)

may appear a 'word' for the transitional object. The name given by the infant to these earliest objects is often significant, and it usually has a word used by the adults partly incorporated in it. For instance, 'baa' may be the name, and the 'b' may have come from the adult's use of the word 'baby' or 'bear'.

'비줌'과
'버점(Bosom, 가슴)'
사이의 유사성에
주목해야 할지도
모른다.

엄마는 모든 사람의 반대를 무릅쓰고 모유를 먹여 나를 길렀다. 우리 가족은 당시에 조부모님의 장례식장(funeral home)에 잠시 살았는데 늘 긴장감이 감돌았다고 한다.

빌어먹을 청동 관을 세 개나 샀다고?

영업자가 하는 말에 놀아났구나, 멍청한 자식.

기가 센 고모들은 엄마에게 혼자만의 시간이 필요하다는 것을 이해하지 못했다.

뒷좌석은 보지 마, 에드!

헬렌이 아기한테 젖 먹이는 중이야!

나중에 엄마가 내게 말하길 그 시절엔 아기에게 꼬박꼬박 시간을 지켜 젖을 먹여야 한다는 믿음이 있어서, 자고 있는 나를 깨워 젖을 물리기도 했단다.

1) …영아가 가장 처음 만나는 사물에 지어 주는 이름은 종종 의미심장하며 어른들이 썼던 단어가 일부 포함되는 경우가 많다. 예를 들어 '바(baa)'라는 이름의 'b'는 어른이 쓰는 '베이비'나 '베어'에서 나옴 직하다.

이유는 모르겠지만 젖이 잘 나오지 않았다고 한다.
맥주가 도움된다는 말도 참고했다고.
JOURNAL
그렇게 육 주가 지났지만 나의 몸무게가
태어날 때 정도에 멈춰 있었단다.
모유 수유에 적합한 몸이 아닙니다. 분유로 바꾸시죠.
우리의 '실패'는 우리 둘 모두에게 깊은 좌절을
안겨 주었다 해도 과언이 아닐 것이다.
BECHDEL FUNERAL HOME
어쩌면 우리 둘 다 거절당할 가능성을
사전에 막으려고 서로 먼저 거절하는 패턴을
만들기 시작한 시점일 수 있다.
이런 생각이 위험하다는 것쯤은 나도 잘 안다. 심지어 제임스 스트레이치조차 도널드 위니캇이
자신의 출생과 영아기를 '기억'한다고 했을 때 못 믿겠다는 듯이 눈을 굴렸다고.
태어나자마자 엄마에게 오줌을 갈긴 기억 때문에 바다에 오줌 누는 걸 좋아하게 된 거라고 생각합니다만.
왜요? 아예 자궁 안에서부터라고 하시죠?

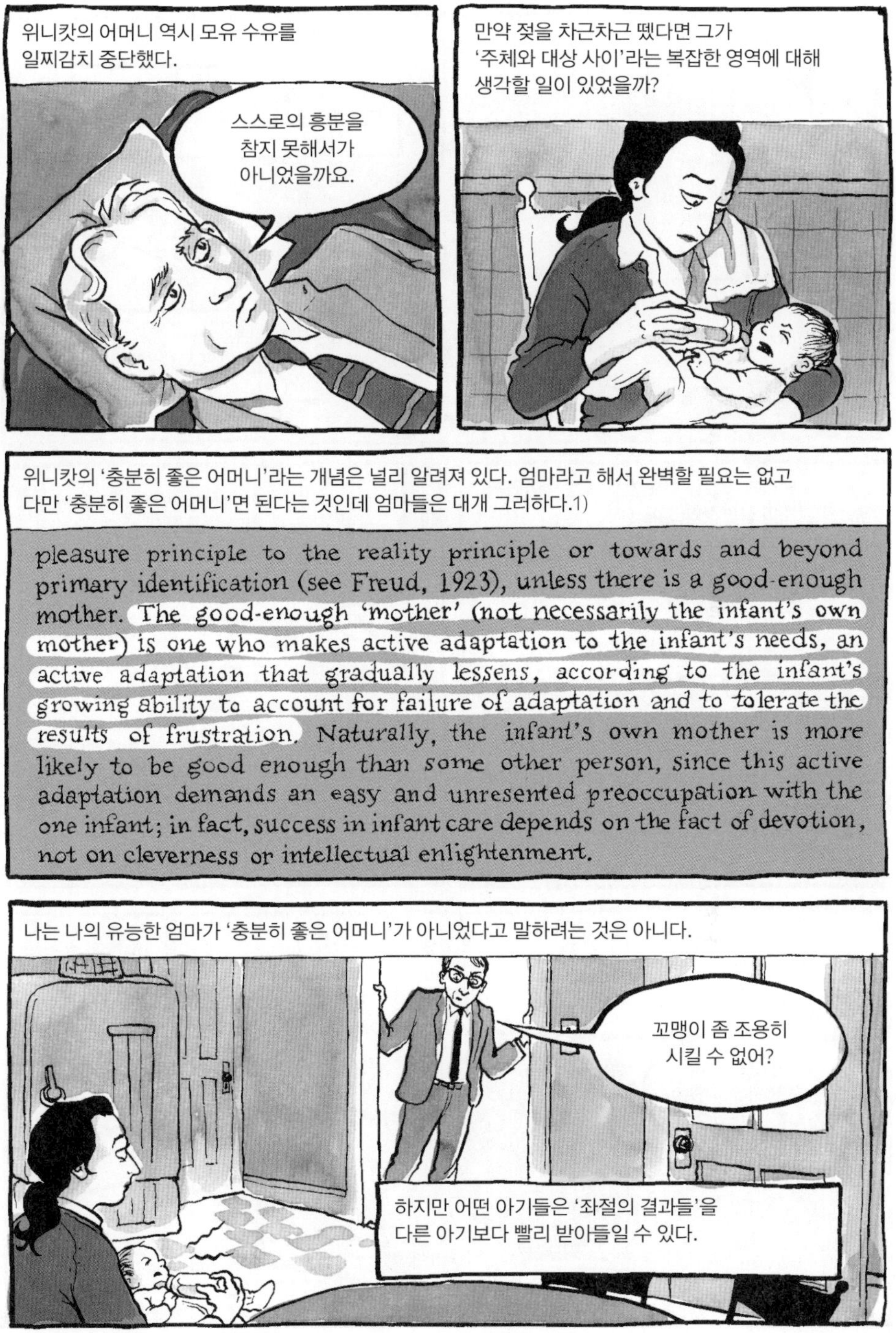
위니캇의 어머니 역시 모유 수유를
일찌감치 중단했다.
스스로의 흥분을 참지 못해서가 아니었을까요.
만약 젖을 차근차근 뗐다면 그가
'주체와 대상 사이'라는 복잡한 영역에 대해
생각할 일이 있었을까?
위니캇의 '충분히 좋은 어머니'라는 개념은 널리 알려져 있다. 엄마라고 해서 완벽할 필요는 없고
다만 '충분히 좋은 어머니'면 된다는 것인데 엄마들은 대개 그러하다.1)
pleasure principle to the reality principle or towards and beyond primary identification (see Freud, 1923), unless there is a good-enough mother. The good-enough 'mother' (not necessarily the infant's own mother) is one who makes active adaptation to the infant's needs, an active adaptation that gradually lessens, according to the infant's growing ability to account for failure of adaptation and to tolerate the results of frustration. Naturally, the infant's own mother is more likely to be good enough than some other person, since this active adaptation demands an easy and unresented preoccupation with the one infant; in fact, success in infant care depends on the fact of devotion, not on cleverness or intellectual enlightenment.
나는 나의 유능한 엄마가 '충분히 좋은 어머니'가 아니었다고 말하려는 것은 아니다.
꼬맹이 좀 조용히 시킬 수 없어?
하지만 어떤 아기들은 '좌절의 결과들'을
다른 아기보다 빨리 받아들일 수 있다.

1) '충분히 좋은 어머니'(아기를 낳은 어머니가 꼭 아니어도 된다)는 아기의 요구에 능동적으로 대응하는데, 이 능동적인 대응은 아기가 적응 실패를 이해하고 좌절을 받아들이는 능력에 따라 점차 줄어든다. 아기를 낳은 어머니는 자연스럽게 다른 사람들에 비해 충분히 좋은 어머니가 되는데, 이는 능동적인 적응에 있어 아기와의 쉽고 불편 없는 몰두가 가능하기 때문이다. 실제 아기 돌보기의 성공 여부는 영리함이나 지적인 이해가 아니라 헌신에 좌우된다.

또한 위니캇에 따르면 아기가
적응했으면 하는 유혹에 잘 빠진다고.
엄마는 내가
'좋은 아기'였다고 말했다.
조슬린에게 심리 치료를 받으면서 나는 엄마와의
유별난 관계를 설명하려고 애썼다.
제가 항상 전화를
걸어요. 엄마는 내게
절대 전화하지 않죠.
알지도 못하는 사람들 얘기를
줄곧 듣고, 엄마 편을 들어 주고,
기분 좋게 해 줘요. 그런데 엄마는
내 삶에 대해 묻지 않아요.
내가 레즈비언이라 그런 것도
있겠죠. 내가 혹시 '커닐링구스' 같은
말이라도 할까 봐.
하지만 그보다 더
심층적인 이유가 있는
것처럼 느껴져요.
SANTA FE
CHAMBER MUSIC
FESTIVAL
내가 꼭 엄마의
엄마 같달까요.

(포스터) 산타페 실내악 축제

강박증이 시작된 건 크리스마스 성극에
참여했던 무렵이었다.
내 나이 열 살에 대체 억눌러야 할,
프로이트의 표현을 빌려 쓰자면 '적대적 충동'은
과연 뭐였을까?
엄마한테 화가 났었나?
엄마를 해치고 싶었나?
JANUARY
나는 **아직도** 엄마에게
화가 나 있을까?
만약 그렇다면 아버지에 관한 회고록을
썼던 건 그래서일까? 엄마의 내밀한 비밀을
들추는 책을 만들려고?
나는 그 불편한 가능성을 골똘히 생각했다.
널빤지에 부딪치고
일주일이 지난 뒤였다.
평소에도 나는 뒷산을 종종 오르곤 했다.
하지만 그날 가장 가파른
비탈에서 고개를 드는 순간…

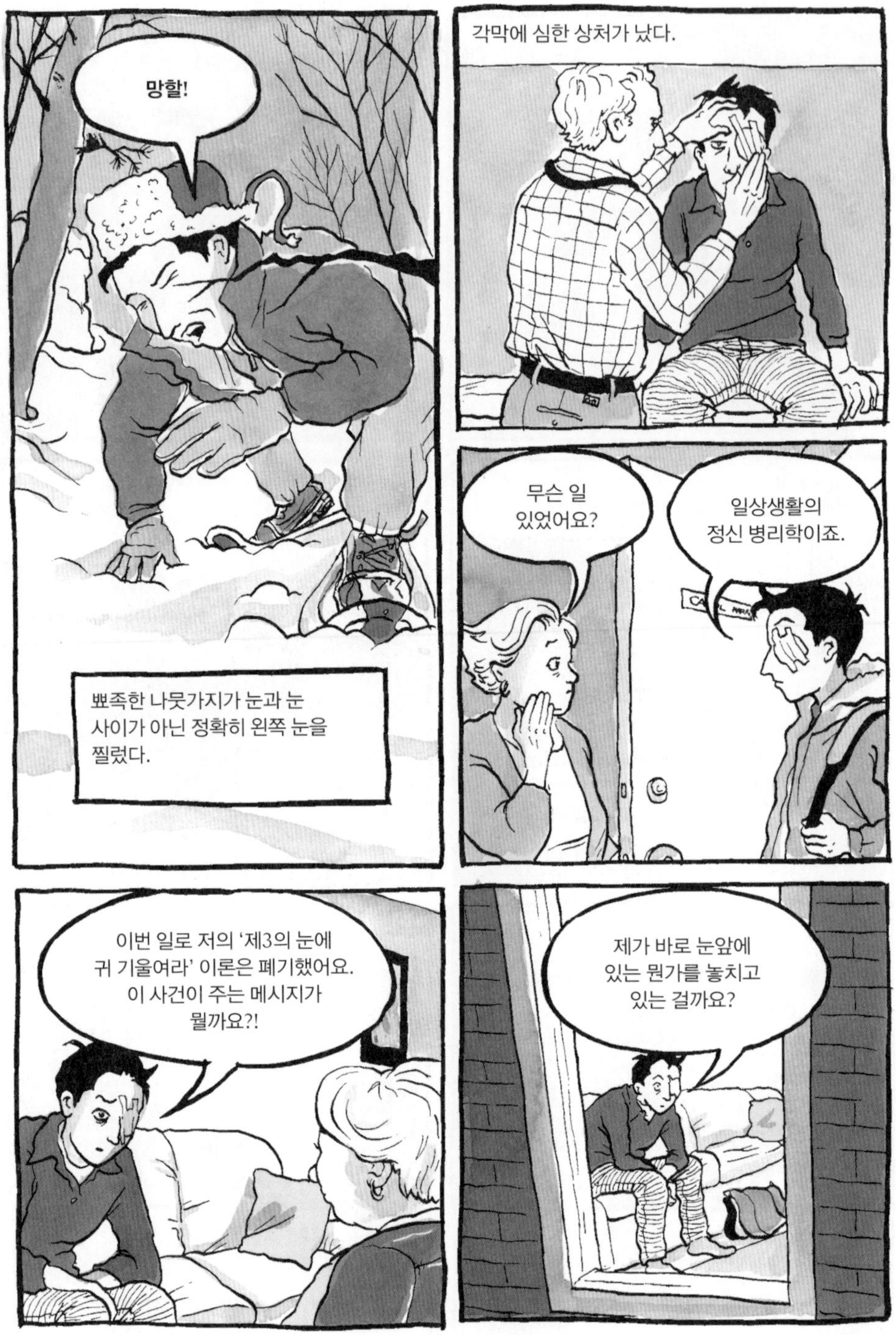
망할!
뾰족한 나뭇가지가 눈과 눈 사이가 아닌 정확히 왼쪽 눈을 찔렀다.
각막에 심한 상처가 났다.
무슨 일 있었어요?
일상생활의 정신 병리학이죠.
이번 일로 저의 '제3의 눈에 귀 기울여라' 이론은 폐기했어요. 이 사건이 주는 메시지가 뭘까요?!
제가 바로 눈앞에 있는 뭔가를 놓치고 있는 걸까요?

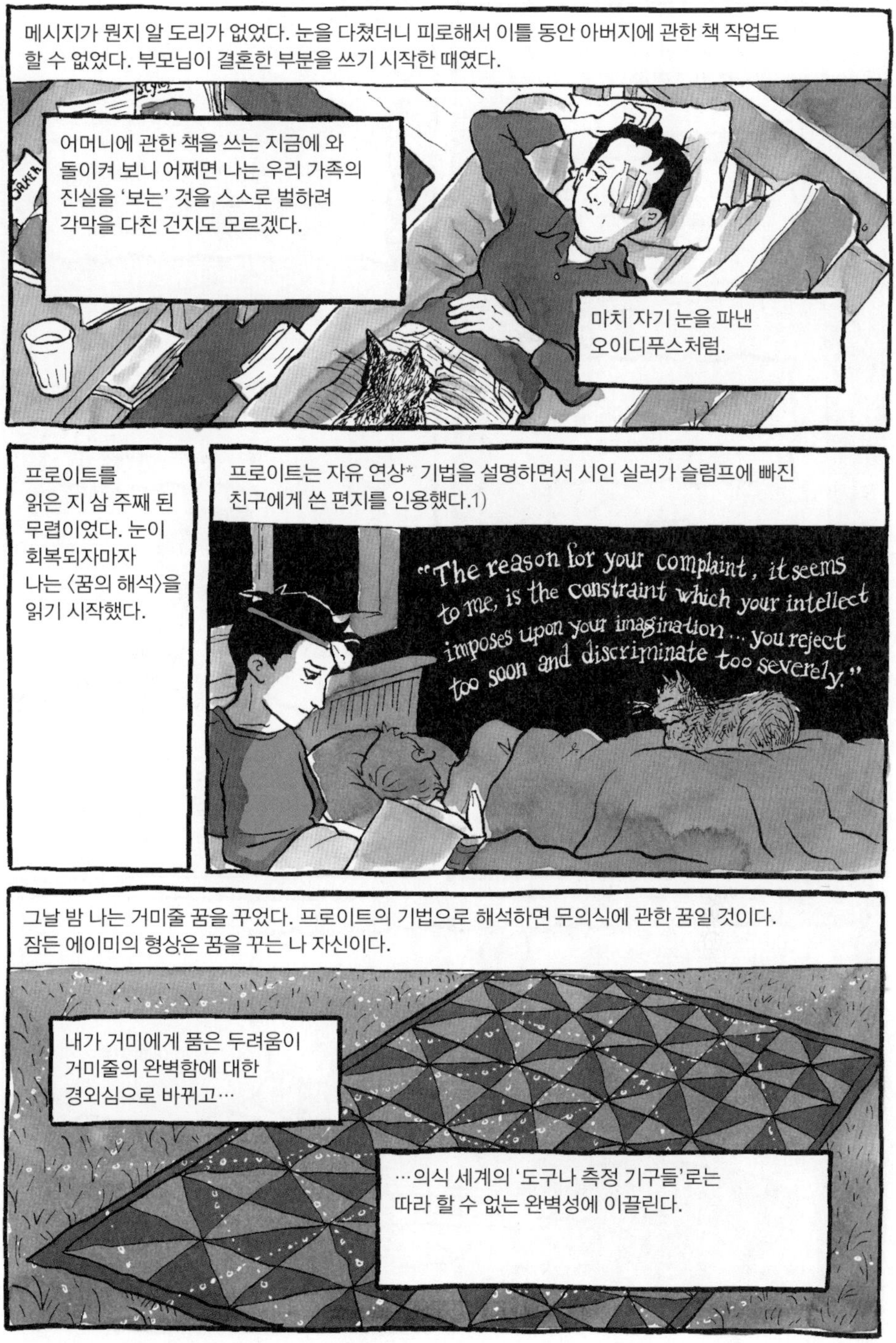
메시지가 뭔지 알 도리가 없었다. 눈을 다쳤더니 피로해서 이틀 동안 아버지에 관한 책 작업도 할 수 없었다. 부모님이 결혼한 부분을 쓰기 시작한 때였다.
어머니에 관한 책을 쓰는 지금에 와 돌이켜 보니 어쩌면 나는 우리 가족의 진실을 '보는' 것을 스스로 벌하려 각막을 다친 건지도 모르겠다.
마치 자기 눈을 파낸 오이디푸스처럼.
프로이트를 읽은 지 삼 주째 된 무렵이었다. 눈이 회복되자마자 나는 〈꿈의 해석〉을 읽기 시작했다.
프로이트는 자유 연상* 기법을 설명하면서 시인 실러가 슬럼프에 빠진 친구에게 쓴 편지를 인용했다.1)
"The reason for your complaint, it seems to me, is the constraint which your intellect imposes upon your imagination... you reject too soon and discriminate too severely."
그날 밤 나는 거미줄 꿈을 꾸었다. 프로이트의 기법으로 해석하면 무의식에 관한 꿈일 것이다. 잠든 에이미의 형상은 꿈을 꾸는 나 자신이다.
내가 거미에게 품은 두려움이 거미줄의 완벽함에 대한 경외심으로 바뀌고…
…의식 세계의 '도구나 측정 기구들'로는 따라 할 수 없는 완벽성에 이끌린다.

* free association, 自由聯想. 정신 분석의 상담 기법 중에서도 핵심적인 것으로 내담자에게 마음속에 떠오르는 생각, 감정, 기억들을 아무런 수정도 보태지 않고 이야기하게 함.

1) 내가 보기에 네 불만의 원인은 너의 지성이 네 상상력에 가하는 억압 때문이다… 너무 빨리 거부하고 지나치게 혹독하게 구별해.

거미줄은 나의 무의식인 동시에 소망이기도 하다.
내가 나의 창조성을 자꾸만 지연시키지 않는다면
이런 모습이 아닐까 하는 환상.

엄마에 관한 책을 다시 쓰기 시작한 지
16개월이 흘렀는데도 끝이 안 났다. 엄마에게
보여 주지도 못했다.

드디어 조이스 캐롤 오츠의
회고록 〈과부 이야기〉를
다 읽었어.

너무 화가 나서 도중에
자꾸 멈췄는데 도서관에 반납할
때가 됐지 뭐냐.

줄리언 반스가
얼마 전에 서평을
썼더라고.

책이 나온 시점에 작가는 이미 다른
사람과 재혼한 뒤였는데 그 얘길
언급하지 않았다고 비판했어.

그의 말이 맞아.
냉담할 뿐 아니라
위선적인 행위지.

글쎄요… 작가들이란
어떤 면에선 괴물이니까요?
왜, 평범한 사람들의
윤리 감각이 없잖아요.

내 말이! 위로의 뜻으로 받은
꽃다발을 내동댕이쳤다고 책에
썼더라. 준 사람 기분이 어떻겠니?

넌 안 그러겠지?

음… 아마도요?

게다가 그 여자한테는 남편 얘기를
세세하게 까발릴 권리가 없다고.
장편 소설을 쓰다 말았다는 일화는
불필요했어.

또 마릴린 먼로에 대해 쓴 〈블론드〉라는 책도 읽었다.
서문에다 노마 진*의 철자를 바꾸고 이야기를 자기가 각색했으니 픽션이라더군.
아니, 그건 아니지! 대체 이 책이 무슨 수로 법적 분쟁을 피했지?
엄만 꼭 글을 쓰셔야 해요.
관둬라.
내가 내 과부 생활에 대해 뭔 말을 써 놨겠니? 십 대 아이들 셋을 키우면서 일도 하고 장례식장도 운영해야 했지만 네게 불평 한마디 안 했어.
그러니까 난 내 자신에 관해 안 썼다. 그게 다야.
내가 엄마 이야기를 쓸 거예요.
엄마가 뭐라고 말했더라? 대화에 너무 몰입하는 바람에 받아쓰지 못했다. 엄마는 아마 눈을 굴렸을 것이다.
엄마가 대화 주제를 바꾸면서 나도 다시 기록을 이었다.
다음 주 주말에는 밥이랑 같이 필라델피아에 갈 거다.

* Norma Jean. 마릴린 먼로의 어릴 적 이름임.

꿈속에서 거미줄은 '11등분'이었다. 프로이트는 '삶에 임의적이거나 막연한 것은 없다'고 주장했다. 특히 숫자라면.
11은 인간의 두 손으로 셀 수 없는 첫 번째 숫자다. 한계를 벗어나는 위반의 숫자. 그 때문에 11은 죄와 관련이 있다.
나의 강박 증세가 심해져서 엄마가 일기를 대신 써 주게 된 시기는 열한 살을 넘기고 이 주 뒤쯤이다.
이제 와 생각하니 그날은 로쉬 하샤나*였던 것이다. 율법 책을 펼쳐 인류의 행적을 심판하는 날 말이다.
Monday SEPTEMB
Jewish New Year
9
we
10
11
12
의인(義人)은 기록된다.
악인은 지워진다.
we
그 밖의 모든 사람은 지은 죄를 10일(11일이 아닌)에 걸쳐 회개한다.
너 그렇게 쓰다간 밤새겠다. 그냥 하고 싶은 말을 하면 내가 대신 써 주마.

* Rosh Hashanah. '경외일' 또는 '나팔절'이라고도 함. 유대인의 새해 명절 중 하나로 유대력의 1월 1일. '해의 머리'란 뜻을 가진 로쉬 하샤나는 양력으로 9월 중순 정도이며, 매년 그 날짜가 바뀜.

1) 9월 20일 월요일
유대교 새해
늦잠을 잤다. 감기에 걸려서 수영을 안 갔다.
미술을 했다. 동판화를 했다. 엄마가 수학책을
학교로 가져와 주었다. 베키의 뱀이 탈출했다!
코미디 프로를 봤다. 머리 감는 것을 깜빡했다.

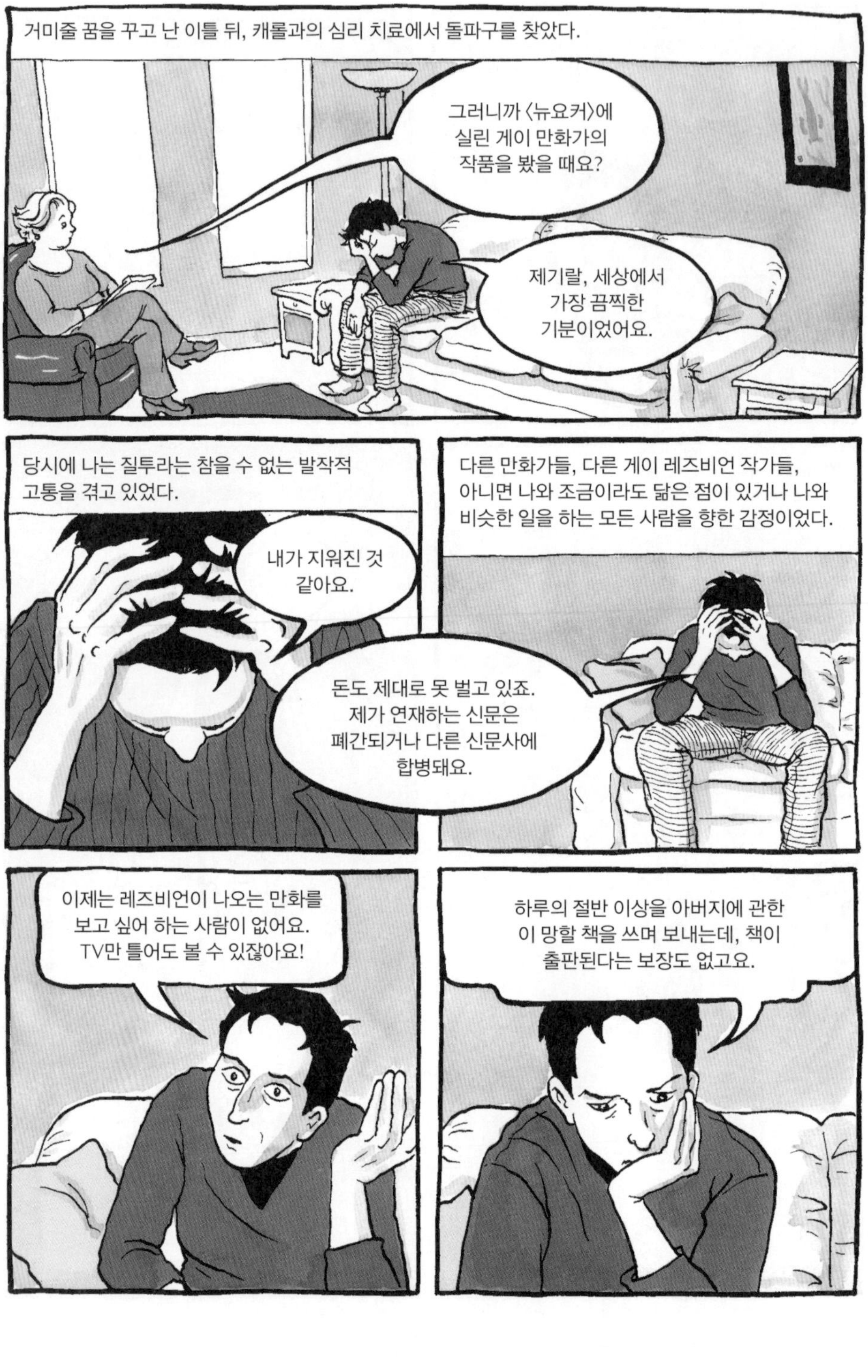

거미줄 꿈을 꾸고 난 이틀 뒤, 캐롤과의 심리 치료에서 돌파구를 찾았다.

그러니까 〈뉴요커〉에 실린 게이 만화가의 작품을 봤을 때요?

제기랄, 세상에서 가장 끔찍한 기분이었어요.

당시에 나는 질투라는 참을 수 없는 발작적 고통을 겪고 있었다.

내가 지워진 것 같아요.

돈도 제대로 못 벌고 있죠. 제가 연재하는 신문은 폐간되거나 다른 신문사에 합병돼요.

다른 만화가들, 다른 게이 레즈비언 작가들, 아니면 나와 조금이라도 닮은 점이 있거나 나와 비슷한 일을 하는 모든 사람을 향한 감정이었다.

이제는 레즈비언이 나오는 만화를 보고 싶어 하는 사람이 없어요. TV만 틀어도 볼 수 있잖아요!

하루의 절반 이상을 아버지에 관한 이 망할 책을 쓰며 보내는데, 책이 출판된다는 보장도 없고요.

그러다 갑자기 〈뉴요커〉에서 놀다 지쳐 점잔 빼는 포스트-게이가 만화 연재를 시작하는 바람에 저는 생각했죠. 빌어먹을! 난 여태 뭘 한 걸까?
직장을 구해야 하나요?
음, 당신의 성취가 타인의 성취로 인해 지워졌다는 말씀이군요.
그런 거 아닌가요?
이야기를 듣고 나니 당신의 가족한테는 한집에 여러 명의 천재를 품을 공간이 없었다는 생각이 듭니다.
당신은 공격성을 역전시켰어요. 타인을 삭제하고 싶은 소망에 죄책감을 느껴 그 공격 방향을 자신에게로 틀어 버린 거죠.
호.
그러지 말아야겠군요.
그렇죠.
사라질지 모른다는 두려움은 일종의 **반동 형성***이기도 해요.
그게 뭐죠?

* Reaction Formation, 反動形成. 반응 형성이라고도 함. 건강한 사람에게서도 흔히 볼 수 있는 방어 기제의 일종으로 금지된 충동을 억누르기 위해 그 반대 경향을 강조함으로써 스스로 받아들이기 어려운 충동을 제어하려는 심리적인 태도 또는 행동을 말함.

반동 형성이란 방어 기제예요. 예를 들어 자신의 동성애 욕망을 받아들이지 못한 사람들이 동성애 혐오자가 되는 것처럼 말이죠.
반동 형성!
나에게 공격성이 있었다는 별것 아닌 사실을 깨닫고는 여태껏 나를 사로잡았던 끔찍한 기분에서 벗어났다.
대단해요!
이제 누구 하나 **죽이러** 가 볼까 봐요.
가방에서 서류철 하나를 꺼내 캐롤의 말을 받아썼다.
당신의 부모로부터 받은 거예요. 부모의 발현되지 않은 두려움과 공격성을 물려받은 거죠.
음.
타인의 예술적 능력에 대해 느끼는 위협 말이에요.
음, 그리고요.

어린 시절 종교 수업에서 들은 원죄라는 개념은 나를 괴롭혔다. 순수하고 잘못 없는 아기가 이미 죄인이라니?
쳇!
하지만 원죄라는 건 마치 니코틴의 자취처럼 우리가 부모로부터 흡수하게 되는, 발현되지 않은 감정들의 또 다른 이름인지도 모른다.
앞서 말했듯 나의 우울증은 조슬린과의 첫 심리 치료 이후 곧바로 나아졌다.
아버지가 자살했다는 사실에 분노를 느끼나요?
2회 차 진료가 끝난 뒤, 나는 아버지가 말도 없이 차를 몰고 가는 바람에 피크닉 장소에서 꼼짝하지 못하는 꿈을 꿨다.
꿈속에서 내가 느낀 분노는 뜨겁게 이글거리면서도 정제된 것이었다. 아버지에게 하고 싶은 욕을 꿈에서 내뱉은 것이다.
망할 좆같은 새끼*!

결국에는 되풀이하건대, 조슬린은 내가
엄마에게도 분노를 느낀다고 말했다.
music lesson
Heathcliffe
over me and
my sweatshirt. Joni came
down. John almost fell out of the
treehouse

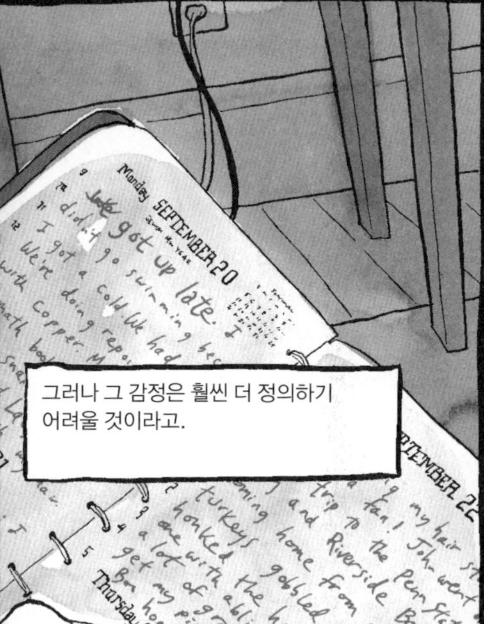
그러나 그 감정은 훨씬 더 정의하기
어려울 것이라고.

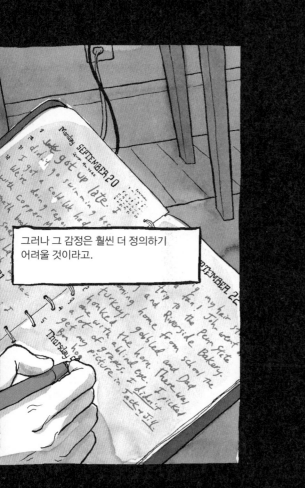

3 진짜 자아와 거짓 자아

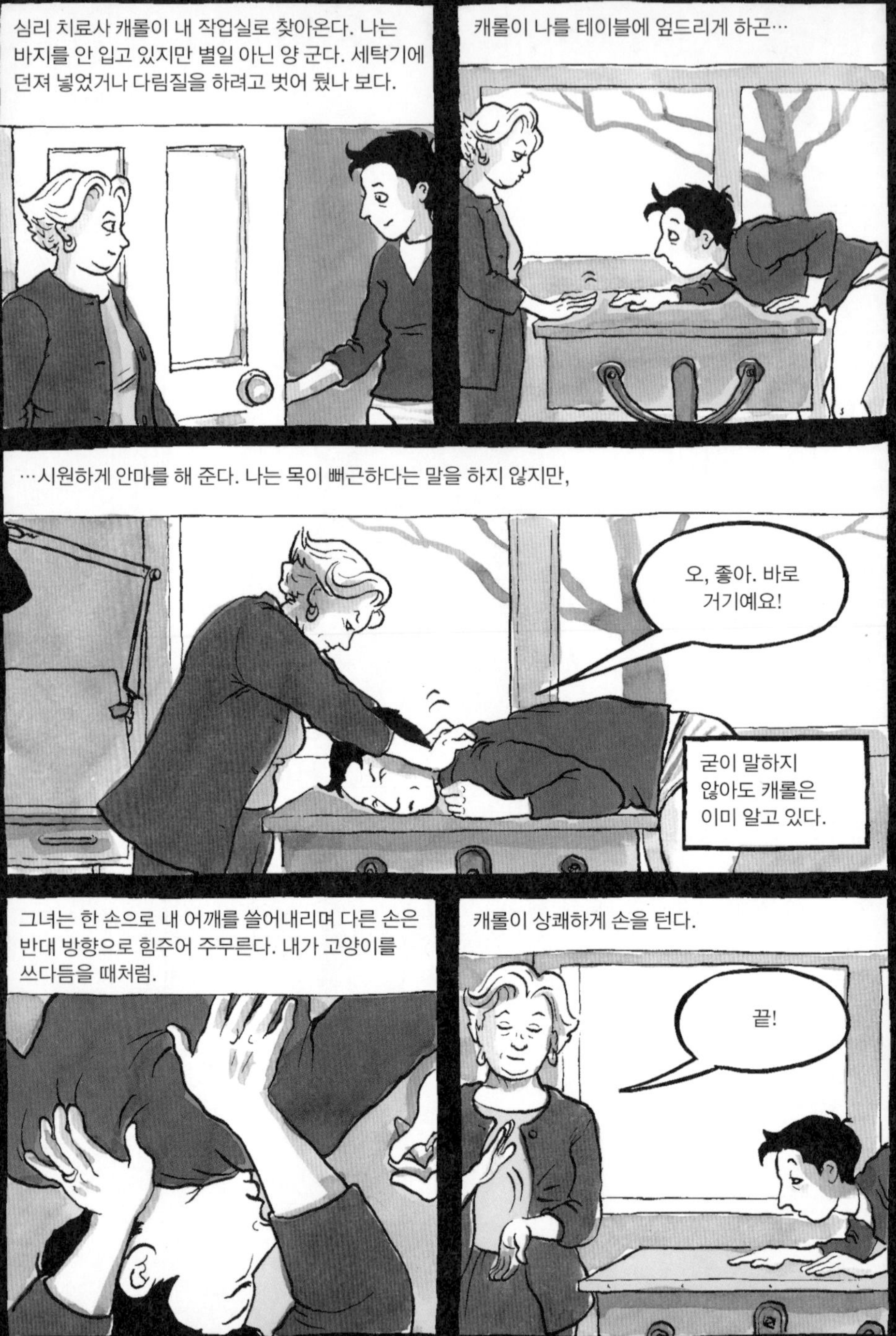
심리 치료사 캐롤이 내 작업실로 찾아온다. 나는 바지를 안 입고 있지만 별일 아닌 양 군다. 세탁기에 던져 넣었거나 다림질을 하려고 벗어 뒀나 보다.
캐롤이 나를 테이블에 엎드리게 하곤…
…시원하게 안마를 해 준다. 나는 목이 뻐근하다는 말을 하지 않지만,
오, 좋아. 바로 거기예요!
굳이 말하지 않아도 캐롤은 이미 알고 있다.
그녀는 한 손으로 내 어깨를 쓸어내리며 다른 손은 반대 방향으로 힘주어 주무른다. 내가 고양이를 쓰다듬을 때처럼.
캐롤이 상쾌하게 손을 턴다.
끝!

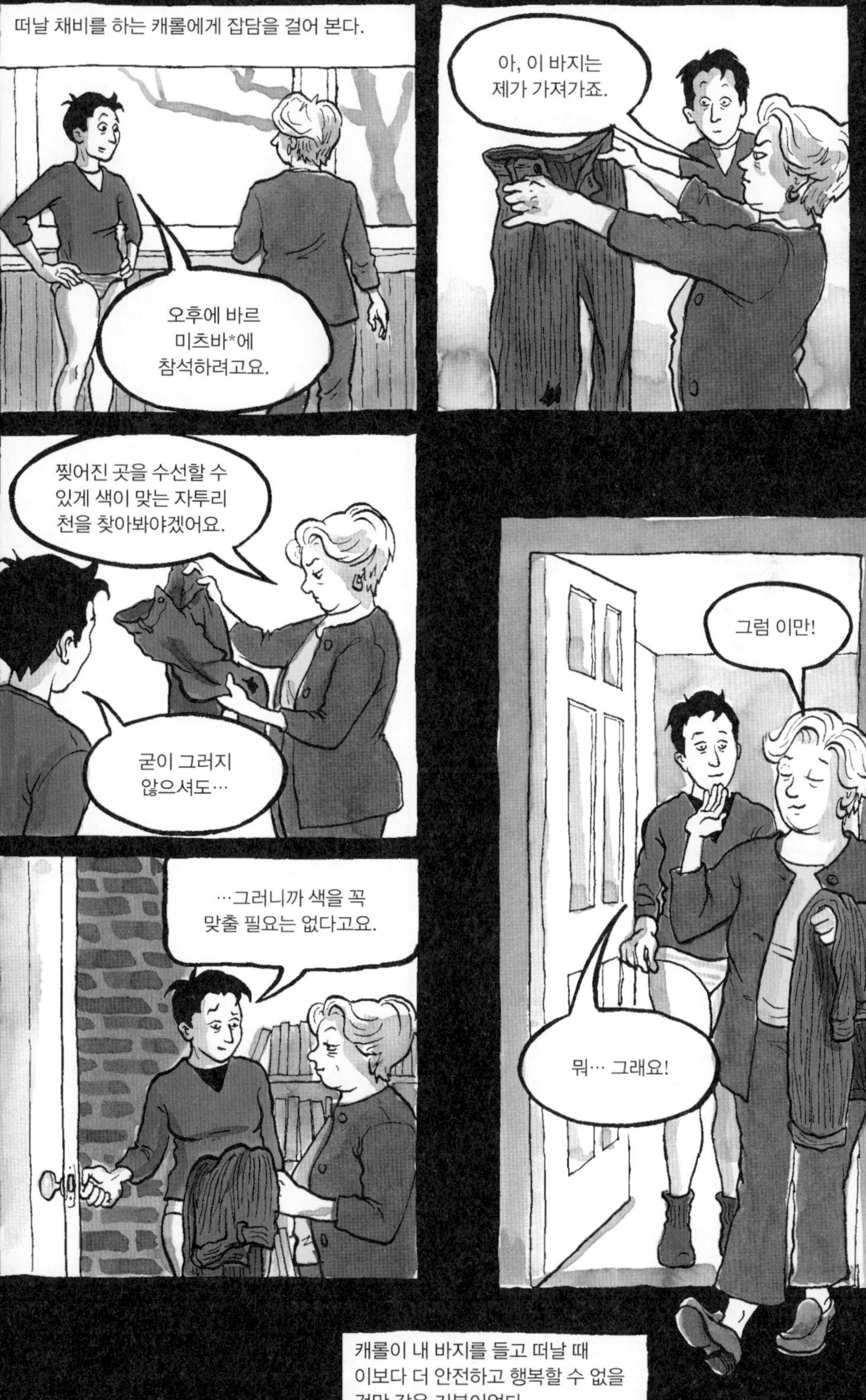
떠날 채비를 하는 캐롤에게 잡담을 걸어 본다.
오후에 바르 미츠바*에 참석하려고요.
아, 이 바지는 제가 가져가죠.
찢어진 곳을 수선할 수 있게 색이 맞는 자투리 천을 찾아봐야겠어요.
굳이 그러지 않으셔도…
…그러니까 색을 꼭 맞출 필요는 없다고요.
그럼 이만!
뭐… 그래요!
캐롤이 내 바지를 들고 떠날 때 이보다 더 안전하고 행복할 수 없을 것만 같은 기분이었다.

* Bar Mitzvah. 히브리어 원문의 뜻은 '율법의 아들'임. 유대교에서 행하는 입문 의식으로 13세가 된 소년의 성인식을 뜻함.

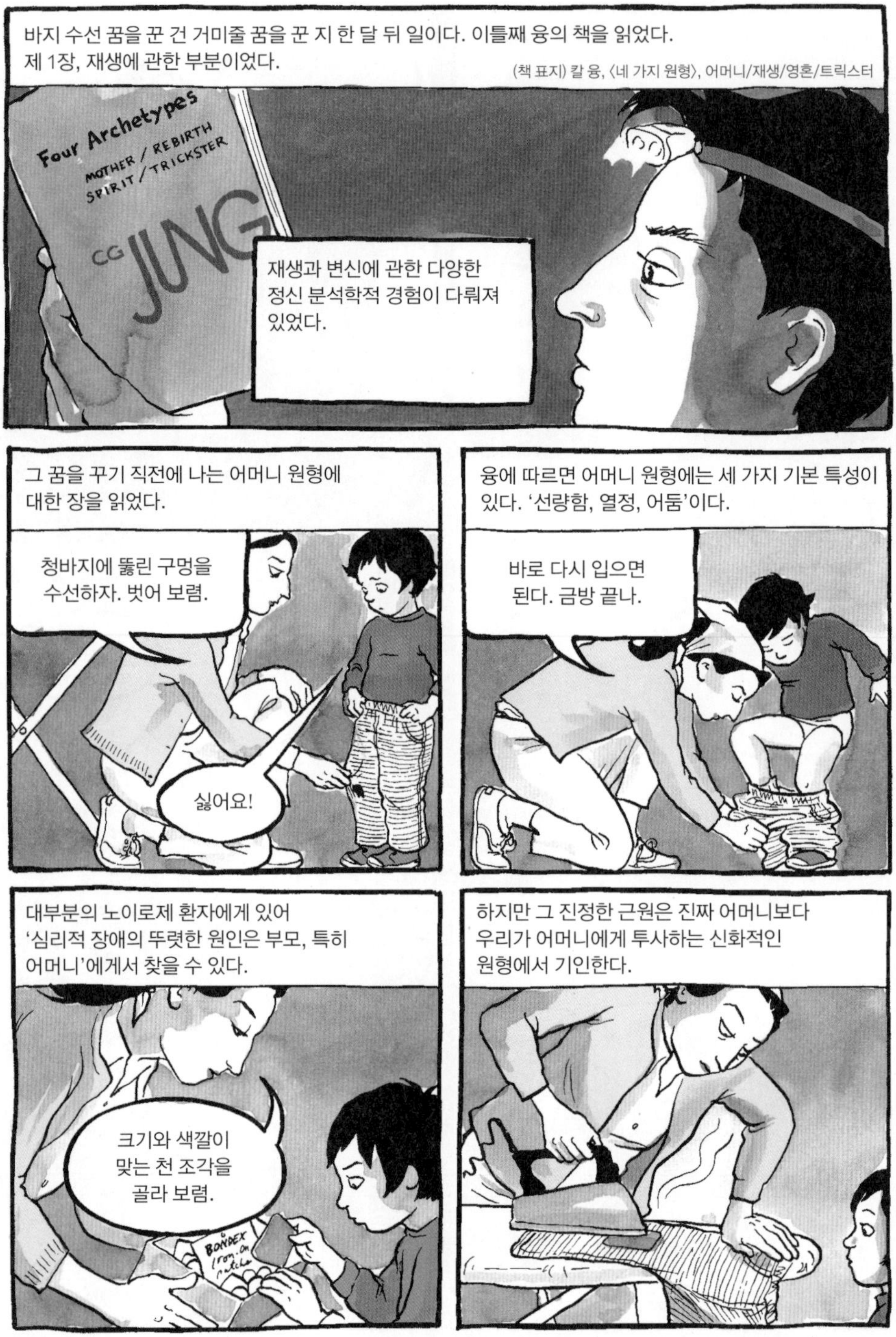
바지 수선 꿈을 꾼 건 거미줄 꿈을 꾼 지 한 달 뒤 일이다. 이틀째 융의 책을 읽었다.
제 1장, 재생에 관한 부분이었다.
(책 표지) 칼 융, 〈네 가지 원형〉, 어머니/재생/영혼/트릭스터
Four Archetypes
MOTHER / REBIRTH
SPIRIT / TRICKSTER
CG JUNG
재생과 변신에 관한 다양한 정신 분석학적 경험이 다뤄져 있었다.
그 꿈을 꾸기 직전에 나는 어머니 원형에 대한 장을 읽었다.
청바지에 뚫린 구멍을 수선하자. 벗어 보렴.
싫어요!
융에 따르면 어머니 원형에는 세 가지 기본 특성이 있다. '선량함, 열정, 어둠'이다.
바로 다시 입으면 된다. 금방 끝나.
대부분의 노이로제 환자에게 있어 '심리적 장애의 뚜렷한 원인은 부모, 특히 어머니'에게서 찾을 수 있다.
크기와 색깔이 맞는 천 조각을 골라 보렴.
하지만 그 진정한 근원은 진짜 어머니보다 우리가 어머니에게 투사하는 신화적인 원형에서 기인한다.

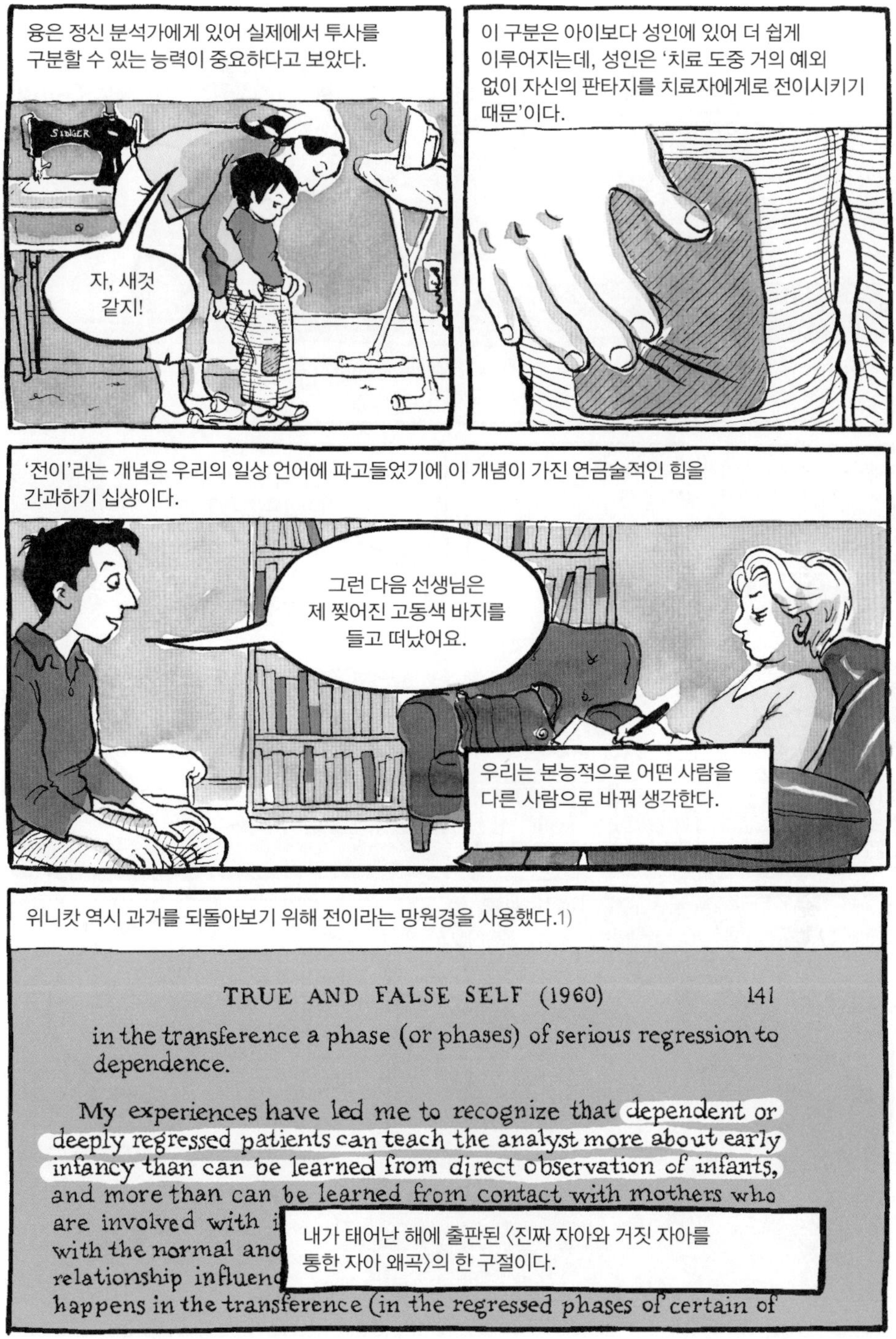
융은 정신 분석가에게 있어 실제에서 투사를 구분할 수 있는 능력이 중요하다고 보았다.
SINGER
자, 새것 같지!
이 구분은 아이보다 성인에 있어 더 쉽게 이루어지는데, 성인은 '치료 도중 거의 예외 없이 자신의 판타지를 치료자에게로 전이시키기 때문'이다.
'전이'라는 개념은 우리의 일상 언어에 파고들었기에 이 개념이 가진 연금술적인 힘을 간과하기 십상이다.
그런 다음 선생님은 제 찢어진 고동색 바지를 들고 떠났어요.
우리는 본능적으로 어떤 사람을 다른 사람으로 바꿔 생각한다.
위니캇 역시 과거를 되돌아보기 위해 전이라는 망원경을 사용했다.1)
TRUE AND FALSE SELF (1960) 141
in the transference a phase (or phases) of serious regression to dependence.
My experiences have led me to recognize that dependent or deeply regressed patients can teach the analyst more about early infancy than can be learned from direct observation of infants, and more than can be learned from contact with mothers who are involved with i
with the normal and
relationship influenc
happens in the transference (in the regressed phases of certain of
내가 태어난 해에 출판된 〈진짜 자아와 거짓 자아를 통한 자아 왜곡〉의 한 구절이다.

1) 진짜 자아와 거짓 자아(1960)
정신 분석가는 유아 자체를 직접 관찰하기보다 의존적이거나 퇴행 정도가 높은 환자들을 통해 초기 영아기에 대해 더 많은 사실을 알 수 있다.

선생님이 찢어진 부분(tear)을 고쳐 주겠다고 했어요. 눈물(tear)이란 뜻도 있었겠죠!
선생님이 저를 치유해 준 거죠!
바지 수선 꿈은 어쩌면 더 어린 시절 어머니의 돌봄과 재생을 상징하는 것일 수 있다.
내 단정치 못한 옷매무새, 테이블, 고동색 바지…
꿈은 내 배설물을 역겨움 없이 바라보게 하는 정신적인 '기저귀 갈이'였다.
융이 말한 '변신'에 관한 꿈이었어요!
제가 쓰는 책과도 관계가 있겠죠.
흥미롭군요. 제가 당신 작업실을 찾아갔다는 거요.
우리 역할이 역전된 것인데, 혹시…
당신은 아버지에 관한 책을 씀으로써 어머니를 치유하려는 것이 아닐까요?

사실 내가 기억하는 한 나는 언제나
엄마를 치유하고자 했다.
아버지! 아버지!
아버지가 안 보여!
어디 가셨지?
어린 시절 부모님은 공영방송에서
방영하던 드라마 〈포사이트 사가*〉를
늘 보고 있었던 것 같다.
실제로 이 드라마는 1969년에서 70년으로 이어지는
겨울에 26주간 방영되었고, 나는 아홉 살이었다.
잠이 안 와요.
앉아서 잠시
드라마 봐.
모르겠어, 준.
아빠는요?
아직 장례식장에
있다. 쉿!
아버지한테 결혼식
얘길 해야 해요.
〈포사이트 사가〉의
원작은 빅토리아
시대의 사회적
관행을 비판한
존 골즈워디의
대하소설이다.
하지만 버지니아
울프는 〈현대
소설〉이라는 글에서
골즈워디의 글에도
빅토리아 시대의
가치가 묻어 있다고
썼다.
엄마와 단둘이 있는 일은 흔치 않았다. 엄마가 내 일기 쓰기를
도와준 건 그로부터 일 년 뒤의 일이니까.
참고로 이건
질투가 아니에요!
그 전해 봄에 외조부모 두 분
모두 세상을 떠나셨다.

* Forsite Saga. 1967년에 제작된 BBC의 히트 드라마. 존 골즈워디의 원작 소설 〈포사이트 가 이야기〉를 기반으로 영국 어퍼 미들 클래스 가족의 비즈니스와 가정생활에서의 창조적 폭력과 착취 등을 3세대에 걸쳐 연대기적으로 다룬 대작. 브리티쉬 소프오페라의 클래식으로 평가받음.

외할머니께서 먼저 암으로 돌아가셨고 곧장 외할아버지께서 '상심'으로 세상을 떠나신 것이다.1)
그 이후로 엄마는 심각한 우울증을 앓았다.
Page 4—Tuesday, April 22, 1
Deaths and F
Mrs. Fontana Die
Kindergartner' a
Mrs. Andrew Fontana of 64 Susquehanna Ave., died at noon yesterday in the Lock Haven Hospital Extended Care Unit where she had been a patient since November. Her health had been failing over the past two years.
Mrs. Fontana was the former Rachel Victoria Rohe, daughter of George and Mary Carroll Rohe. She was born in the same house in which the Fontanas now live, and started to school in the first kindergarten at the present Lock Haven State College, from which she later graduated when the college was the Central State Normal.
Mrs. Fontana maintained a life-long interest in the college and its alumni affairs.
Before her marriage in 1929, she worked as a secretary for the Clark Printing and Manufacturing Co. where her father
Page 4 - Thursday, May 29, 1969 — The Expr
물론, 당시 나는
그 사실을 몰랐다.
Funerals
Andrew Fontana, 76, Dies 5
Weeks after Wife's Death
Five weeks following the death of his wife, Rachel Rohe Fontana, Andrew Fontana, 75, died unexpectedly yesterday at his house, 64 Susquehanna Ave.
The retired Penn-Central Railroad employe and well-known baritone soloist of Lock Haven was found dead in bed of a heart attack, about noon. He had apparently turned off his alarm at 6:30 a.m., preparing to get up, when stricken.
Mr. Fontana was born Nov. 29, 1893 in Caioria, a parish district in southern Austria, in the Tyrol. His father, Candido, went first to South America to make his home and later the family came to the United States, in 1906, to live in Farrandsville.
Mr. Fontana worked for the Pennsylvania Railroad 56 years, retiring as a signal main
Beech Creek; Miss Mary C., Boston, Mass; and three grandchildren.
하지만 지금 생각하면 그 사건은 이맘때쯤 내가 엄마를 향해 느꼈던, 가슴이 미어질 것 같은
애정을 해명해 준다. 분출할 길이 없어 더 절실했던 마음.
아버지가 원하는 대로 내 여자를
딴 사람과 바꿔치기한다면
저는 딴 여자에 대해 그 무엇도
알고 싶지 않아요!

1) **폰타나 부인 사망**
서스케하나 애비뉴 64번지에 거주하는 앤드류 폰타나 부인이 어제 정오 지난 11월부터 입원 중이던 록 헤이븐 병원 요양 치료센터에서 사망했다. 폰타나 부인의 건강은 2년 전부터 급격히 악화되었다.
폰타나 부인은 조지 로헤와 메리 캐롤 로헤의 딸로 결혼 전 이름은 레이첼 빅토리아 로헤였다. 그녀는 현재 폰타나 가족이 살고 있는 집에서 출생했으며, 오늘날 록 헤이븐 주립대학교의 전신인 센트럴 스테이트 노멀이 운영한 최초의 유치원에 다녔고, 이후 같은 대학을 졸업했다. 폰타나 부인은 평생에 걸쳐 대학과 동창회에 활발히 관여하였다.

앤드류 폰타나, 아내 사망 몇 주 뒤 76세를 일기로 영면
앤드류 폰타나는 아내 레이첼 로헤 폰타나의 사망 후 5주가 지난 어제, 서스캐하나 애비뉴 64번지 자택에서 향년 75세를 일기로 사망했다. 펜-센트럴 철도 공사의 은퇴한 직원이자 또한 록 헤이븐의 바리톤

엄마는 두 남동생을 어루만졌고 다정하게 속삭여 줬지만, 나와의 사이에선 절대로 그런 법이 없었다.
더 크지 말았으면!
엄마에게 나를 알릴 다른 방법을 찾아야 했다. 그중 하나가 좀 더 존경심을 담은 호칭을 쓰는 거였다. '엄마'라는 말은 이기적으로 떼를 쓰는 느낌이 들었다.
어머니, 가게까지 자전거 타고 가도 돼요?
또 다른 방법은 자주 사과를 하는 거였는데, 그건 서글픈 역효과만 불러왔다.
앨리슨, 식탁 좀 차려라.
죄송해요!
뭐가? 그런 말은 좀 그만해!
죄송해요!
그런데 〈포사이트 사가〉를 보던 그날 밤 마음을 솔직히 터놓을 기회가 생겼다.
이젠 잠이 와요.
잘됐구나.
나는 기회를 망쳐 버리기 직전이었다.
앨리슨?
아버지, 그러니까 누구 편이시죠?

솔로이스트로 잘 알려졌던 폰타나는 어제 정오경 침대 위에서 심장마비로 사망한 채 발견되었다. 아침 기상을 위해 6시 30분에 맞추어 놨던 알람을 끈 이후 마비 증세가 온 것으로 추정된다. 폰타나는 1893년 11월 29일 남부 오스트리아 티롤 지역에서 출생했다. 그의 아버지 캔디도는 처음에는 남미로 이주했다가 이후 1906년 가족과 함께 미국으로 이주해 파란즈빌에 정착했다. 폰타나는 56년간 펜실베니아 철도 공사에서 일했으며…

넌 나를 사랑하니?
어려운 질문이구나. 이렇게 대답하기 힘든 질문은 처음이다.
그러니 나도 묻자. 프랜시스가 너와 이혼하는 데 동의한다면 어떻게 살아갈 작정이니?
9:40
우리 가족은 사랑이라는 말을 절대 입에 담지 않았다. 내게 사랑한다고 말한 사람은 아무도 없었다고 확언할 수 있다.
차라리 엄마가 내게 〈포사이트 사가〉의 대사를 따라 한 거라고 했으면 좋았으련만.

나는 곧바로 사랑한다고 대답해서 엄마를 안심시키고 싶었다. 그럼에도 대답은 신중해야 했다.
너무 선뜻 대답하면 거짓말 같을 테니까.
9:40
네겐 의무와 책임이 있다!
또 너무 심각하게 말하면 마지못해 하는 대답이 되고.
대답이 너무 늦으면 기회를 영원히 잃게 될 터.
이제 와서는 내가 아무리 진정성 넘치고 민첩하게 대답했다 한들 충분치 않았을 거라는 생각도 든다.
네.
그해 겨울 처음 읽은 〈나니아 연대기〉에서 페벤시 남매는 '전쟁 중 공습으로 인해 런던을 떠난' 것으로 나온다.
부모를 떠나 어디론가 보내진다는 것은 내가 상상할 수 있는 최악의 운명이었다. 그것만으로도 책 한 권이 나올 것이다.
The LION, the WITCH and the WARDROBE
C.S. Lewis
하지만 책에서 그 내용은 그저 이야기의 틀을 위해 지나가는 설정으로 등장할 뿐이다.
나는 외조부모에 대한 기억이 별로 없다.

(책 표지) C. S. 루이스, 〈사자와 마녀와 옷장〉

그때 내 나이는 여덟 살이었다. 4월 외할머니께서 돌아가시고 몇 주 뒤, 5월 외할아버지께서 돌아가시기 몇 주 전, 나는 첫 영성체를 받았다.
카톨릭 교리가 가진 내적 논리의 일관성이 내겐 위로가 됐다.
한 줄로 서서 씩씩하게 올라가세요!
절차는 명확했다. 영성체를 받으려면 죄 없는 '은혜로운 상태'가 되어야 했다.
…자, 앞사람이 나오면 곧장 다음 사람이 들어갑니다.
첫 영성체 전날, 나는 난생 처음 고해 성사를 했다.
shoont

부스럭

엄밀히 말하면 고해 성사는 초자연적인 경험이 아니었다.
신부님 저의 죄를 사하여 주세요.
하지만 동생들에게 고함을 질렀던 것과 방 청소를 하지 않은 것을 신부님께 고백하고 제단 앞에서 속죄하고 나자, 극도의 흥분으로 마음이 들떴다.
은혜로운 상태가 되려면 한 시간 동안 금식해야 했다. 죄뿐 아니라 음식 역시도 몸에서 비워진 상태여야 했던 것이다.
예수님의 몸입니다.
다음날 혀 위에서 성체가 녹는 순간 완전히 텅 빈 느낌이 들었고 기분이 완벽하리만치 좋았다.
앨범에 아버지의 어린 시절 사진은 많았어도 어머니의 어린 시절 사진은 단 한 장뿐이었는데, 바로 첫 영성체 날에 찍은 것이었다.
소녀는 머리가 검고 얼굴은 창백하며 수줍어 보인다. 내가 내 외모에서 마음에 안 들어 하는 부분들이다.

엄마는 아주 가끔 어린 시절 이야기를 해 주었다. 대공황. 2차 세계 대전이 다가오던 시절.
뜰에 채소를 가꾸던 것과 전투기 모양을 외우던 것.
매셔슈미트*!
엄마가 첫 영성체를 받던 봄에
독일군이 유럽을 공습했다.
교리 문답
공부는 했니?
네!
영국은 '파이드 파이퍼 작전'을 시작, 피격 표적지인 도시에 살던
수만 명의 아이들을 시골로 대피시켰다.
아이들은 모르는 사람 집으로 보내졌다. 형제자매가 따로 떨어지는
일도 벌어졌다.
도널드 위니캇은
당시에 대피 작전의
정신 의학 자문가로
일하는 동시에,
스트레스가 심해
모르는 가족과
함께 지낼 수 없는
아이들을 위한 임시
피난처 관계자들에게
조언해 주는 역할도
맡았다.

* Messerschmitt. 2차 세계 대전 중 독일
공군이 사용한 전투기.

훗날 위니캇은 작전 때 아이들이 대피를 하느니 피격을 당하는 쪽이 나았을 것이라고 말했다.
헬렌, 옆집에 다녀올 테니 네 동생 잘 돌보고 있어라.
대피 작전에 대한 논문에서 위니캇은 사실 아이들의 비행 행동이 건강의 증거였으며…
…어린이가 한때 자신들이 갖고 있었고, 여전히 필요한 것들을 요구하는 방법이었다고 썼다.
날으는 요새!
역으로 순응적인 행위가 비건강의 징후였다는 것이 위니캇이 전쟁 이후 거짓 자아에 대해 주장한 내용의 핵심이다.
'충분히 좋지' 않은 어머니는 유아의 마음에서 '우러나온 제스처'를 알지 못한다.1)
infant gesture; instead she substitutes her own gesture which is to be given sense by the compliance of the infant. This compliance on the part of the infant is the earliest stage of the False Self, and
위니캇은 순응을 폄하했고 그가 최고로 친 가치는 마음에서 자연스레 우러나는 자발성이었다. 위니캇은 진짜 자아란 '진짜라고 느껴지는 것'이라고 썼다. 당연히 거짓 자아는 '가짜라고 느껴지는 것'이다.2)
At the earliest stage the True Self is the theoretical position from which come the spontaneous gesture and the personal idea. The spontaneous gesture is the True Self in action. Only the True Self can be creative and only the True Self can feel real. Whereas a True Self feels real, the existence of a False Self results in a

1) 그러는 대신 어머니는 유아의 순응을 자기 자신의 제스처로 대체한다. 이때의 순응이 유아에게 거짓 자아가 드러나는 가장 첫 단계다.

2) 자발적 제스처는 진짜 자아의 작용이다. 오로지 진짜 자아만이 창의적일 수 있고, 진짜 자아만이 진짜라고 느껴질 수 있다.

제스처가 충분히 받아들여지지 않을 때 아기는 마음에서 우러나오는 행동을 하는 위험을 감수하지 않도록 배운다. 진짜 자아를 보호하기 위해 거짓 자아가 발달하는 것이다.
메리, 이것 봐!
평범한 사회적 행동에도 약간의 거짓 자아가 깃들어 있다. 예컨대 우리는 예의를 지키고 타협하도록 배운다.
영화에서 여자가 목걸이를 잡아 뜯던 장면 기억 나?
내가 따라 해 볼게!
그러나 위니캇이 더욱 우려한 건 '진정 분리된 순응적 거짓 자아'였다. 예를 들면 '배우로 자라나는 아이' 같이.
홱
yank
엄마는 실제로 자라서 배우가 되었다.
다시 봐!
하지만 위니캇이 묘사한, 환호를 받을 때만 스스로가 존재한다고 느끼는 유형의 아이는 아니었다.
엄마는 조용하고 주의 깊은 유형이었다. 배경에 스며드는 편인 아이 말이다.

1) 마거릿 드래블의 극장에 대한 책 〈개릭 이어〉를 읽었어. 좋았다! 어쩜 배우를 그렇게 잘 묘사했는지! 게다가 자기 자신도 어쩜 그렇게 실감나게 그려냈을까? 자기가 비열하다는 것, 뭐 그런 부분 말이야. 마거릿 드래블이 어떤 여배우를 이렇게 묘사했어. "얼굴은 창백하고 소심해 보인다. 그녀를 두 번 쳐다보는 사람은 없을 것이다. 그러나 그녀는 진짜이며 내가 존경하는 몇 안 되는 여배우로 고전적인 대배우라 말할 수 있겠다. 무대에서는 언제나 매력적인 모습이다. 그녀는 의사의 딸로 흥미로운 이야기라고는 단 한 번도 한 적이 없는 것만 같았다." 물론 어디까지가 작가의 말이고, 어디까지가

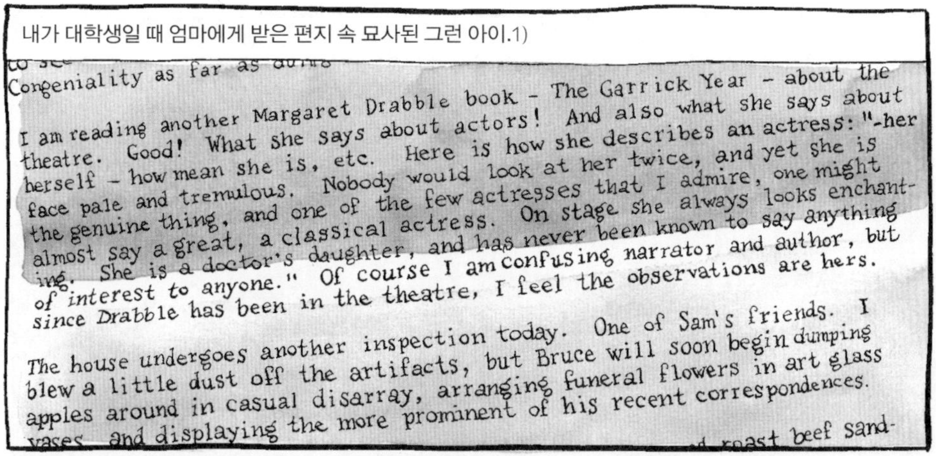
내가 대학생일 때 엄마에게 받은 편지 속 묘사된 그런 아이.1)
Congeniality as far as
I am reading another Margaret Drabble book - The Garrick Year - about the
theatre. Good! What she says about actors! And also what she says about
herself - how mean she is, etc. Here is how she describes an actress: "-her
face pale and tremulous. Nobody would look at her twice, and yet she is
the genuine thing, and one of the few actresses that I admire, one might
almost say a great, a classical actress. On stage she always looks enchant-
ing. She is a doctor's daughter, and has never been known to say anything
of interest to anyone." Of course I am confusing narrator and author, but
since Drabble has been in the theatre, I feel the observations are hers.
The house undergoes another inspection today. One of Sam's friends. I
blew a little dust off the artifacts, but Bruce will soon begin dumping
apples around in casual disarray, arranging funeral flowers in art glass
vases and displaying the more prominent of his recent correspondences.
roast beef sand-

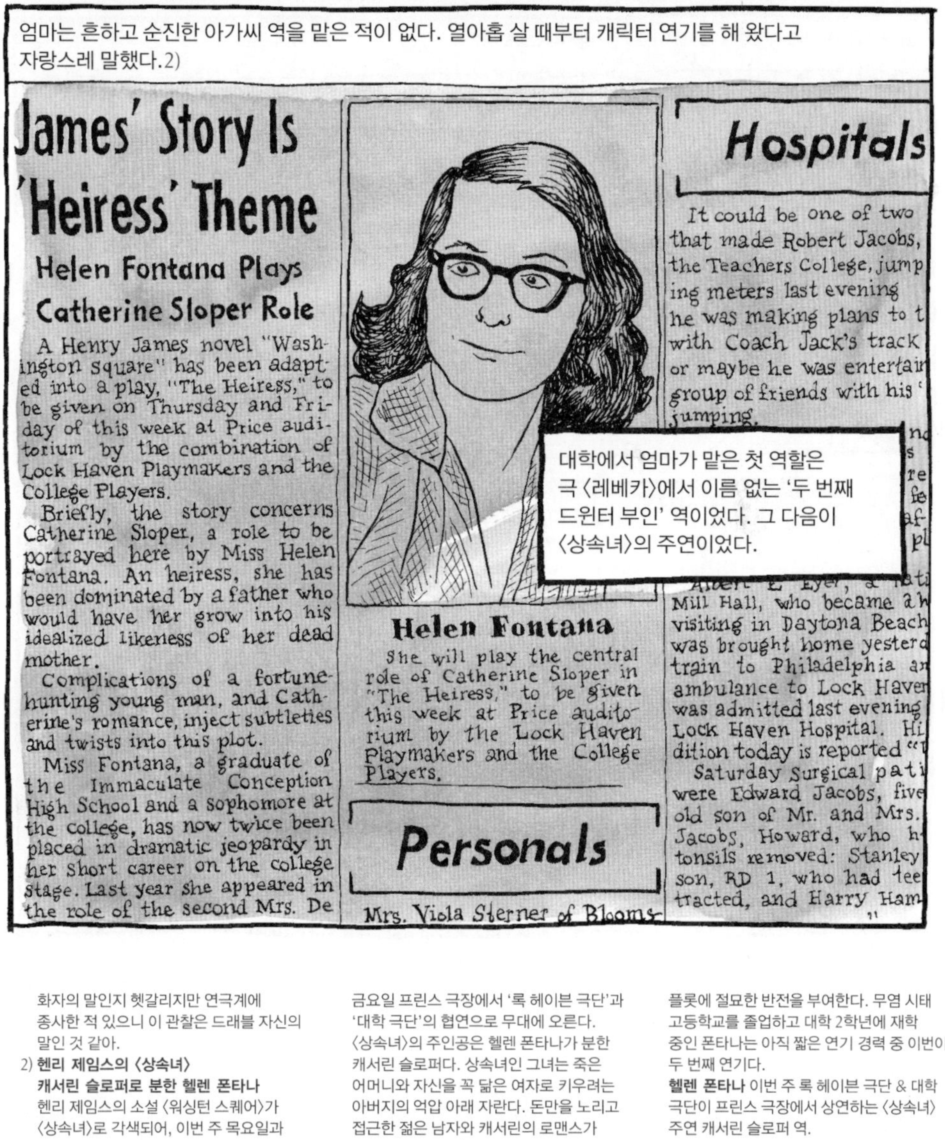
엄마는 흔하고 순진한 아가씨 역을 맡은 적이 없다. 열아홉 살 때부터 캐릭터 연기를 해 왔다고 자랑스레 말했다.2)
James' Story Is 'Heiress' Theme
Helen Fontana Plays Catherine Sloper Role
A Henry James novel "Washington Square" has been adapted into a play, "The Heiress," to be given on Thursday and Friday of this week at Price auditorium by the combination of Lock Haven Playmakers and the College Players.
Briefly, the story concerns Catherine Sloper, a role to be portrayed here by Miss Helen Fontana. An heiress, she has been dominated by a father who would have her grow into his idealized likeness of her dead mother.
Complications of a fortune-hunting young man, and Catherine's romance, inject subtleties and twists into this plot.
Miss Fontana, a graduate of the Immaculate Conception High School and a sophomore at the college, has now twice been placed in dramatic jeopardy in her short career on the college stage. Last year she appeared in the role of the second Mrs. De
Helen Fontana
She will play the central role of Catherine Sloper in "The Heiress," to be given this week at Price auditorium by the Lock Haven Playmakers and the College Players.
Personals
Mrs. Viola Sterner of Blooms-
Hospitals
It could be one of two that made Robert Jacobs, the Teachers College, jump ing meters last evening he was making plans to with Coach Jack's track or maybe he was entertai group of friends with his jumping.
Mill Hall, who became a visiting in Daytona Beach was brought home yesterd train to Philadelphia a ambulance to Lock Haven was admitted last evening Lock Haven Hospital. Hi dition today is reported
Saturday Surgical pati were Edward Jacobs, five old son of Mr. and Mrs. Jacobs, Howard, who h tonsils removed: Stanley son, RD 1, who had tee tracted, and Harry Ham
대학에서 엄마가 맡은 첫 역할은 극 〈레베카〉에서 이름 없는 '두 번째 드윈터 부인' 역이었다. 그 다음이 〈상속녀〉의 주연이었다.

화자의 말인지 헷갈리지만 연극계에 종사한 적 있으니 이 관찰은 드래블 자신의 말인 것 같아.

2) **헨리 제임스의 〈상속녀〉 캐서린 슬로퍼로 분한 헬렌 폰타나**
헨리 제임스의 소설 〈워싱턴 스퀘어〉가 〈상속녀〉로 각색되어, 이번 주 목요일과 금요일 프린스 극장에서 '록 헤이븐 극단'과 '대학 극단'의 협연으로 무대에 오른다. 〈상속녀〉의 주인공은 헬렌 폰타나가 분한 캐서린 슬로퍼다. 상속녀인 그녀는 죽은 어머니와 자신을 꼭 닮은 여자로 키우려는 아버지의 억압 아래 자란다. 돈만을 노리고 접근한 젊은 남자와 캐서린의 로맨스가 플롯에 절묘한 반전을 부여한다. 무염 시태 고등학교를 졸업하고 대학 2학년에 재학 중인 폰타나는 아직 짧은 연기 경력 중 이번이 두 번째 연기다.
헬렌 폰타나 이번 주 록 헤이븐 극단 & 대학 극단이 프린스 극장에서 상연하는 〈상속녀〉 주연 캐서린 슬로퍼 역.

엄마는 연기를 하려고 휴학을 했다. 일 년간 클리브랜드 극단의 견습 단원이 되어 소품, 의상, 연기를 맡았다.
엄마는 돔 드루이즈*와도 친분이 있었다. 한번은 크리스마스 파티 전에 둘이 함께 자정 미사를 보러 간 적도 있었다.
카톨릭 신자들이 왔으니 이제 파티를 시작해 봅시다!
어린 시절 텔레비전에 돔 드루이즈가 가끔 나왔다.
어떤 사람이었어요?
정말 웃긴 사람이었지! 무대 위에서 애드리브를 하면 관객들이 웃음을 터뜨렸단다.
DOMINICK the GREAT
엄마는 왜 배우가 되지 않았어요?
결혼해서 아이를 낳고 싶었거든.
어릴 때 아끼는 목걸이를 실수로 끊어 먹은 엄마의 이야기를 들은 뒤로, 내가 얼마나 그 목걸이를 다시 붙여 주고 싶었는지 모르겠다.
시간을 되돌려서라도, 엄마에게 경고해 주고 싶다.

* Dom Deluise. 미국의 원로 희극 배우.

클리브랜드 극단에서 나온 엄마는 고향으로
돌아와 집 근처에 있는 교육대학을 졸업했다.
엄마가 아빠를 처음 만난 건 공연 〈말괄량이
길들이기〉를 준비할 때였다.
대학을 졸업한 뒤로 엄마는 2년간 뉴욕에서 비서 일을 했다.
그러던 중에 아빠와 결혼했고
11개월 뒤에 내가 태어났다.
위니캇에 따르면
어머니가 아기
마음에서 우러난
제스처를 살피지
못하는 이유인즉,
아버지가 제 역할을
충분히 하지
못해서다.1)
the simplest case the man, supported by a social attitude which
is itself a development from the man's natural function, deals
with external reality for the woman, and so makes it safe and
sensible for her to be temporarily in-turned, self-centred.
애 좀 조용히
못 시켜?

1) 남성은 (…) 여성의 외적 현실을 책임지기에,
여성은 일시적으로 내면에 눈을 돌리고
자신에게 관심을 집중하는 편이 안전하고
분별 있는 일이라고 생각하게 된다.

우리 아빠에게는 자기 나름의
싸움이 있었다.
장례식은 관을 닫은 채 진행되었지만,
나와 동생들은 같이 들어가서 아빠를
봐도 된다는 허락을 받았다.
엄마는 혼자
들어갔다.1)
More towards health: The False Self has as its main concern a search for conditions which will make it possible for the True Self to come into its own. If conditions cannot be found then
그러나 그 조건을
찾아내지 못했을 때
'임상적 사인은 자살.'2)
When suicide is the only defence left against betrayal of the True Self, then it becomes the lot of the False Self to organize the suicide. This, of course, involves its own destruction, but at the same time eliminates the need for its continued existence, since its function is the protection of the True Self from insult.
아버지의 자살에
분노를 느꼈나요?
음… 아니요.
아닌 것
같아요.

1) '거짓 자아'의 주된 관심사는 진짜 자아가 평가받을 수 있는 조건을 찾는 것이다.
2) 진짜 자아를 배반하지 않는 방어 수단이 자살밖에 남지 않을 때 거짓 자아는 자살을 실행한다. 물론 이에는 자기 파괴가 관여하지만 동시에 존재를 지속할 필요는 사라진다. 거짓 자아의 기능은 진짜 자아가 모욕당하지 않게 보호하는 것이기 때문이다.

위니캇은 진짜 자아와 거짓 자아에 대한 논문에서 전이 단계 중 '의존으로 심각한 퇴행'을 겪는 부모에 대해 이야기한 바 있다.
여기서 정신 분석가는 처음에 상실했던 것을 환자에게 '먹여 줄' 기회를 갖는다.
나와 조슬린 사이의 일은 우리가 대화를 하건 하지 않건, 내가 그를 마주하건 그의 압도적인 시선을 차마 마주하지 못하건 관계없이 일어나는 것이었다.
엄마에게 심리 치료를 받을 생각이라고 말했을 때, 나는 자기계발서 류의 잔소리를 들을 각오가 되어 있었다.
끔찍하고 죽은 것 같은 기분이에요.
하지만 엄마는 공감해 주었다. 당신 역시 몇 번의 우울증을 겪은 적이 있으며 가장 심각했던 건 외조부모님이 돌아가셨을 때였다고.
맬컴 박사에게 항우울제와 수면제를 처방받아 먹었어.
세상에. 까맣게 몰랐어요.

성당에서 한쪽에는 너, 한쪽에는 크리스천을 두고 가운데에 있는데, 그날 하루를 어떻게 버틸지 모르겠더라.
지옥 같았어.
외할머니도 우울증에 걸린 적이 있단다. 결혼 직후 내가 네 나이쯤일 때 말씀해 주셨지.
아주 어렸을 때래. 열네 살쯤 좋아하던 남자애한테 차였단다.
그때부터 일 년 가까이 심한 우울증에 시달렸다지 뭐냐.
그러던 어느 일요일 아침 성당에 갔다가 앞에 서 있는 여자가 쓴 모자를 봤단다. 정교하기 짝이 없는 테두리 장식이 붙어 있었는데, 실을 꿴 바늘이 그대로 꽂혀 있었다는 거야.
엄마는 크게 웃었고 그렇게 우울증이 나았대.

도널드 위니캇의 어머니 역시 우울증을 앓았다. 위니캇은 말년에 어머니에 대한 '나무'라는 시를 썼다.
나무는 십자가이고 위니캇은 십자가에 매달린 예수상이다.
'그녀에게 활력을 주는 것이 나의 삶이었다.'라는 구절이 있다.
내가 스물여섯 살에 겪은 우울증은 불과 몇 주 만에 끝났다. 하지만 어린 시절에는 때때로 끔찍한 슬픔에 잠겨 잠깐씩 가슴이 미어질 때가 있었다.
주로 성당에서였다.
그 감정은 알아챌 새도 없이 사라졌다.
나이를 먹어감에 따라 나는 그 기분에 이름을 붙여 보려고 했다. 내가 떠올린 가장 적절한 말은 '고아가 된 기분'이다.
MISSALETTE
어른이 된 지금도 여전히 짧은 멜랑콜리 발작을 겪을 때가 있는데, 가장 나쁜 건 드물게 성당에 갈 때마다 그런 기분이 든다는 것이다.

또, 때로는 섹스 후에도.
이제 좀 괜찮아?
앞서 말했듯이 내 우울증은 조슬린과 만난 지 몇 분 안 돼서 나아졌다. 하지만 날카로운 불안감은 몇 달을 더 갔다.
딱히.
조슬린이 어떻게 생각할지 생각해 보는 필터를 거쳐 내 경험을 관찰하는 새로운 습관을 통해서 불안감을 약간 가라앉힐 수 있었다.
광고 그림은 아직인가요? 시간이 없어요.
RAPIDOGR
외부 세계에 여전히 기능하고는 있었지만 그해 여름 나는 전적으로 내면적인 삶을 살았다.
NEWS
Saloon
UNDERWEAR
PARTY
나는 치료를 받았다.
THERAPY
치료에 대한 책을 읽었다.
치료에 대해 썼다.

그렇게 5개월을 보낸 어느 날, 헬스장에서 이상한 기분에 사로잡혔다.
불안감이 사라져버린 것이다.
나는 엘로이즈에게 이런 이야기를 하지 않고 저녁에 외식을 하자고 했다.
Dave's GARAGE
BLAZER 4x4
몇 주 전만 해도 실링팬과 형광등이 만들어 낸 점멸광 때문에 음식을 넘길 수 없었던 식당에 다시 갔다.
식사 후에 우연히 친구들을 만났고, 그날 나눈 기분 좋은 일상적인 대화도 꽤나 자세히 일기에 써 뒀다.
그래서 이달 말에 배리 집으로 들어가려고.
목줄 차는 거구만?
나, 어젯밤 얘가 동거하기 전에 딴 사람과 자고 싶다고 말하는 꿈을 꿨어.
그게 뭐야! 그 꿈 뭔 뜻이지?
배우
대학원생
시인

그래서 뭐라고 했어?
안 된다고 했지!
자다가 두들겨 맞았지 뭐야.
MIDWEST LESBIAN GAY BISEXUAL CONFERENCE
배우 친구는 내가 디자인한 티셔츠를 입고 있었다. 덕분에 내가 외부 세계와 연결되어 있다는 기분 좋은 감각이 커졌다.
(티셔츠) 중서부 레즈비언 게이 바이섹슈얼 컨퍼런스
그러나 몇 달 뒤 동부 여행을 다녀오고서 불안증이 재발했다.
뉴욕에서 같이 머물던 친구가 장염에 걸렸는데, 장염이 옮아서 토하게 될까 봐 **완전히 패닉이었어요.**
너무 불안해져서 실제로 속이 메스껍고 몸에 힘이 없고 토기가 올라오고 폐소 공포를 느꼈어요.
얼마 전만 해도 제정신이었는데! 제게 뭔 일이 일어나는 걸까요?
음… 이상한 질문으로 들릴지 모르겠어요. 어떻게 표현해야 좋을지 확신은 없지만… 신을 믿으세요?
어…
아, 네.
질문을 살짝 바꿔 보죠. 당신의 우주관을 내게 말해 주겠어요?

바람 잘 날 없는 집안에서 자란 사람들은 우주나 신이라는 존재를 위험하다고 여기는 경우가 많아요.
기분이 어떤가요?
모르겠어요.
생각이 왔다 갔다 하는데… 가족이란 원래 다 바람 잘 날 없는 거 아닌가요?

생각해 보니까… 아, 이런 우리 가족은 너무 망했네요.
우주론에 대해 말한 그날의 상담이 내 자기방어를 결정적으로 무너뜨렸다.
얼마 뒤에 조슬린은 식료품점에 갔다가 희한한 사고를 겪었다.
타이드* **통**이요?
머리에 떨어졌다고요?
내가 조슬린에게 얼마나 의지하는지 고백해야겠다는 욕망이 더 강해졌다…
…하지만 그럴 용기를 내기까지 몇 주가 걸렸다.
…마치 당신이 내 머릿속에 들어와 함께 보는 것 같아요.
크리스마스 직전에 처음으로 조슬린 앞에서 마음껏 울었다.

* Tide. 세제 이름.

그날 헤어질 때 조슬린은 나를 안아 주었다. 포옹이란 관습이 가진 의미를 그때 처음 깨달았다.
상자 안에서 살아 있는 태아를 발견한 꿈 이야기를 나눴다.
안았더니 더 통통해지고 커졌어요.
나는 조슬린에게 단지 한 사람의 내담자로 존재하는 건 싫다고 말했다. 그녀의 대답으로 몇 주를 살았다.
난 당신을 좋아해요.**
조슬린은 물었다. 내가 상실감을 있는 그대로 느낄 때 일어날 수 있는 최악의 사태가 무엇이냐고?
봄이 돌아왔을 때 내가 다 나았다고 말할 수 있었더라면 좋았을 것이다.
우리 가족은 그렇게 나쁘지 않았어요. 내가 뭘 불평하는 건지 모르겠어요.

** I like you.

하지만 무장이 해제된 이면에도 또 한 겹의 무장이 전혀 벗겨지지 않은 채 고스란히 남아 있다.1)
The patient's False Self can collaborate indefinitely with the analyst in the analysis of defences, being so to speak on the analyst's side in the game. This unrewarding work is only cut
당신은 다가가고, 관계를 맺고, 그 다음에는 폄훼해요.
알아요. 거부해 버리죠.
위니캇은 거짓 자아가 천재적인 곡예사이기도 하다고 썼다.2)
living through imitation, and it may even be possible for the child to act a special role, that of the True Self *as it would be if it had had existence*.
잘하고 싶은데! 당신에게 최고의 내담자가 되고 싶어요.
세상에. 만화 때문에 조금이라도 관심을 받을 수 있어 다행이에요. 난 정말 관심이 고파요.
하지만 관심을 받는 순간 무가치해진 느낌이 들죠.
또한 거짓 자아의 '이중적 비정상성'과 그 고통에서 벗어나기 위한 '예리한 지성'을 가진 사람은 고뇌하게 된다고.3)
that it very easily deceives. The world may observe academic success of a high degree, and may find it hard to believe in the very real distress of the individual concerned, who feels 'phoney' the more he or she is successful. When such individuals destroy
펜실베이니아 대학교에서 강연을 했을 때도요.
사람들이 뭐라고 생각했을까요? 저는 **사기꾼**이에요.

1) 방어 분석이 이루어질 때 환자의 거짓 자아는 무기한으로 정신 분석가와 협력할 수 있다. 말하자면 정신 분석가의 측면에서 그렇다.
2) 아이는 진짜 자아가 존재했더라면 했을 법한 특정한 역할을 심지어 연기한다.
3) 높은 수준의 학문적 업적을 이룬 사람이 성공하면 할수록, 자신이 가짜라는 기분에 사로잡히며 고통스러워 한다는 사실을 세상 사람들은 믿기 어려워할 것이다.

성공할수록 공허함을 느끼고, 그 공허함 때문에 성공 욕구가 더 커진다.
금요일 밤에 데이트 어때?
악순환이면서 또 유용한 이 순환이 바로 앨리스 밀러가 말한 '재능 있는 아이'가 처하는 곤경인 것이다.
안 돼, 비즈! 강의록 작성해야 해.
밀러에 따르면 거짓 자아는 지적 성장의 장애물이 아니라 '진정한 정서적 삶'을 펼쳐 내는 데 있어 장애물이다.
게다가 이번 북 투어에서 쓸 슬라이드 쇼도 만들어야 하고.
며칠 뒤에 엘로이즈는 자신이 우리 친구인 배우 크리스에게 끌린다고 털어놨다.
어떻게 하겠다는 뜻은 아니야.
한밤중
그냥 네게 이야기하고 싶었어.
잘했어. 말해 줘서 고마워.
이런 얘길 서로 솔직하게 나눌 수 있어 다행이야.
나는 마음을 바꿔 금요일에 데이트를 했다.
HOPE AND GLORY
7 & 9:30
UPTOWN
ROCKY HORROR
SATURDAY AT MIDNIGHT

(영화 제목) 〈희망과 영광〉

그날 우리는 공습 당시 런던에 살던 한 소년에 관한 영화를 봤다. 영화 앞부분에서 소년의 어머니는 소년과 어린 여동생을 데리고 아수라장인 기차역으로 피난을 간다.
아이들을 선 앞에 내려 두고 꼬리표에 적힌 목적지를 정확하게 확인하세요.
EXIT
이제 작별 인사를 하고 아이들은 여기로 보내세요.
그러나 어머니는 참지 못하고 마지막 순간 두 아이를 열차에서 끌어 내린다.
우리 가족은 떨어지면 안 돼!
영화의 '코믹'한 반전 요소는 어머니가 마음을 다시 바꾼다는 것이다… 하지만 너무 늦었다. 아이들은 런던에 남아 전시 상황의 도시를 뒤덮은 공포와 기쁨을 여과 없이 경험하게 된다.
심리 치료를 받기 전엔 영화 보며 운 적이 없음.
앨리스 밀러는 부모에게 순응하기 위해 스스로의 감정을 억누르는 아이들은 일종의 버려짐을 겪은 아이들이라고 썼다.1)
sion of his own distress. Later, when these feelings of being deserted begin to emerge in the analysis of the adult, they are accompanied by such intensity of pain and despair that it is quite clear that these people could not have survived so much pain. That would only have been possible in an empathic, attentive environment, and this they lacked. The
또한 어머니가 아이에게 순응을 요구하는 것은 어머니 당신의 어머니로부터 거부당한 것을 얻고자 하는 시도일 뿐이라고 했다.

1) 아이들이 성인이 된 다음 또다시 이 버림받은 기분을 느끼기 시작하면 강렬한 고통과 절망에 사로잡히는데, 이로써 그들이 그 크나큰 고통을 이겨 내지 못했음이 명백해진다.

이번 쇼에 모녀 모델을 써 볼 생각이다.
훌륭한데요.
엄마는 개인 소장한 의상들을 가지고 평생교육원이 주최하는 패션쇼를 준비하는 중이었다. 1860년에서 1960년에 이르는 패션의 진화를 십 년 단위로 보여 줄 예정이었다.
얼마 전 엄마 집에 갔을 때 엄마는 우연히 찾았다며 내가 옛날에 입었던 옷을 주기도 했다.
몇 벌이나 고칠지 결정해야 한다. 상태만 좋았다면 수천 달러는 족히 나갈 비싼 이브닝 가운도 있구나.
1967년 경
모드* 스트라이프가 있는 이 옷은 이상하리만치 요즘 스타일이다. 끝단 바로 위에 찢어진 곳을 수선한 흔적이 있다.
핑크 실크 조젯 드레스의 어깨가 해져서 망사로 수선하고 있어.
안쪽에는 내 손바닥만큼이나 익숙한, 다리미로 눌러 붙이는 패치가 덧대어져 있다. 엄마가 나를 얼마나 열심히 보살폈는지를 알리는 물증.
이런, 엄마. 정말 만만찮겠어요.

* Mod. 모더니스트의 준말. 깔끔하게 유행을 따른 복장을 입고 클래식 스쿠터를 타고 다니며 록 음악과 모던 재즈를 즐겼던 1960년대 런던 노동 계급의 청년 그룹인 모드족의 스타일을 뜻함.

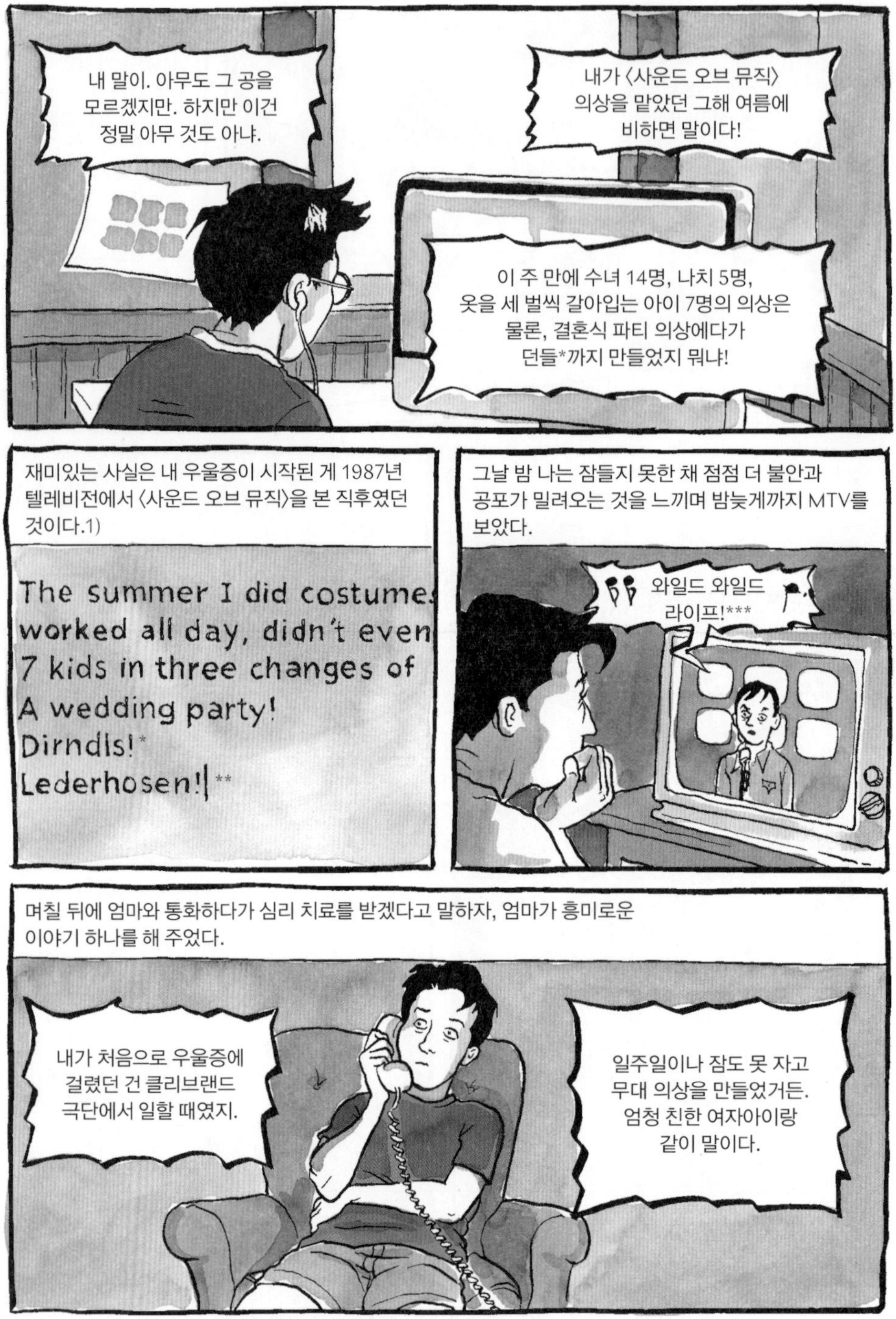
내 말이. 아무도 그 공을 모르겠지만. 하지만 이건 정말 아무 것도 아냐.
내가 〈사운드 오브 뮤직〉 의상을 맡았던 그해 여름에 비하면 말이다!
이 주 만에 수녀 14명, 나치 5명, 옷을 세 벌씩 갈아입는 아이 7명의 의상은 물론, 결혼식 파티 의상에다가 던들*까지 만들었지 뭐냐!
재미있는 사실은 내 우울증이 시작된 게 1987년 텔레비전에서 〈사운드 오브 뮤직〉을 본 직후였던 것이다.1)
The summer I did costumes
worked all day, didn't even
7 kids in three changes of
A wedding party!
Dirndls!*
Lederhosen!**
그날 밤 나는 잠들지 못한 채 점점 더 불안과 공포가 밀려오는 것을 느끼며 밤늦게까지 MTV를 보았다.
와일드 와일드 라이프!***
며칠 뒤에 엄마와 통화하다가 심리 치료를 받겠다고 말하자, 엄마가 흥미로운 이야기 하나를 해 주었다.
내가 처음으로 우울증에 걸렸던 건 클리브랜드 극단에서 일할 때였지.
일주일이나 잠도 못 자고 무대 의상을 만들었거든. 엄청 친한 여자아이랑 같이 말이다.

1) 그해 여름 의상을 맡았던
하루 종일 일했는데 심지어
옷을 세 벌씩 갈아입는 아이들
결혼식 파티!
던들!
레더호젠!

* 던들. 알프스 티롤의 여성복으로 허리나 상의가 꽉 조이면서 치마폭은 넓은 치마나 원피스를 말함.

** 레더호젠. 알프스 티롤의 남성복으로 자수 장식을 넣은 멜빵 반바지를 말함.

*** 미국 록 밴드 토킹헤즈(Talking Heads)의 노래.

나보다 두 살이 많았고 내가 많이 동경했다고 해야 하나.
그런데 어느 날 갑자기 극단의 '여배우'를 짝사랑한다고 나한테 털어놓지 뭐냐.
정말 충격이었어! 잠까지 부족한 와중이라 그 후 몇 주간 우울증에 시달렸다.
내가 레즈비언인 걸 전했을 때 엄마가 얼마나 충격을 받았을지 짐작되어 유감스러웠다.
와!
하지만 우울증이 가장 심했던 건 부모님이 돌아가셨을 때야. 맬컴 박사에게 항우울제와 수면제를 처방받아 먹었다.
세상에! 까맣게 몰랐어요.
엄마가 그 이야기를 해 줬을 때, 나는 엄마가 날 임신한 때와 같은 나이였다.
일요일이면 교회에 가서 한쪽에는 너, 한쪽에는 크리스천을 두고 가운데에 있었지.
〈사운드 오브 뮤직〉을 처음 봤던 때가 기억난다. 내가 네 살 때였다. 외할머니 외할아버지가 나를 극장에 데려갔다.

어린 날에 고향인 티롤을 떠났던 할아버지가 그날 〈에델바이스〉를 듣고
감격에 겨워 눈물을 흘렸다는 건 수년이 지난 뒤에야 알게 된 사실이다.
내 조국 영원히 축복해다오.
나 역시 그 영화를 보며 나만의 심오한 감상을 느꼈다. 에로틱하다고밖에 표현할 수 없는 낯설고 새로운 감각이었다.
내가 욕망했던 마리아가 어떤 모습이었는지 설명하기 어렵다. 수녀원의 수녀들 눈에 비친 아이.
폰 트랩 대령의 눈에 비친 연인.
억압받는 아이들의 눈에 비친, 기저귀 천을 꿰매 놀이옷을 만들어 주던 발랄한 어머니.
아무튼 나는 그녀를 원했다.

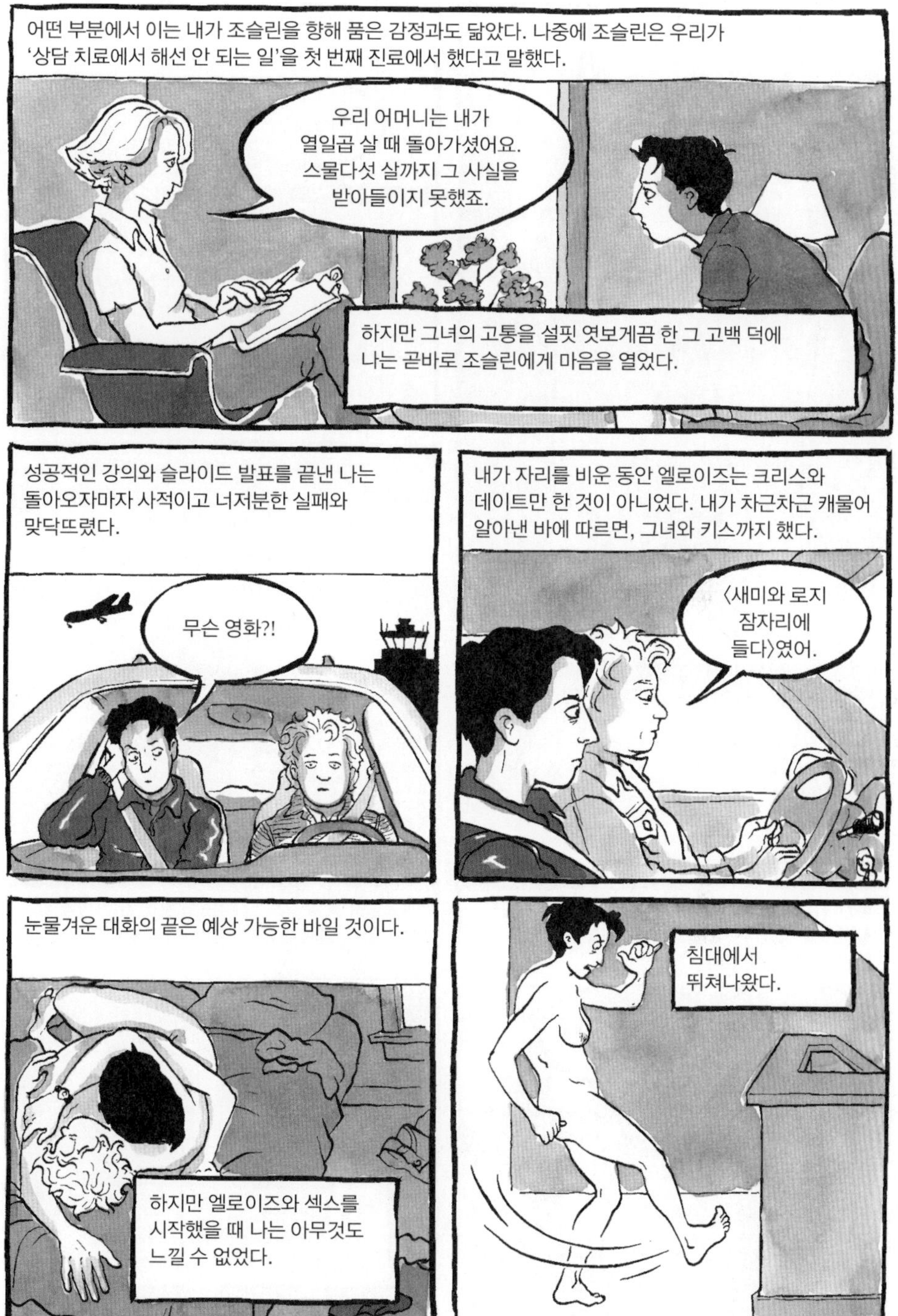
어떤 부분에서 이는 내가 조슬린을 향해 품은 감정과도 닮았다. 나중에 조슬린은 우리가 '상담 치료에서 해선 안 되는 일'을 첫 번째 진료에서 했다고 말했다.
우리 어머니는 내가 열일곱 살 때 돌아가셨어요. 스물다섯 살까지 그 사실을 받아들이지 못했죠.
하지만 그녀의 고통을 설핏 엿보게끔 한 그 고백 덕에 나는 곧바로 조슬린에게 마음을 열었다.
성공적인 강의와 슬라이드 발표를 끝낸 나는 돌아오자마자 사적이고 너저분한 실패와 맞닥뜨렸다.
무슨 영화?!
내가 자리를 비운 동안 엘로이즈는 크리스와 데이트만 한 것이 아니었다. 내가 차근차근 캐물어 알아낸 바에 따르면, 그녀와 키스까지 했다.
〈새미와 로지 잠자리에 들다〉였어.
눈물겨운 대화의 끝은 예상 가능한 바일 것이다.
하지만 엘로이즈와 섹스를 시작했을 때 나는 아무것도 느낄 수 없었다.
침대에서 뛰쳐나왔다.

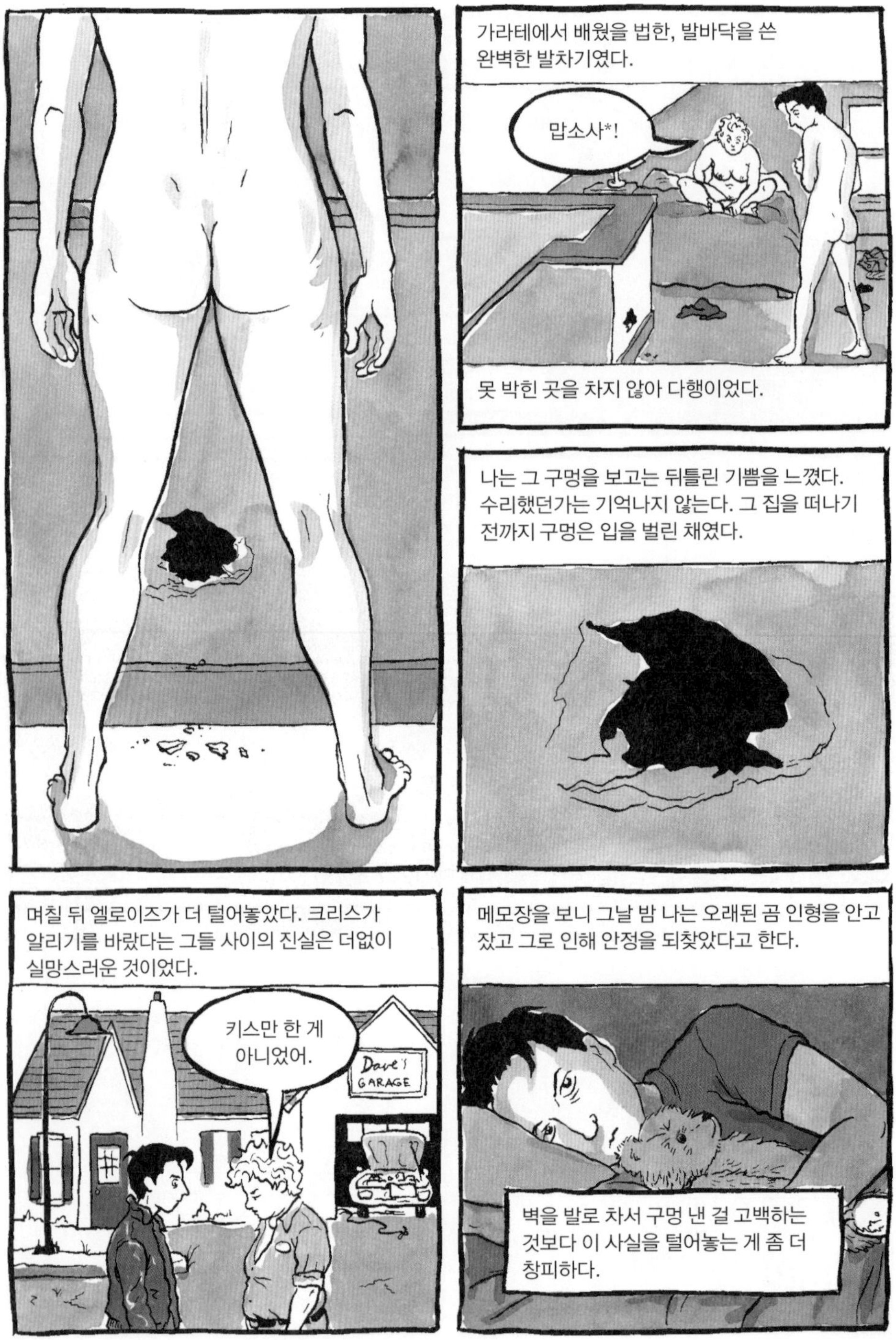
가라테에서 배웠을 법한, 발바닥을 쓴
완벽한 발차기였다.
맙소사*!
못 박힌 곳을 차지 않아 다행이었다.
나는 그 구멍을 보고는 뒤틀린 기쁨을 느꼈다. 수리했던가는 기억나지 않는다. 그 집을 떠나기 전까지 구멍은 입을 벌린 채였다.
며칠 뒤 엘로이즈가 더 털어놓았다. 크리스가 알리기를 바랐다는 그들 사이의 진실은 더없이 실망스러운 것이었다.
키스만 한 게 아니었어.
Dave's GARAGE
메모장을 보니 그날 밤 나는 오래된 곰 인형을 안고 잤고 그로 인해 안정을 되찾았다고 한다.
벽을 발로 차서 구멍 낸 걸 고백하는 것보다 이 사실을 털어놓는 게 좀 더 창피하다.

* Jesus. 탄성. 'oh, no!'와 비슷한 감탄사임.

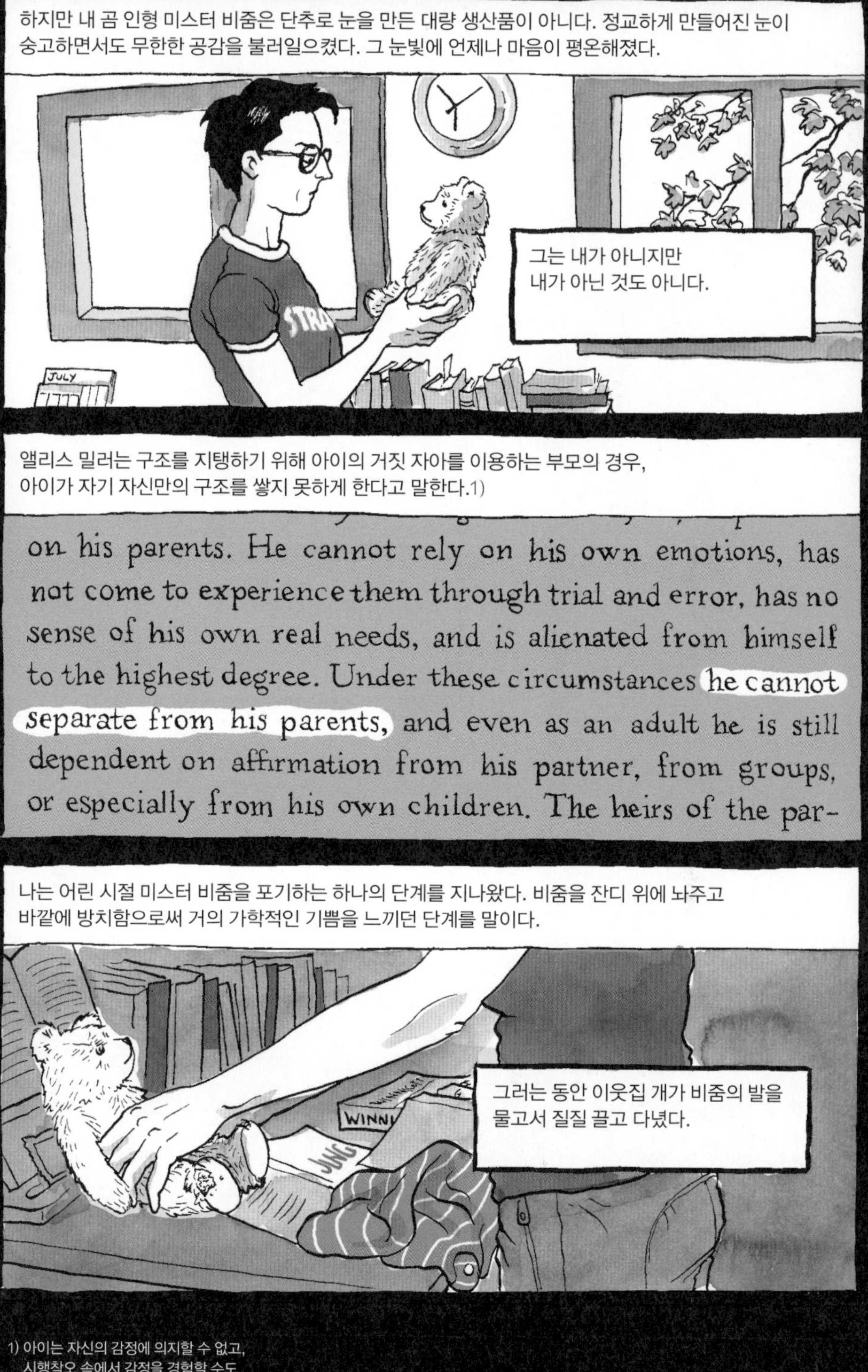
하지만 내 곰 인형 미스터 비줌은 단추로 눈을 만든 대량 생산품이 아니다. 정교하게 만들어진 눈이 숭고하면서도 무한한 공감을 불러일으켰다. 그 눈빛에 언제나 마음이 평온해졌다.
STRA
JULY
그는 내가 아니지만 내가 아닌 것도 아니다.
앨리스 밀러는 구조를 지탱하기 위해 아이의 거짓 자아를 이용하는 부모의 경우, 아이가 자기 자신만의 구조를 쌓지 못하게 한다고 말한다.1)
on his parents. He cannot rely on his own emotions, has not come to experience them through trial and error, has no sense of his own real needs, and is alienated from himself to the highest degree. Under these circumstances he cannot separate from his parents, and even as an adult he is still dependent on affirmation from his partner, from groups, or especially from his own children. The heirs of the par-
나는 어린 시절 미스터 비줌을 포기하는 하나의 단계를 지나왔다. 비줌을 잔디 위에 놔주고 바깥에 방치함으로써 거의 가학적인 기쁨을 느끼던 단계를 말이다.
WINNI
JUNG
그러는 동안 이웃집 개가 비줌의 발을 물고서 질질 끌고 다녔다.

1) 아이는 자신의 감정에 의지할 수 없고, 시행착오 속에서 감정을 경험할 수도 없으며, 자신의 진정한 욕구를 알 수 없고, 자신으로부터 극도로 소외되어 있다. 이러한 상황에서 아이는 부모와 분리될 수 없으며 성인이 되어서도 파트너, 집단, 특히 자신의 아이들로부터 확신을 얻는 데 연연한다.

50년 가까이 지난 지금에도,
발의 상처는 갓 생긴 것처럼 날카로워 뵌다.
1971
고급 울 펠트에 개가 앞니로
물어뜯은 흔적이 남았다.
Four Archetyp
MOTHER
SPIRIT
CG

NNICOTT
PLAYING & REALITY
DWWINNICOTT
속에 꽉 찬 톱밥 역시
져나오지 않고 그대로다.

4 마음

대학 시절로 돌아간 꿈이었는데, 기숙사 방에 들어서는 순간 나쁜 일이 일어났다는 것을 직감했다.

방 안에서 사람이 죽었다는 것을.

시체는 없었지만 역한 흔적은 남아 있다.
혈흔, 아니면 토사물, 그조차 아닐 수도 있고.
살인이었을까?
약물 과다 복용?
내 룸메이트들은 그냥 자리에 앉아
모른 척하고 있다.

세상에, 얘들아! 경찰에 신고해야 해!
학교 내선 전화 시스템은 복잡했다.
?
학내 경찰 번호인 18번을 누르기 전에
특정 숫자 열을 눌러야만 한다.
F1 F2 F3
1 ABC 2 DEF 3
GHI 4 JKL 5 MNO 6
PQR 7 TUV 8 WXY 9
* OPER 0 #
순서를 헷갈리는 바람에 전화가 잘못 걸린다.
무력한 기분에 돌아버릴 것만 같다. 비상사태라고!
1! 8! 1! 8!
전화기 버튼은 끈적거리고 잘 눌러지지도
않는다. 나는 맹렬하게 버튼을 두들기고
또 두들긴다.

잠에서 깬 뒤 나는 '1'과 '8'이라는 숫자에서 유대교 심볼인 하이*를 떠올렸다.
에이미는 내게 히브리어로 하이는 '생명'을 뜻하며, 숫자 18이라는 뜻도 있다고 알려 주었다.
그래서 18은 신비하며 또 다소 미신적이지만 생명이나 번영과 연관된 숫자라고 했다.
죽은 사람은 당신 아버지였을 거야.
그래… 아버지가 돌아가시기 전에 내가 살던 기숙사 방이었어.
2002년 4월 16일이었다. 막 세금을 냈고, 그 전주 11일에 내 만화를 내 주기로 한 출판사는 파산 보호 신청을 했다. 자금 사정이 암울했다.
전화기 버튼을 누르는 건 글쓰기라는 행위겠죠. 전적으로 아빠 책**에 관한 꿈이었어요.
이 책을 꼭 끝내야 해요. 책을 팔아서 생활비를 대야 하니까요.
제 인생은 그 책에 달린 거나 마찬가지죠.

* Chai(하이, חי). 유대교에서 삶을 의미하는 히브리어 단어이자 시각적인 상징임.

** The Dad book. 아버지에 관한 회고록을 뜻함. 〈펀 홈〉, 앨리슨 벡델 글그림, 이현 옮김, 움직씨 출판.

음, 그렇다면
말 그대로 전화는
생명 줄이군요.
하지만 당신이
호소하려던 권위를
가진 목소리는
누구의 것인가요?
음…
당신일까요?
아니면 저?
저 자신의 권위적인
목소리?
모르겠어요. 제가
아는 건 이 책을 끝내야
한다는 것뿐이에요.
엄마에게 원고 일부가 거의
다 준비됐다고 얘기했어요.
엄마는 긴장이 된다고 했죠.
그러고는 저한테 저와 같은 대학 출신인
만화가에 대한 기사가 〈타임즈〉에 실린 것을
봤냐고 했어요.
여전히 나는 열등감에
시달렸다.
특히 지난여름 엄마를 찾아갔을 때
그 열등감은 거세졌다.
노라 빈센트라는
레즈비언 칼럼니스트의
글을 읽어 봤니?
네, 정말 짜증
나던데요.
빈센트는 자유주의
저널리스트로
당시 좌파 게이-
레즈비언 활동가를
비판하며 명성을
얻고 있었다.
요전에 뉴스에서 봤거든.
참 똑똑하고 매력적이던걸.
AUGUST

똑똑하죠. 그 점이 짜증 나는 거예요.
낙태 문제에 관한 토론이었는데, 지금은 성 소수자 인권보다 태아가 더한 위험에 처했다는 거야.
참 대단하네요. 성 소수자들이 주류 언론에 등장하려면 꼴통 보수 같은 말이나 지껄여야 한다는 게요.
나는 맘에 들던데. 자기 주관이 뚜렷하더라고.
기회주의자예요.
연예인이나 다를 바 없어요. 프로-초이스*를 외쳤다면 TV에 나올 수도 없을 걸요.
나는 '프로-초이스'나 '프로-라이프**' 라는 말을 내뱉기 전에 늘 잠깐 머뭇거린다. 헷갈려서다. 나한테 낙태는 추상적인 개념에 가깝다.
나는 피임에 대해, 임신했을지도 모른다는 생각이 들 때 느끼는 불안이나 흥분에 대해 생각할 일이 없었다.
엄마와 낙태 문제로 논쟁하는 건 포기한 지 오래다. 내가 페미니즘적인 입장을 피력해도 엄마는 꿈쩍하지 않았으니까.

* pro-choice. 낙태 합법화를 찬성하는 입장.

** pro-life. 낙태 합법화를 반대하는 입장.

매일 저녁 뉴스에서 전쟁이며 사회 혼란을 다루었음에도 내 유년기는 정치와 무관하게,
잔잔하게 흘러갔다. 가족끼리 시사를 논하는 일도 없었다.
6:13
바깥세상의 일은 이따금 언짢게 느껴졌어도, 누구 하나 특정 입장을 지지하거나 대변하는 일이 없었다.
그러므로 엄마가 '로 대 웨이드' 판결*** 4주년 때 시위를 하겠다며 워싱턴에 갔던 일은 정말 드문 사건이었다. 나는 열여섯 살이었다.
워싱턴 D. C.에?
life
그날 밤 엄마는 늦게 집에 돌아와 아무 말도 하지 않았다. 나는 엄마가 조용히 자기 원칙에 입각한 행동을 했다는 데에 깊은 인상을 받았다.
노라 빈센트는 태아에게 아무 관심 없어요!
뭐, 난 마음에 들더라.
너무 **똑똑**하더라고.

*** Roe V. Wade. 낙태할 권리를 사생활에 대한 기본권의 일종으로 인정해, 최초로 낙태를 합법화한 판결.

그 대화가 날 괴롭혔다. 뜬눈으로 밤을 지새웠다.
노라 빈센트! 우리 얼굴에 모래 튀기지 마!
다음날 나는 엄마에게 아빠의 육아 스크랩북을 찾아 달라고 부탁했다. 책을 쓸 때 자료로 쓰려고 했는데, 암만 찾아도 스크랩북은 온데간데없었다.
도와주셔서 고마워요. 달갑지 않으실 텐데.
아! 이 상자에 네 아버지가 나한테 썼던 편지들이 있구나. 필요하니?
?!
그럼요!
잠깐. 이 편지들을 제가 책에 쓰고 싶어지면 어쩌죠? 그게 싫으시면 안 주시는 게 나을 텐데요.
가져가.

다음날 아침 엄마는 간밤에 악몽을 꿨다고 말했다.
책 한 권을 하염없이 찾아다녔는데… 결국엔 찾았어.
그런데 바로 두려움이 밀려와서 비명을 질렀다. 그러다가 깼어!
세상에!
내 말이!
그 책이 제 책이었군요!
내 말이!
아빠가 엄마에게 쓴 편지를 읽자니 기분이 이상했다.
정말 이상해요! 아빠가 엄마를 '자기'라고 부르고, '사랑해'라고 썼네요.
얘, 네 아버지는 편지 쓸 땐 딴사람이었다.
막상 결혼하니 안 그러더라고.
편지 상자를 가져와서 매일 아침 한두 통씩 타이핑했다.

그 기묘한 행위에서 나는 독자인 어머니였다가…
…작가인 아버지가 되었다.
마지막 편지는 아버지가 군인이었던 시절 두 분이 서독에 살면서 나눈 편지였다. 아버지는 훈련을 갈 때마다 편지를 썼다.
프라우* 벡델?
결혼 이후 나눈 편지들 속에는 엄마가 쓴 게 분명한 네 편의 시가 섞여 있었다. 가볍고 단정한 타이핑은 마치 엄마의 서명이나 다를 바 없었다.
아빠가 훈련 중에 편지를 썼고 그즈음 엄마가 이 시들을 썼다면, 그건 아마 나를 임신한 사실을 알게 된 직후에 쓰였을 것이다.

* Frau. 부인. Mrs. 또는 Madam에 해당하는 독일어 경칭.

시는 구조와 어조에서 전형성을 갖추었다. 그중 두 편은 유려하게 읽히는 소네트였음에도 의식적인 거리 두기가 느껴진다.
Remington
QUIET RITER
내가 알기로 엄마는 그 뒤 40년간 시를 단 한 번도 쓰지 않았다.
어쨌든, 엄마는 제가 쓴 글에 관해 불안해하고 계시죠. 저도 그렇고요.
왜 불안할까요?
음… 제가 엄마의 '플렉시글라스 돔'을 두드려서인 것 같아요.
플렉시글라스 돔이라고요?
아! 처음 만났던 심리 치료사와 썼던 약어예요.
밤이면 엄마는 의무를 벗어던지곤 했죠.
새로운 심리 치료사와 함께 모든 걸 처음부터 시작하면서 십 년 전 이미 조슬린과 지나온 길을 다시금 밟아야 하는 것이 때로는 절망스러웠다.
엄마가 전용 의자에 앉아 담배를 피우며 책 읽는 모습이 보이지만 말을 걸어서는 안 돼요. 엄마는 '퇴근'했거든요.
마치 투명한 돔을 뒤집어쓴 것 같았죠.
그걸 플렉시글라스 돔이라고 불렀어요.

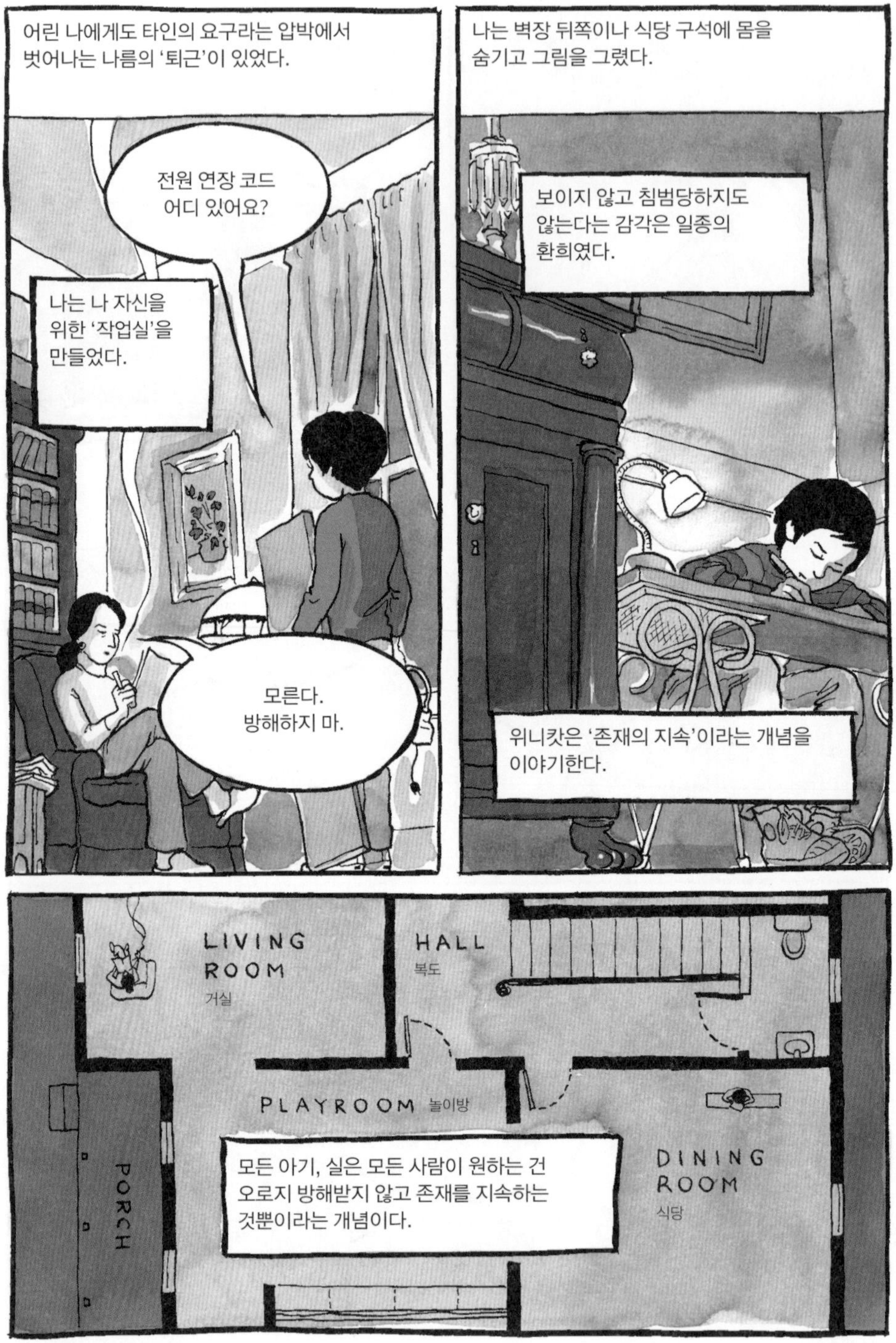
어린 나에게도 타인의 요구라는 압박에서 벗어나는 나름의 '퇴근'이 있었다.
전원 연장 코드 어디 있어요?
나는 나 자신을 위한 '작업실'을 만들었다.
모른다. 방해하지 마.
나는 벽장 뒤쪽이나 식당 구석에 몸을 숨기고 그림을 그렸다.
보이지 않고 침범당하지도 않는다는 감각은 일종의 환희였다.
위니캇은 '존재의 지속'이라는 개념을 이야기한다.
LIVING ROOM
거실
HALL
복도
PLAYROOM 놀이방
PORCH
DINING ROOM
식당
모든 아기, 실은 모든 사람이 원하는 건 오로지 방해받지 않고 존재를 지속하는 것뿐이라는 개념이다.

'충분히 좋은 어머니'는 허기, 습기, 추위의 영향을 최소화한다. 그렇다고 아기의 요구에 전적으로 완벽하게 맞추어 줘야 할 필요는 없다.1)
tive care or an alive neglect. The mental activity of the infant turns a good enough environment into a perfect environment, that is to say, turns relative failure of adaptation into adaptive success. What releases the mother from her need to be near-perfect is the infant's understanding. In the ordinary course of
예를 들어 배고픈 아이는 젖을 먹는 경험을 떠올리거나 상상해서 허기를 조금 누그러뜨린다.
그러나 어떤 이유로든 어머니가 다른 생각에 사로잡힌 경우, 아기는 자신의 이해력에 지나치게 기대야 한다.
위니캇은 '마음과 정신-신체(psyche-soma)의 상관관계'라는 논문에 이러한 생각을 펼친다.
그는 보석 세공인과 같은 특유의 방식으로 제목에 논문 주제를 담았다.
인간은 정신과 신체를 하이픈으로 연결한 집합체로 '마음'은 정신의 일부라는 것이다.
작업실이라는 완벽한 환경 속에서 내가 그린 그림 중에는 또 다른 완벽한 환경이 펼쳐진다.
(그림) 앨리슨. 들어오지 마시오.
AlisonKEPPOUT
땅속에 파 놓은 벌레의 굴처럼 폐쇄적인 난공불락의 공간.
그림 속 공간에서 가장 눈에 띄는 '들어오지 마시오' 표시는 닥터 수스의 영향력을 은연중에 드러낸다.
실제로 수스의 책을 찾아보니 그 연관성은 상상 이상이었다.
(책 제목) 닥터 수스의 잠재우는 책
Dr. Seuss's SLEEP BOOK

1) 아기는 정신 활동을 통해 '충분히 좋은 어머니'라는 환경을 완벽한 환경으로 바꾼다. 즉 상대적인 적응 실패를 성공적인 적응으로 바꾸는 것이다. 완벽에 가까워야 한다는 어머니의 욕구를 완화시키는 것은 아기의 이해력이다.

'들어오지 마시오'
표지판
엄마의 플랙시글라스 돔
여기. 작업실에 있는 내 모습
Vilseck
24 Feb. 60
KEEP OUT
5 OCT 1958 326
APO
VIA AIR MAIL
THE US ARMY
A KEY TO PEACE

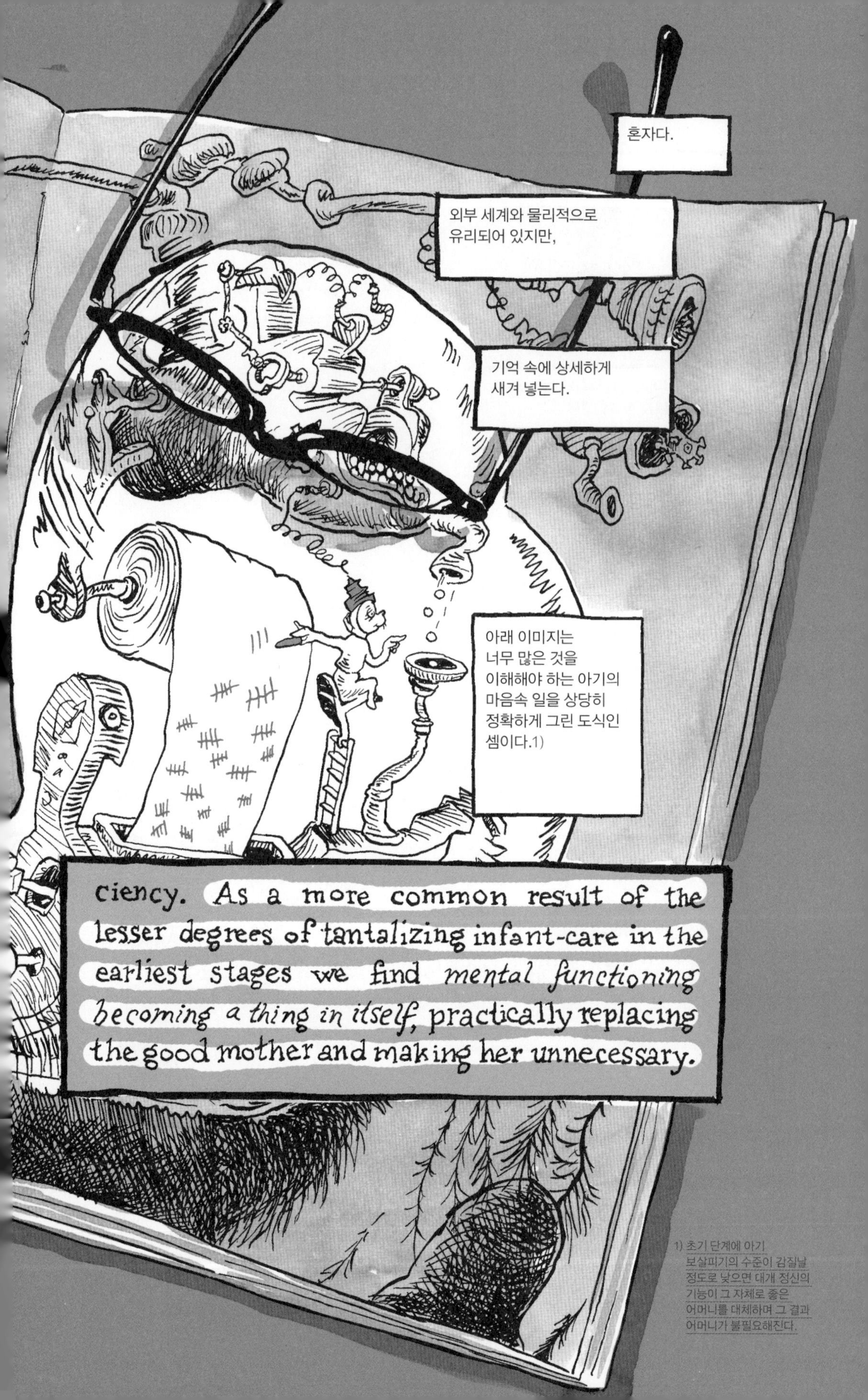

1) 초기 단계에 아기 보살피기의 수준이 감질날 정도로 낮으면 대개 정신의 기능이 그 자체로 좋은 어머니를 대체하며 그 결과 어머니가 불필요해진다.

아기는 엄마한테 의존하는 대신 자기 마음에 의존하는 법을 배운다. 의존에 대한 거부, 자족이라는 환상.
This Book is to be Read in Bed
'잠재우는 책'이라는 영리하고 기발한 발상은 어린 나를 사로잡았다.
여러 생물들이 잠자리에 드는 내용의 책이었는데, 읽다 보면 나도 잠이 왔다.
준비됐어요!
나도 준비됐어요! 재워 주세요.
동생들 모두, 그리고 나도 원했던 굿 나잇 키스 후 이불을 덮어 주는 '재우기'에 대한 갈망 때문에 나는 그 시절에도 자주 초조했다.
'재우기'는 그 무엇보다 중요했고 아무리 해도 질리지 않았다.
저 먼저요!

우리는 엄마를 위해 기도했다. 물론 "혹시 아침에 깨어나기 전에 제가 죽는다면 주님께서 제 영혼을 거둬 주시옵소서."로 끝나는 기도문은 아니었다. 그럼에도 내가 쉬이 잠들지 못했던 이유는…
하늘에 계신 우리 아버지…
…잠은 죽음과 닮았기 때문이다.

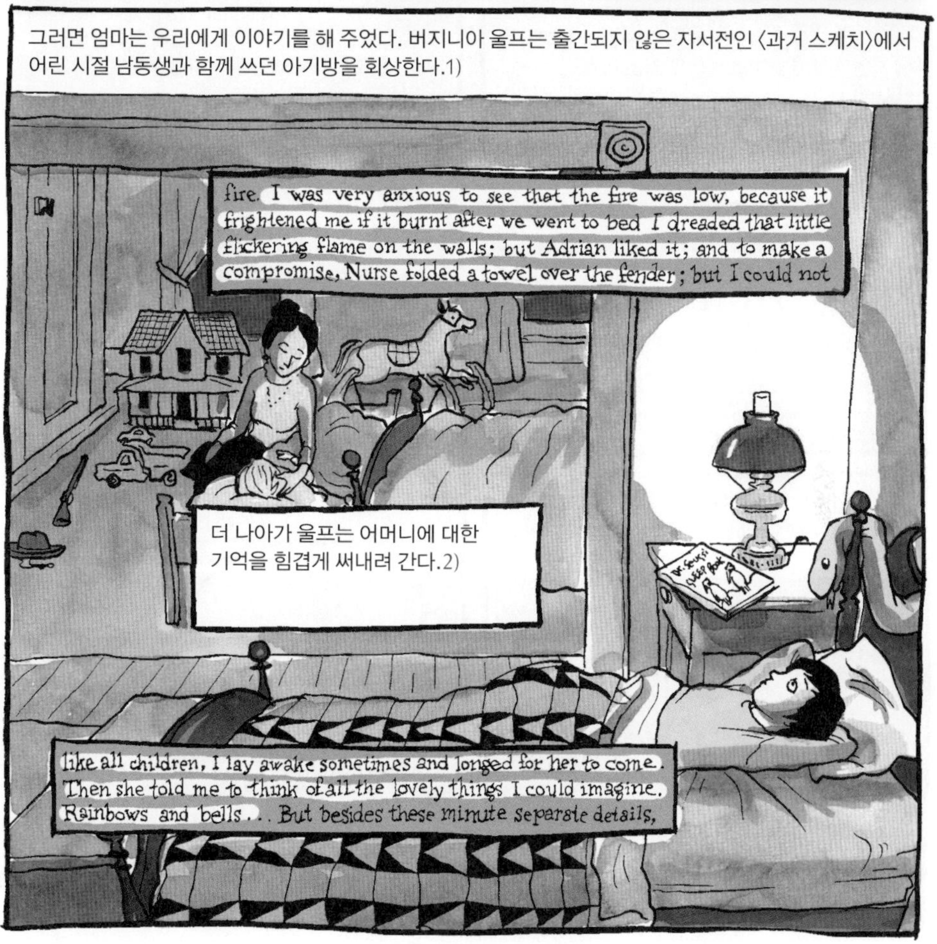
그러면 엄마는 우리에게 이야기를 해 주었다. 버지니아 울프는 출간되지 않은 자서전인 〈과거 스케치〉에서 어린 시절 남동생과 함께 쓰던 아기방을 회상한다.1)
fire. I was very anxious to see that the fire was low, because it frightened me if it burnt after we went to bed I dreaded that little flickering flame on the walls; but Adrian liked it; and to make a compromise, Nurse folded a towel over the fender; but I could not
더 나아가 울프는 어머니에 대한 기억을 힘겹게 써내려 간다.2)
like all children, I lay awake sometimes and longed for her to come. Then she told me to think of all the lovely things I could imagine. Rainbows and bells. . . But besides these minute separate details,

1) 벽난로의 불이 잦아드는 것을 보면 불안했는데, 잠자리에 든 뒤 벽에 비치는 벽난로의 작은 불꽃이 겁나서였다. 그러나 아드리안은 벽난로가 타는 걸 좋아했다. 유모는 타협책으로 난로 망에 수건을 걸어 불을 가렸다.

2) 다른 아이들과 매한가지로 나는 때론 어머니가 오기만을 뜬눈으로 기다렸다. 그러면 엄마가 와서 내가 상상할 수 있는 온갖 예쁜 것들을 이야기해 주었다. 무지개나 종들…

〈등대로〉의 1부 마지막에서 버지니아 울프는 이런 기억을 램지 부인이 캠과 제임스를 재우는 장면에 결합시킨다.
캠은 아기방 벽에 달아 놓은 멧돼지 뼈의 그림자를 겁낸다.1)
"Well then," said Mrs. Ramsay, "we will cover it up," and they all watched her go to the chest of drawers, and open the little drawers quickly one after another, and not seeing anything that would do, she quickly took her own shawl off and wound it round the skull, round and round and round, and then she came back to Cam and laid her head almost flat on the pillow beside Cam's and said how lovely it looked now; how the fairies would love it; it was like a bird's nest; it was like a beautiful mountain such as she had seen abroad, with valleys and flowers and bells ringing and birds singing and little goats and antelopes and . . . She could see the
난로 망에 덮었던 수건이 뼈를 덮은 숄인 셈이다. 이 장면은 램지 부인의 죽음을 격조 있게 암시한다.
이것은 픽션이다.
더 폭넓게 말하자면, 예술.
물론 울프는 실제 어머니의 죽음에 관해서도 썼다. 울프의 어머니는 류머티즘열과 탈진으로 사망했다.
그녀는 여덟 명의 아이들과 까다로운 남편을 보살피는 것 외에 환자와 가난한 이를 대상으로 자선 활동까지 했다.
다시 말해 죽기 직전까지도 그리 시간이 없었다.
이제 굿 나잇 키스를 하기엔 너무 컸잖니.

1) "좋아." 램지 부인이 말했다. "가리자." 아이들은 램지 부인이 서랍장으로 다가가 재빨리 조그만 서랍들을 하나하나 열어보는 모습을 보았고, 쓸 만한 것이 없자 그녀는 얼른 자신이 두르고 있던 숄을 벗어 뼈에 빙글빙글 감더니 캠에게로 돌아와 캠의 머리 옆 베개를 베고 누워 이제 저 뼈가 아름다워 보이고 요정들도 새 둥지 같다며 저 뼈를 좋아할 것이라고, 언젠가 외국에서 보았던, 골짜기며 꽃이 있고 종소리가 울리며 새들이 노래하고 작은 염소와 영양들이 뛰놀던 아름다운 산과 같다고…

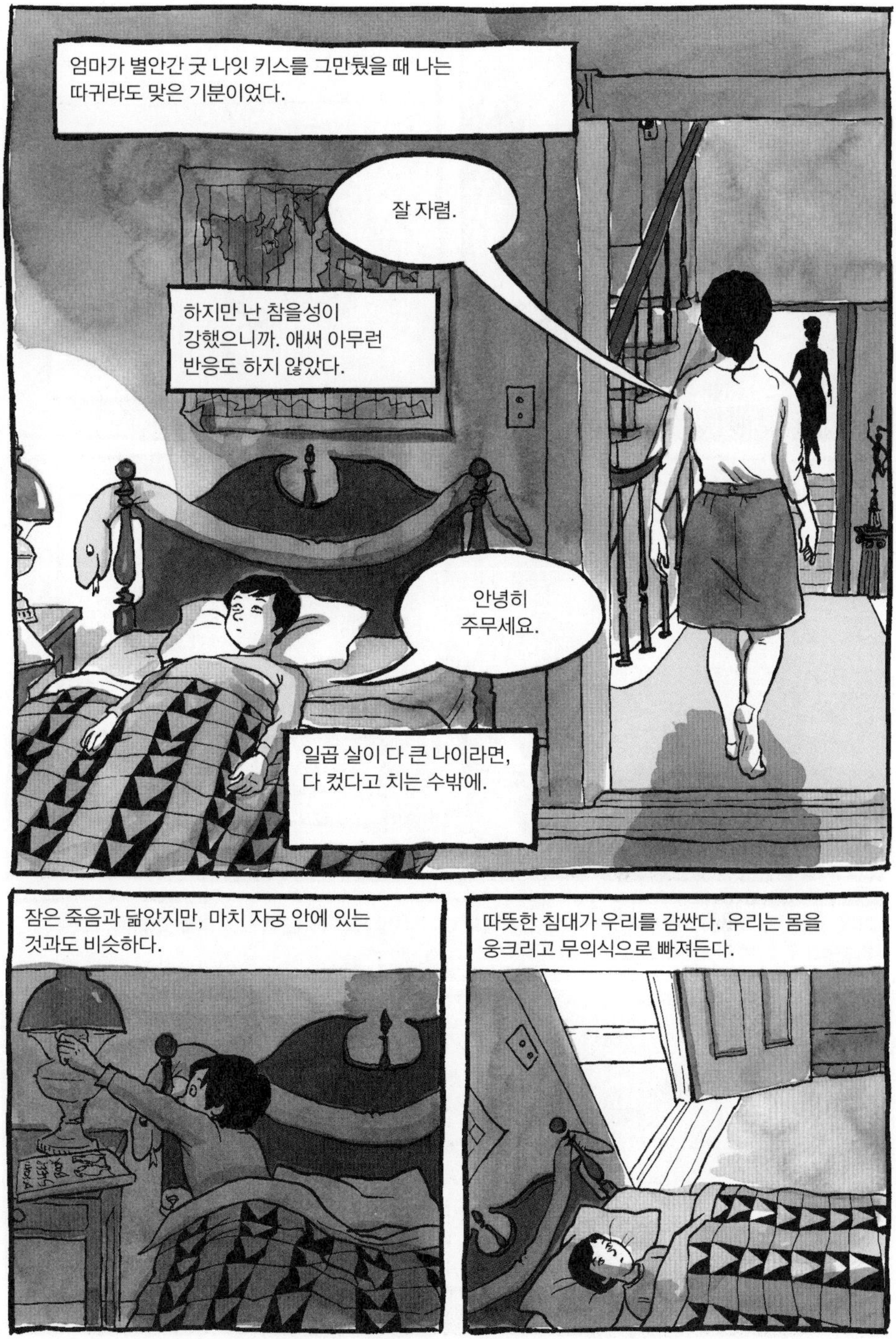
엄마가 별안간 굿 나잇 키스를 그만뒀을 때 나는 따귀라도 맞은 기분이었다.
잘 자렴.
하지만 난 참을성이 강했으니까. 애써 아무런 반응도 하지 않았다.
안녕히 주무세요.
일곱 살이 다 큰 나이라면, 다 컸다고 치는 수밖에.
잠은 죽음과 닮았지만, 마치 자궁 안에 있는 것과도 비슷하다.
따뜻한 침대가 우리를 감싼다. 우리는 몸을 웅크리고 무의식으로 빠져든다.

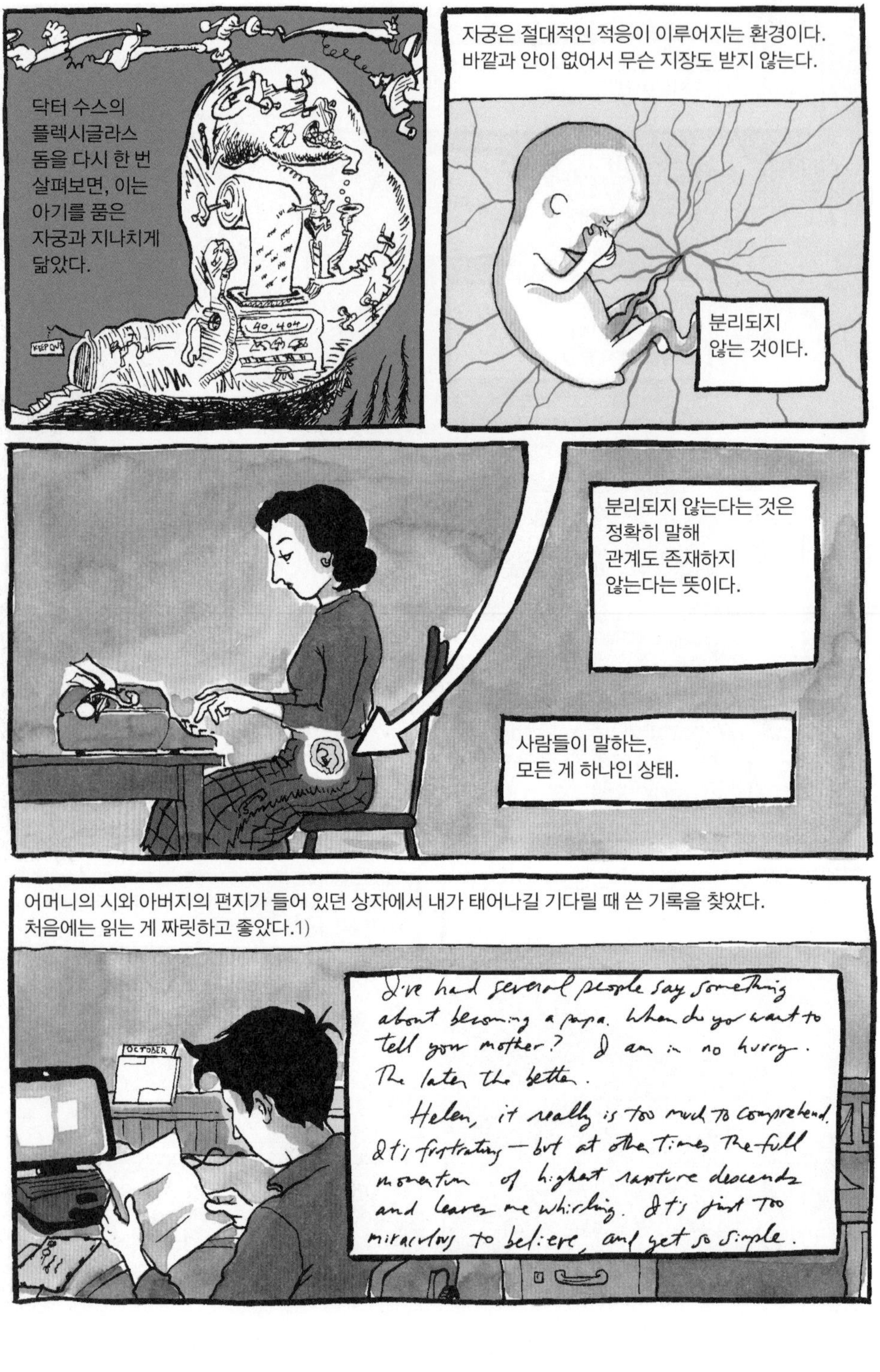
닥터 수스의
플렉시글라스
돔을 다시 한 번
살펴보면, 이는
아기를 품은
자궁과 지나치게
닮았다.
KEEP OUT
40,404
자궁은 절대적인 적응이 이루어지는 환경이다.
바깥과 안이 없어서 무슨 지장도 받지 않는다.
분리되지
않는 것이다.
분리되지 않는다는 것은
정확히 말해
관계도 존재하지
않는다는 뜻이다.
사람들이 말하는,
모든 게 하나인 상태.
어머니의 시와 아버지의 편지가 들어 있던 상자에서 내가 태어나길 기다릴 때 쓴 기록을 찾았다.
처음에는 읽는 게 짜릿하고 좋았다.1)
OCTOBER
I've had several people say something
about becoming a papa. When do you want to
tell your mother? I am in no hurry.
The later the better.
Helen, it really is too much to comprehend.
It's frustrating — but at other times the full
momentum of highest rapture descends
and leaves me whirling. It's just too
miraculous to believe, and yet so simple.

1) 아버지가 된다는 것에 대해 이런저런 이야기를 들었어. 당신 어머니에게는 언제 알릴 예정이지? 급할 것 없어. 늦게 알릴수록 좋지. 헬렌, 너무 벅찬 일이라 잘 이해가 되지 않아. 낙담하게 되면서도 천상의 환희가 쏟아져 내려 혼란스러워. 너무나 큰 기적이라 믿기지도, 단순하게 받아들여지지도 않아.

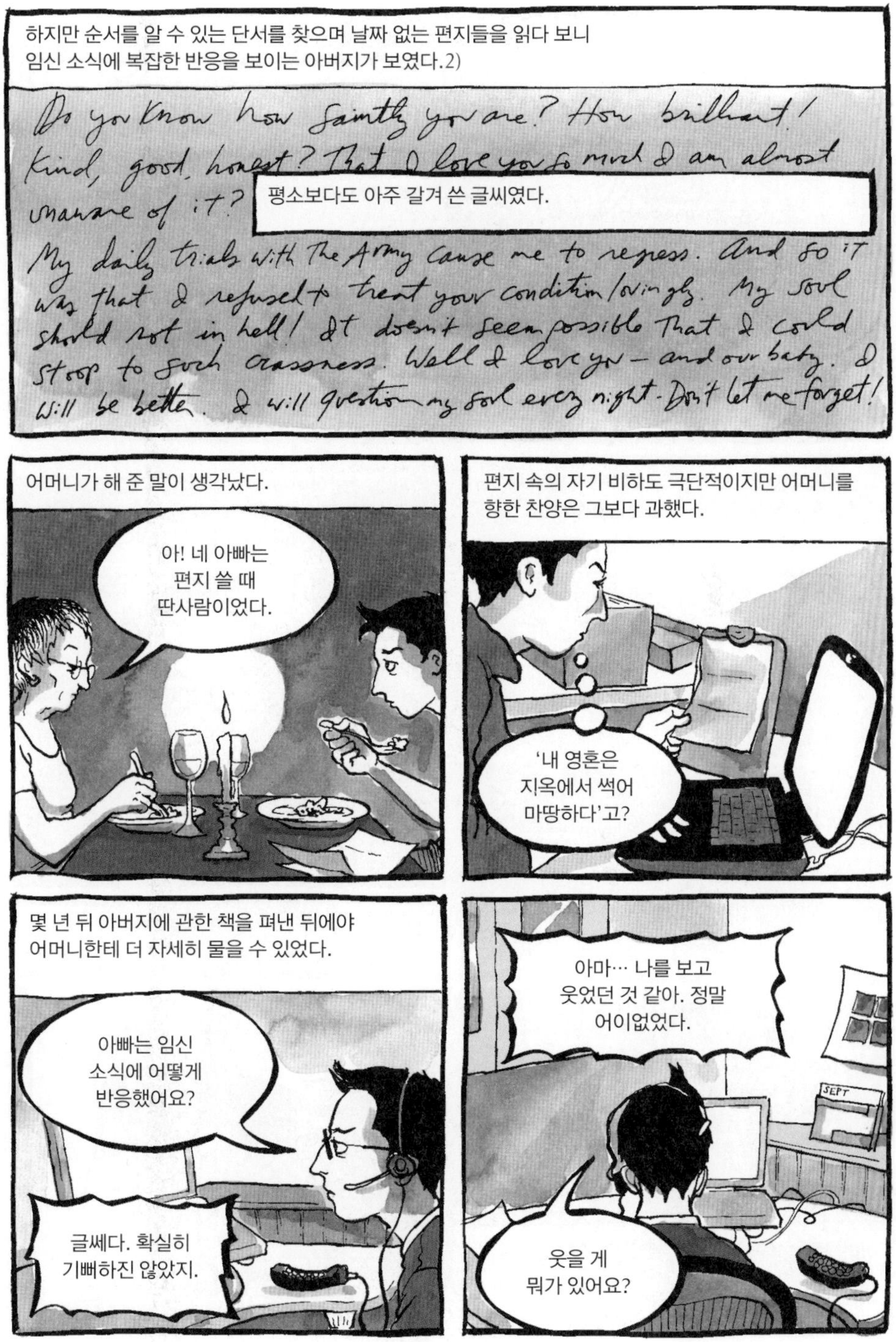
하지만 순서를 알 수 있는 단서를 찾으며 날짜 없는 편지들을 읽다 보니
임신 소식에 복잡한 반응을 보이는 아버지가 보였다.2)
Do you know how saintly you are? How brilliant! Kind, good, honest? That I love you so much I am almost unaware of it?
평소보다도 아주 갈겨 쓴 글씨였다.
My daily trials with The Army cause me to regress. And so it was that I refused to treat your condition lovingly. My soul should rot in hell! It doesn't seem possible that I could stoop to such crassness. Well I love you – and our baby. I will be better. I will question my soul every night. Don't let me forget!
어머니가 해 준 말이 생각났다.
아! 네 아빠는 편지 쓸 때 딴사람이었다.
편지 속의 자기 비하도 극단적이지만 어머니를 향한 찬양은 그보다 과했다.
'내 영혼은 지옥에서 썩어 마땅하다'고?
몇 년 뒤 아버지에 관한 책을 펴낸 뒤에야 어머니한테 더 자세히 물을 수 있었다.
아빠는 임신 소식에 어떻게 반응했어요?
글쎄다. 확실히 기뻐하진 않았지.
아마… 나를 보고 웃었던 것 같아. 정말 어이없었다.
SEPT
웃을 게 뭐가 있어요?

2) 당신이 얼마나 성녀인지 알아? 얼마나 영민하고, 다정하고, 선하고, 정직한지? 내가 거의 의식하지도 못하면서 당신을 너무 사랑한다는 사실을? 군 생활은 날 퇴행하게 만들어. 그 때문에 당신의 상태를 다정하게 돌보기가 어려웠던 거야. 내 영혼은 지옥에서 썩어 마땅해! 비열하게도 그런 어리석은 생각을 하다니. 당신을 사랑해–우리 아기도. 내가 더 좋은 사람이 될게. 매일 밤 내 영혼에게 묻고 또 물을게. 내게 늘 상기시켜 주길 바라.

내 말이! '안됐군!'도 '잘됐군!'도 아니고 그냥 웃었다니까. 어쩌면 무시해 버린 거였는지도.
아버지의 군 복무가 끝나고 두 분이 함께 유럽 여행을 하려던 계획은 임신 때문에 꼬여 버렸다.
바로 비행기를 타고 집에 오고 싶었다.
피임을 하셨을까? 모르겠다. 그해 내가 들어서고 6개월 후 FDA는 피임약 사용을 승인했다.
밖으로 나가서 종일 걸었지.
JOH. BUHL
어머니는 아버지가 낙태를 원했다는 얘기를 하지도, 그런 암시를 주지도 않았다.
하지만 나는 아버지가 '비열하게도' 했던, '어리석은 생각'이 그것이라는 생각을 지울 수 없다. 동생들에 관한 임신 소식에도 아버지는 부정적이었다.
살다 보면 우리는 이런 궁금증을 품는다.
어디까지가 나일까?
나.

나.
여전히 나.
나! 1) 2)
ACME Life Support
in the overgrowth of the mental function reactive to erratic mothering, we see that there can develop an opposition between the mind and the psyche-soma, since in reaction to this abnormal environmental state the thinking of
because the psyche of the individual gets 'seduced' away into this mind from the intimate relationship which the psyche originally had with the soma. The result is a mind-psyche, which is pathological.
점점 커져서 어머니를 대신하게 되는 이러한 '마음-정신'은 순응적인 거짓 자아의 여러 형태 중 하나다.
나는 내 두뇌에 존재해.
환상을 떠올리면 잠이 잘 온다는 것을 알아냈다. 학교에서 뵌 친절한 선생님 중 한 분을 떠올렸다.
그녀가 침대 옆에 머물며 자는 나를 지켜본다고. 잠든 나의 순진무구한 얼굴을 보면서 가슴이 저릿할 정도로 다정한 마음을 느낄 것이라고.
아주 구체적인 상상이었다.

1) 변덕스러운 양육에 반응하는 정신적인 기능이 지나치게 발달하면, 마음과 정신-신체 사이의 대립이 일어난다는 것을 알 수 있다.

2) 개인의 정신은 근원적으로 신체와 맺는 밀접한 관계를 저버리고 마음으로 '꾀여' 들어간다. 그 결과 생겨나는 것이 마음-정신인데 이는 병적인 것이다.

환상이라면 얼마든지 지어낼 수 있었다. 내가 그저 잔디 위로 미끄러지는 놀이를 하는 것 같겠지만,
사실은 내가 만든 바지 얼룩을 보며 세제 광고 속의 엄마 역할처럼 사랑스러워 죽겠다는 듯 한숨 쉬는 엄마를 상상했다.
개수대 앞에 서 있는 엄마를 보았다. 하지만 엄마는 나를 보지 않는 걸 알았다.
이런 상상에 지나치게 몰두하느라 정작 엄마가 나를 보고 있을 때는 놓치기가 일쑤였다.
앨리슨? 밥 먹어야지!
어느 날 '작업실'에서 그림을 그리던 내게 엉뚱한 생각이 떠올랐다.
어쩌면 오줌이 마려운 듯한 묘한 감각이 먼저 찾아왔던 것 같다.
안전한 곳을 찾아 펜과 종이를 들고 화장실로 들어갔다.

화장실은 사적인 공간이라는 생각이 있었고,
어쩐지 남들이 이 그림을 보아선 안 될 것 같았다.
앨리슨!
화장실에 있어요!
다행히도 어머니가 그 그림을 내다 버렸기 때문에 이 책에 다시 그릴 수는 없다. 의사가 어린 여자아이를 검진하는 그림이었다.
정확히는 아이의 생식기를 말이다. 아니, 더 정확하게는 아이의 생식기를 닦는 그림이었다.
그림에다 '여자아이의 성기*를 깨끗이 닦는 의사'라고 썼던 것을 기억한다.
상상도 할 수 없는 각본을 지어낼 수 있다는 사실에 그 시절의 나조차 놀랐다.
사실상 짜릿했다. 내 마음속에 허구를 만들 수 있는 무한한 잠재력이 있다는 것.
산부인과 환상에서 나는 강력한 남성 '주체'이자 취약한 여성 '대상'이었다. 후자의 경우를 나라고 인정하지는 않았을 테지만 말이다.
저녁 식탁으로 향하기 전에 나는 교묘하게도 빤히 보이는 곳에다 그림을 숨겼다. 내가 그린 모든 그림들을 보관하던 스티로폼 아이스박스 안.
간 요리예요?!!

* tee-tee place. 꼬마 앨리슨의 표현을 그대로 옮기면 오줌이 나오는 곳.

엄마는 내가 잠잘 준비를 하는 동안에 그 상자를 뒤졌던 걸까?
그랬다 한들 엄마는 아무 말도 하지 않았다. 어쩌면 이 일을 어떻게 풀어 나가야 할지 스폭 박사*의 책을 먼저 읽어 보려고 했던 걸지도.
저 준비됐어요!
이제 와 생각하니 엄마가 굿 나잇 키스를 그만둔 이유가 그 때문인지도 모르겠다.
이제 굿 나잇 키스를 하기엔 다 컸잖니.
이제껏 기억 속에서 두 사건은 별개다. 엄마가 굿 나잇 키스를 그만둔 것과 엄마가 음란한 그림을 발견한 것.
다음날 학교에서 돌아왔더니…
앨리슨! 엄마가 그림을 하나 찾았는데 얘기 좀 하자.
어쩌면 내가 그 두 가지 사건을 연결 짓지 못한 건 그 사이에 일곱 살짜리에게는 영원이나 다름없는 하루라는 시간이 흘러갔기 때문일 것이다.
앨리슨!

* Benjamin McLane Spock. 벤저민 스폭. 미국의 소아과 의사이자 베스트셀러 육아서의 저자.

영원히 숨어 있을 작정이니?
당신이 고집하는 복용량은 너무 지나쳐요, 바나바스!**
그래, 비버. 솔직히 말해줘서 고마워.***
한참 뒤에야 문 뒤에서 나와 놀이옷으로 갈아입었다.
당신은 나의 아내! 도시 생활이여 안녕!****
엄마는 내가 한참이나 혼자 숨었던 걸로 벌이 충분하다고 여겼는지 그 뒤로 그림 이야기를 입에 올리지 않았다.
다시는.
세상에! 이 이야기를 털어놓다니 믿기지가 않아요.
아직까지도 그 일에 대한 수치심이 생생해요.
변태 꼬맹이죠.

** 1960,70년대 ABC 텔레비전에서 방영된 미국 고딕 드라마 Dark Shadows Episode로 추정.

*** 마찬가지로 1960,70년대 ABC 텔레비전에서 방영된 시트콤 Leave It to Beaver Episode로 추정.

**** 1960,70년대 CBS에서 방영된 미국 시트콤 Green Acres의 주제곡 가사.

당신 가족은 어린 소녀가 살기에 그리 안전한 곳은 아니었던 것 같군요.
조슬린과 함께일 때면 좀 더 진정한 내가 된 느낌이 들었다.
하지만 4년 뒤 나는 조슬린과의 치료를 갑자기 중단하게 되었다.
서른 살 때, 버몬트에 사는 사람을 만나서 그쪽으로 이사하려고 마음먹었기 때문이다.
그 관계는 오래가지 않았다. 하지만 곧 에이미를 만났다. 우리가 함께한 지 8년 차가 되었을 때 나는 캐롤과의 심리 치료를 시작했다.
계속해서 다른 사람한테 끌리곤 해요.
아버지의 자살을 다룬 회고록을 쓰고 있는데 한 문장을 쓸 때마다 두 문장씩 지워요.
주의력 결핍 장애가 있는 것 같아요.
리탈린*을 얻기 위해선 무슨 짓이든 할 수 있어요.
그전까지 다른 심리 치료사를 몇 명 더 만나 봤지만 캐롤의 자격 요건이 가장 뛰어났다. 심지어 조슬린보다도.
최근 정신 분석가가 되기 위한 수련을 시작했어요.
흠, 그렇군요.

* Ritalin. 집중력 결핍 장애를 앓는 아동에게 투여하는 약.

캐롤과 4회 차 진료가 끝난 뒤로, 십 년 만에 다시 미네소타를 찾을 일이 있었다. 대학 강연에 초청받았던 것이다.
옛 여자 친구 엘로이즈와 그녀가 나를 버리고 선택한 내 옛 이웃 크리스의 집에 머물기로 했다.
두 사람은 연애 13년 차였다. 우리 셋은 바람이나 헤어짐으로 쌓인 앙금을 오래전 털어 내고 따뜻한 유대를 나누는 사이가 되었다.
불안한 건 좀 어때?
똑같지. 넌?
열심히 다스리고 있지.
옛 동네에 머무르는 동안에 조슬린과 약속을 잡아 만나 봐야겠다는 생각이 들었다.
동네를 떠난 지 십 년이라는 세월이 무색하게도, 조슬린은 전혀 변하지 않은 모습이었다.
무슨 소릴! 머리가 하얗게 세어 버린 걸요!
아.

묘한 우연으로, 조슬린은 그 얼마 전에 오래된 파일을 폐기하다가 내 파일을 발견하고 처음부터 끝까지 읽었다고 했다.
평소 같았으면 갑작스런 방문에 대비를 못했겠지만 지금은 모든 게 마음속에 생생해요!
나는 당신과 했던 치료를 재평가해 보고 싶었어요. 그동안 인간의 정신에 대한 제 이해도가 깊어진 것 같거든요.
실은 최근에 정신 분석가 훈련 과정을 시작했어요.
물론 내가 새로운 상담 과정을 시작할 무렵 예전 심리 치료사를 다시 찾게 된 타이밍도 흥미로웠다.
!
나는 두 사람 사이에 연결 고리를 찾고 싶었다.
두 분 모두 정신 분석가 수련 중이라는 거 신기하지 않나요?
그렇군요.
아니면 둘을 대립 축에 두거나.

솔직히 말해 나는 내내 두 사람과 차례로 맞서 왔다. 내가 정말로 원하는 것은 스스로를 치유할 수 있는 나 자신의 정신 분석가가 되는 것이다.
8:59
앨리스 밀러가 이야기한 '특별한 재능을 가진 아이'는 정신 분석가가 된다.
9:00
ROOM 222
Color by De Luxe
밀러가 총괄한 정신 분석가 훈련을 받은 사람들 모두 비슷한 가족사를 갖고 있었다.
9시야! 잘 시간이라고!
겉으로 불안정해 보이지 않지만, 특정 방식으로 행동하는 아이에게 의존하는 불안정한 부모.
〈메디컬 센터〉 볼 거야.
여름 방학이잖아!
이를 꿰뚫어 보고 자신에게 맡겨진 역할을 하는, '놀라운 능력'의 아이.1)
This role secured "love" for the child–that is, his parents' narcissistic cathexis. He could sense that he was needed and this, he felt, guaranteed him a measure of existential

(TV) 222호실, 미국 코미디 드라마

1) 이런 역할을 통해 아이는 '사랑'을 얻어 낸다. 즉 아이는 부모의 자기애적인 카텍시스*다. 아이는 자신이 필요하다는 걸 감지하고, 이를 통해 자신에게 보장된…

* Cathexis. 심적 에너지가 어떤 대상에 집중된 상태 또는 그 대상.

"love"
"사랑"
자라서 정신 분석가가 되는 사람들이 있다.
밀러는 정신 분석학적 통찰력 자체가 병리 증상이라고 주장하는 듯하다.1)
JUNE
Wednesday JUNE 16
Dad & Mother got a new king size bed! I got their bed! Mother cut her finger. I put Bactine & a band aid on it. The Mattress came in a big box. We made a tent out of it. I got some Crackerjacks.
또한 위니캇은 '정신-신체' 논문에서 마음으로 '꾀여' 들어간 사람들을 관찰한 부분에 대해 쓰며 자기 자신을 떠올린 게 분명하다.2)
identification with the dependent individual.
Clinically one may see such a person develop into one who is a *marvellously good mother to others* for a limited period; in fact a person who has developed along these lines may have almost magical *healing properties* because of an extreme capacity to make active adaptation

1) 6월 16일 수요일
아빠와 어머니가 새 킹사이즈 침대를 샀다! 쓰던 침대는 나한테 줬다! 어머니가 손가락을 베었다. 내가 백타인을 바르고 밴드를 붙여 드렸다. 매트리스는 큰 상자에 들어 있었다. 우리는 상자로 텐트를 만들었다. 나는 크래커잭을 받았다.

2) 임상적으로 이런 사람은 한정된 기간 동안 타인에게 놀랄 만큼 좋은 어머니로 발달하게 된다. 실제로 이렇게 발달한 사람은 거의 마술적인 치유 능력을 가지기도 하는데, 이는 능동적 적응을 가능하게 하는 극도의 잠재력 때문으로…

위니캇은 '아무리 자기 자신을 찾으려고 애써도 성공할 수 없다는 데에 전적으로 불만족하는' 47세 여성을 대상으로 한 연구를 예시로 든다.
당신이 일기를 쓰는 건 스스로와 거리를 두기 위한 방편 같군요.
가족 중 당신 역할은 사람들의 감정을 받아 주는 거였죠. 그 정도가 너무 심했어요.
당신은 너무 많은 걸 알았던 거죠.
그 중년 여성은 기존에 정신 분석을 받은 적이 있었지만 거의 헛일이었다. 위니캇은 그녀가 '아주 심각한 퇴행을 경험하거나 싸움을 포기해야 한다는' 사실을 알게 됐다.
여성은 위니캇과의 정신 분석 경험을 일기장에 자세히 썼지만 막상 치료가 절정에 달했을 때는 일기 쓰기를 그만두었다.3)
could perceive that has not been at least in-
dicated in this diary. The meaning of the diary now became clear – it was a projection of her mental apparatus, and not a picture of the true self, which, in fact, had never lived till, at the bottom of the regression, there came a new chance for the true self to start.
그녀는 그제야 스스로 쓴 '**알지 못하는(not-knowing)**' 것을 느낄 수 있었다.
게다가 당신의 어머니가 일기 쓰기를 격려했던 방식을 보면 어머니 역시 공모자였다고 할 수 있겠어요.
위니캇은 '알지 못하는 것에 대한 수용'이 '어마어마한 안도감'을 준다고 썼다.
하지만… 일기장이 저를 구해 줬는데요!

3) 여기서 일기장의 의미는 분명해졌다. 이는 그녀의 정신 기관(mental apparatus)의 투사이지 그녀의 진짜 자아를 그려 낸 것이 아니었으며, 사실 그녀의 진짜 자아는 지금까지 죽어 있다가 퇴행의 밑바닥에 도달해서야 다시 시작할 기회를 얻은 것이다.

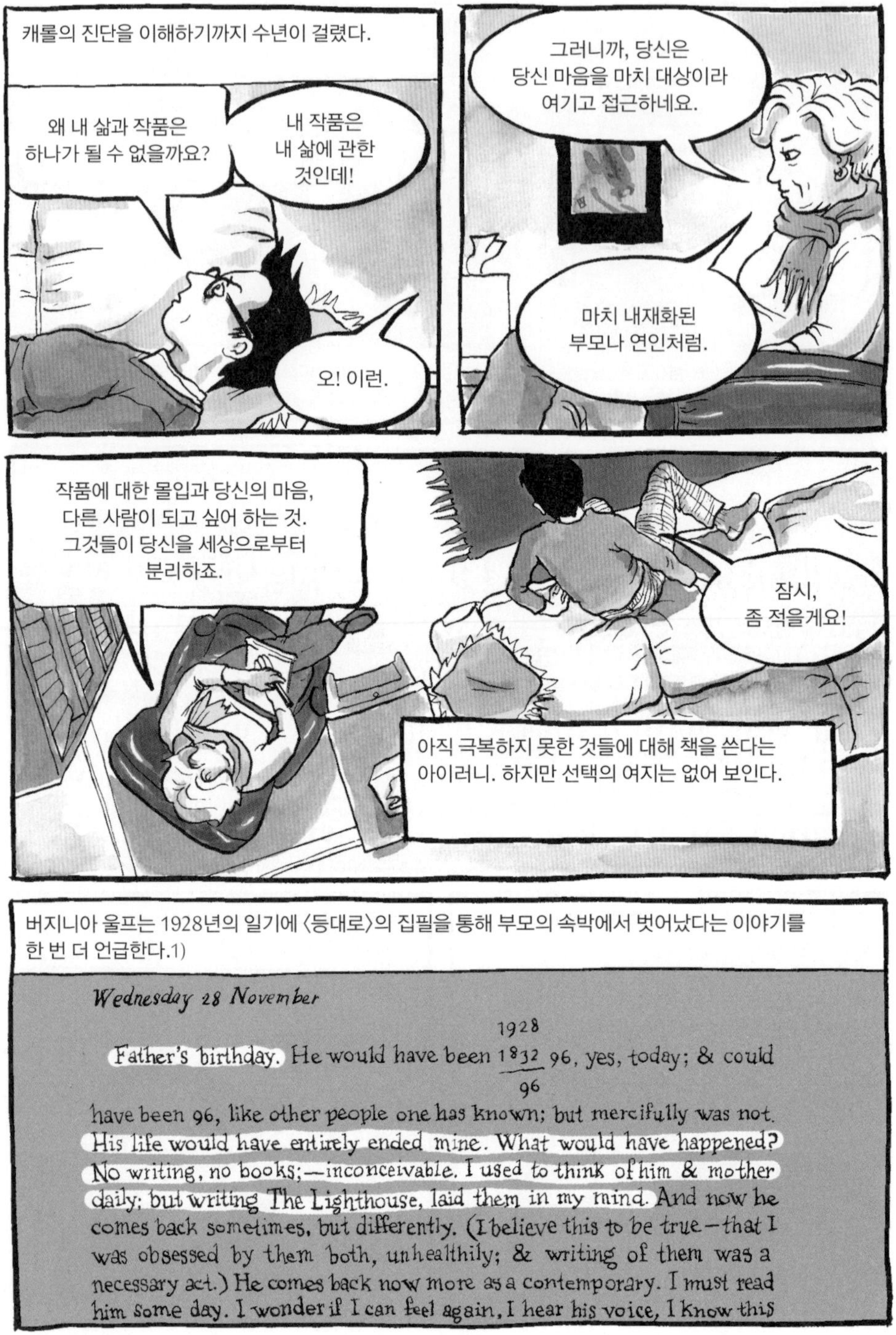
캐롤의 진단을 이해하기까지 수년이 걸렸다.
왜 내 삶과 작품은 하나가 될 수 없을까요?
내 작품은 내 삶에 관한 것인데!
오! 이런.
그러니까, 당신은 당신 마음을 마치 대상이라 여기고 접근하네요.
마치 내재화된 부모나 연인처럼.
작품에 대한 몰입과 당신의 마음, 다른 사람이 되고 싶어 하는 것. 그것들이 당신을 세상으로부터 분리하죠.
잠시, 좀 적을게요!
아직 극복하지 못한 것들에 대해 책을 쓴다는 아이러니. 하지만 선택의 여지는 없어 보인다.
버지니아 울프는 1928년의 일기에 〈등대로〉의 집필을 통해 부모의 속박에서 벗어났다는 이야기를 한 번 더 언급한다.1)
Wednesday 28 November
Father's birthday. He would have been 1928 1832 96 96, yes, today; & could have been 96, like other people one has known; but mercifully was not. His life would have entirely ended mine. What would have happened? No writing, no books;—inconceivable. I used to think of him & mother daily; but writing The Lighthouse, laid them in my mind. And now he comes back sometimes, but differently. (I believe this to be true—that I was obsessed by them both, unhealthily; & writing of them was a necessary act.) He comes back now more as a contemporary. I must read him some day. I wonder if I can feel again, I hear his voice, I know this

1) 11월 28일 월요일
아버지의 생신이다. 오늘 아버지는 (1928-1832=96) 그래, 96세가 되었을 것이다 & 96세가 될 수 있었을 것이다. 다른 사람들처럼. 하지만 다행히도 아니었다. 아버지는 내 인생을 완전히 끝내 버렸을 것이다. 무슨 일이 일어났을까? 글을 쓰지도, 책을 쓰지도 못했겠지. 감히 상상할 수도 없다. 예전에는 매일 아버지와 어머니를 생각하곤 했다. 그러나 〈등대로〉를 쓰면서 나는 그들에 대한 생각을 마음속에 묻었다. 아직 간혹 아버지가 돌아오기도 하지만 다른 방식이다. (나는 두 사람 모두에게 건강하지 못한 방식으로 얽매여 있었으며, 그들에 대해 쓰는 게 꼭 필요한 행동이었다고 믿는다.) 아버지는 이제 나와 동년배의 모습으로 나타난다. 언젠가는 그를 읽어야 할 것이다. 내가 다시 감정을 느끼게 될까? 아버지의 목소리가 들린다…

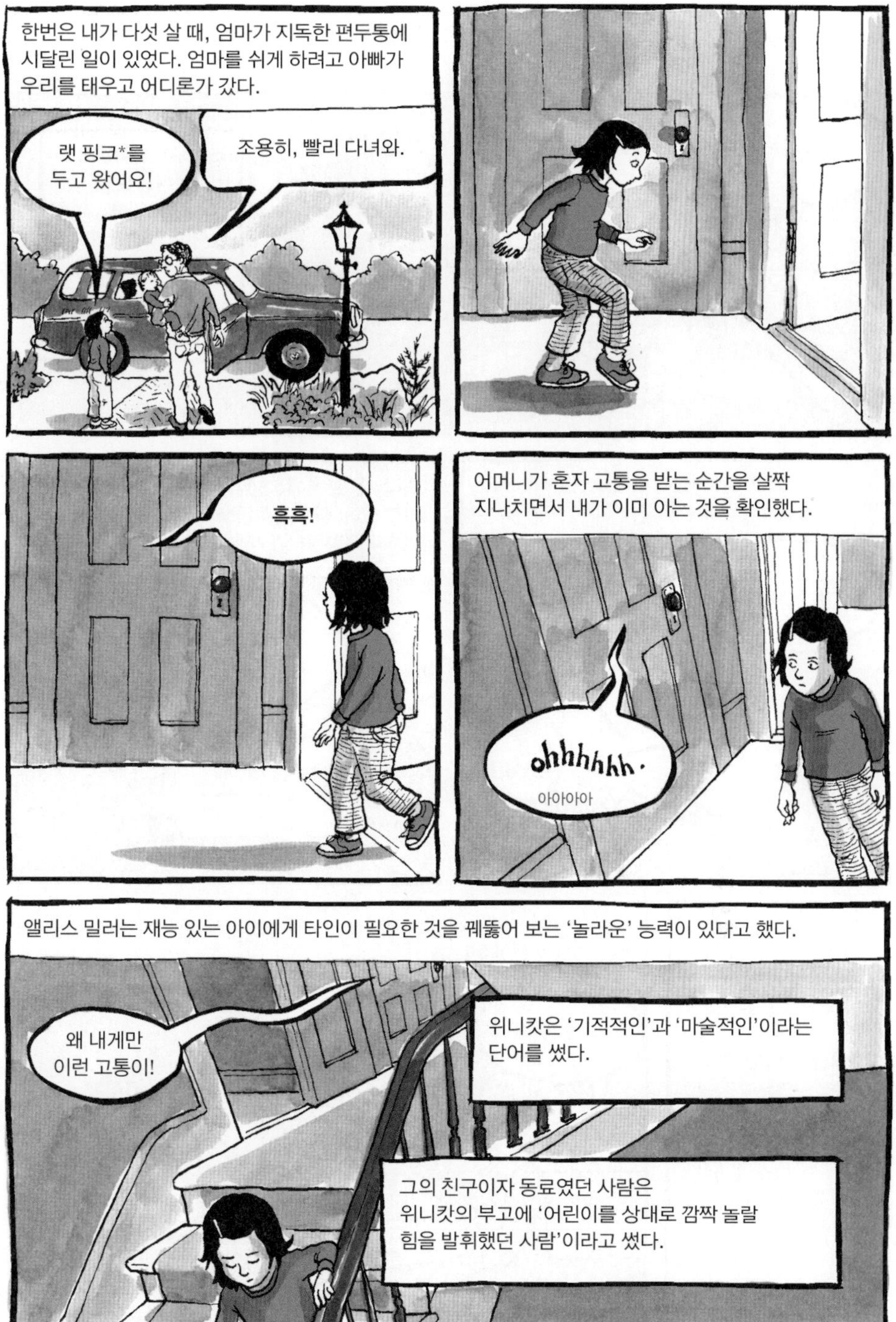
한번은 내가 다섯 살 때, 엄마가 지독한 편두통에 시달린 일이 있었다. 엄마를 쉬게 하려고 아빠가 우리를 태우고 어디론가 갔다.
랫 핑크*를 두고 왔어요!
조용히, 빨리 다녀와.
흑흑!
어머니가 혼자 고통을 받는 순간을 살짝 지나치면서 내가 이미 아는 것을 확인했다.
ohhhhhh.
아아아아
앨리스 밀러는 재능 있는 아이에게 타인이 필요한 것을 꿰뚫어 보는 '놀라운' 능력이 있다고 했다.
왜 내게만 이런 고통이!
위니캇은 '기적적인'과 '마술적인'이라는 단어를 썼다.
그의 친구이자 동료였던 사람은 위니캇의 부고에 '어린이를 상대로 깜짝 놀랄 힘을 발휘했던 사람'이라고 썼다.

* Rat Fink. 아티스트이자 자동차 매니아인 에드 로스(Ed 'Big Daddy' Roth)가 만든 캐릭터로 미키 마우스의 안티 히어로 격임. 1960년대의 커스텀 문화와 핫 로드(hot Rod) 운동에 많은 영향을 주었음.

어린 소녀의 정신 분석 사례를 쓴 〈피글〉*에서 치료 작업에 임하는 위니캇의 모습을 엿볼 수 있다.
여기 하나.
여기 한 개 더.
처음에는 위니캇이 어린아이의 말도 안 되는 소리를 상세하게 적는 게 터무니없어 보인다.
하지만 곧 그 아이가 자신의 문제를 상당히 논리 정연하게 설명하고 있음을 알 수 있다.
또 하나 더.
다른 아기구나.
위니캇은 노트에 '내 설명은 정확하게 옳았다.' 라고 썼다. 아이가 여동생이 태어난 순간을 나름대로 설명하기 시작했던 것이다.
나는 아기였어. 난 요람에 있었어. 난 자고 있었어.
가브리엘이라는 그 여자아이는 8개월 전 둘째가 태어난 뒤로 무기력하고 우울했다.
또 아이는 계속 악몽을 꾸었는데 꿈에 '바바카'라는 것이 나온다고 했다.
부모는 영문을 알 수 없었다. 위니캇을 방문하고 한 달 뒤 아이가 위니캇을 다시 만나고 싶어 했다.
이게 뭐야?
바바카 알아?
아니. 그게 뭐니?

* The Piggle. 한 여자아이를 치료한 정신 분석 사례를 담은 위니캇의 후기 저작. 환자의 필요에 맞춘 짧은 분석을 통해 효과적인 치료의 새로운 가능성을 보인 책이라고 평가됨.

네 자동차니?
아기가 타는 차니?
바바카 이야기를
해 주렴.
아이는 대답하지 않았다.
'그때 위험을 감수하고 내가 개입했다'고 위니캇은 쓴다.
아기는 엄마 몸속에서
태어난단다.
맞아, 깜깜한
몸속에서.
계산해 보면 나는 가브리엘보다 정확히 한 살
많다. 위니캇은 가브리엘이 다섯 살 될 때까지
아이와 이따금 만났다.
가브리엘은 '성, 출생, 사랑, 혐오, 죽음, 자아,
타인'이라는 미스터리들과 신의 존재에 대한
놀이를 했다.
위니캇도 그 놀이에
동참했다.

나는 가브리엘이 위니캇과의 정신 분석에 대한 글을 썼는지 궁금해졌다.
SEPTEMBER
Google
하지만 아무것도 찾을 수 없었다. 어쩌면 치료가 효과적이어서 그녀로서는 글을 쓸 필요가 없었던 건지도.
그녀는 아마도 어디선가 잘 살고 있을 것이다.
THE PIGGLE
WINNICOTT
〈피글〉이 출간되었을 때 가브리엘은 열세 살이었다. 아이의 부모는 후기에 가브리엘이 '타인을 크게 의식하지 않으며… 자연스럽고… 학교에서… 집단 내에서 아주 잘 어울렸다.'고 썼다.
열세 살 때 나는 자의식으로 마비되다시피 해서, 때로는 하교길에 그날 온종일 한번도 큰 소리로 말한 적이 없음을 깨닫기도 했다.
나중에 나는 내가 사회성이 부족한 것을 동성애자인 탓으로 돌렸다.
하지만 지금은 레즈비언으로 산다는 것이 나를 구해 줬다고 여긴다. 대학 때 엄마에게 커밍아웃을 하자 엄마는 그 대답으로 편지를 썼다. 맺는말이 편지 내용을 압축한다.1)
Couldn't you just get on with your work? You are young, you have talent, you have a mind. The rest ,whatever it is, can wait.
Love, Muth
내 욕망이 인습을 벗어난 것이 아니었다면, 내 마음이 신체를 염두에 두어야 한다는 강요를 받을 일도 없었을 것이다.

1) 그냥 네 할 일에 집중하면 안 되겠니? 너는 젊고, 재능이 있고, 또 마음이 있잖아. 나머진, 뭐건 간에, 나중으로 미룰 수 있어. 사랑하는 엄마가.

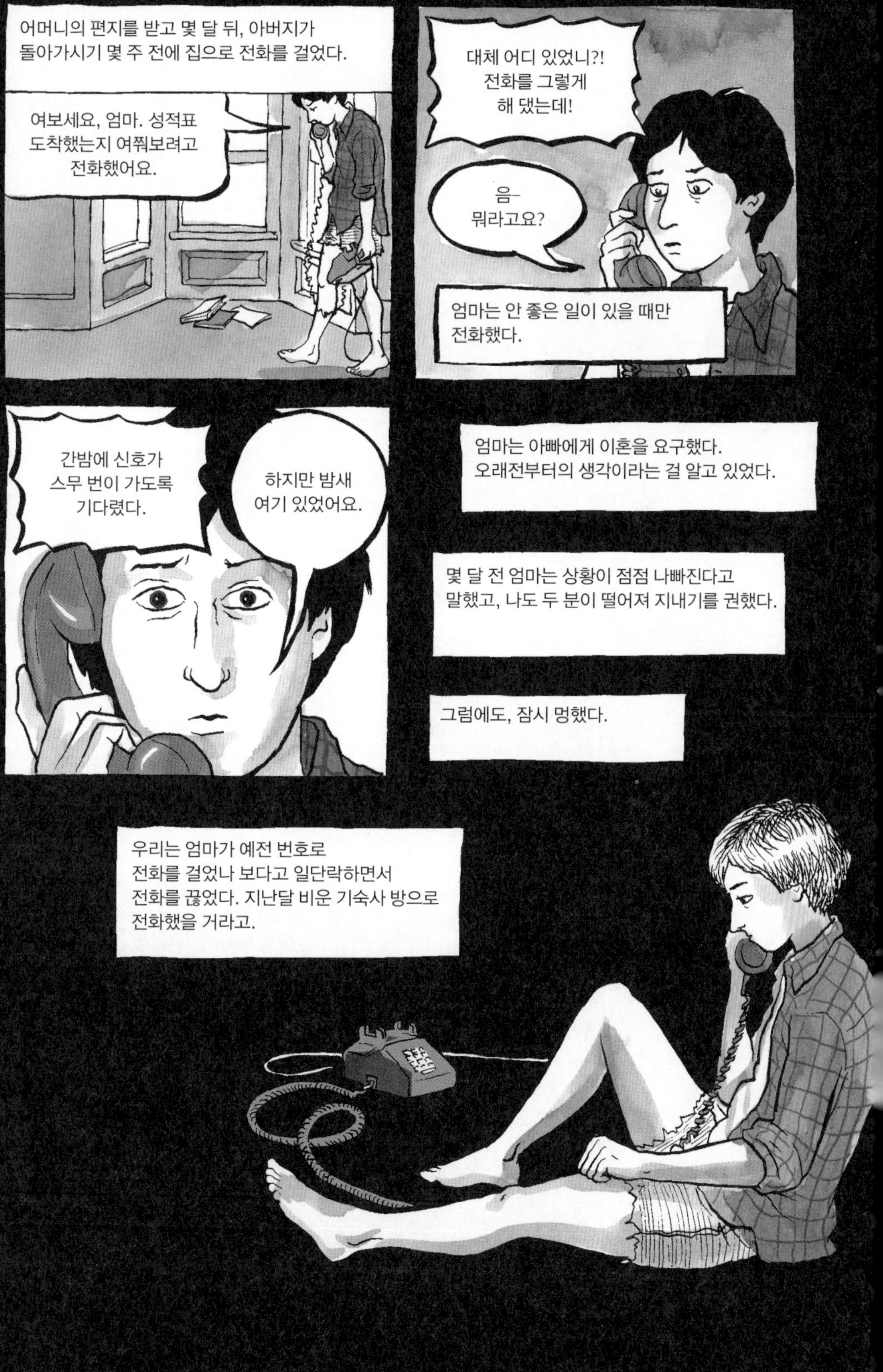

어머니의 편지를 받고 몇 달 뒤, 아버지가 돌아가시기 몇 주 전에 집으로 전화를 걸었다.
여보세요, 엄마. 성적표 도착했는지 여쭤보려고 전화했어요.
대체 어디 있었니?! 전화를 그렇게 해 댔는데!
음-
뭐라고요?
엄마는 안 좋은 일이 있을 때만 전화했다.
간밤에 신호가 스무 번이 가도록 기다렸다.
하지만 밤새 여기 있었어요.
엄마는 아빠에게 이혼을 요구했다. 오래전부터의 생각이라는 걸 알고 있었다.
몇 달 전 엄마는 상황이 점점 나빠진다고 말했고, 나도 두 분이 떨어져 지내기를 권했다.
그럼에도, 잠시 멍했다.
우리는 엄마가 예전 번호로 전화를 걸었나 보다고 일단락하면서 전화를 끊었다. 지난달 비운 기숙사 방으로 전화했을 거라고.

엄마가 나를 필요로 할 때
나는 거기에 없었다.
빈방에 울려 댔을 전화벨 소리가
머릿속을 떠나지 않는다.
IIINNNGGGDRRRIIIN
따르릉 소리가 울리다가
또 한 번 이어지고,
다시 또 한 번,

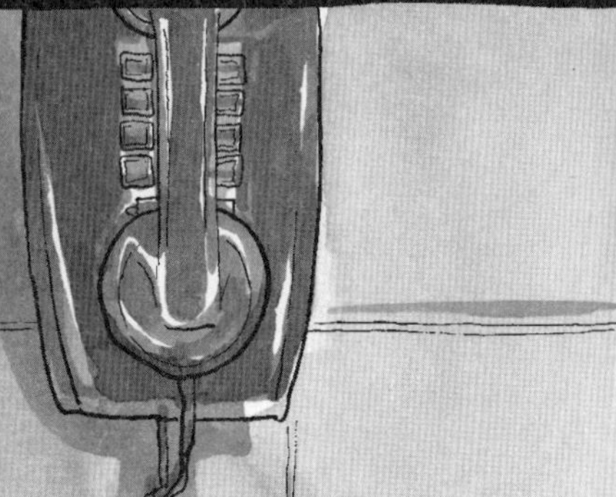
GGGDRRIIIN
따ㄹㄹㄹㄹㄹㄹㄹㄹㄹㄹㄹㄹ릉
그리고 또 한 번.

5 미움

내가 빙벽에 매달려 있다.
빙벽 아래가 얼마나 까마득한지 짐작조차 할 수 없다.
어떻게든 꼭대기까지 올라가야 한다. 구조 헬기를 만날 수 있는 방법은 그뿐이니까.
작은 틈을 찾아 간신히 팔을 끼워 넣는다. 그제야 몸을 돌려 주변을 둘러볼 수 있다.
수면까지의 거리가 아찔하다. 침을 뱉자 한참 뒤에야 물에 가 닿는 소리가 들린다.
여기는 섬인가 보다. 멀리 육지 불빛이 보인다.

꿈이 '빨리 감기'처럼 지나가더니 어느새 나는 안전한 꼭대기에 와 있다.
올라오니 여기가 빙벽이 아니라 얼음에 뒤덮인 내 어린 시절 집임을 깨닫고 놀란다.
이제 얼음은 다 녹았다. 아름다운 봄날 아침이다.
실은 처마 끄트머리에 매달려 있었던 모양이다. 손을 놓쳤대도, 까마득한 곳으로 떨어지는 건 아니었다.
나는 이웃 사람과 아버지에게 얼마나 아슬아슬했는지, 얼마나 힘겹게 빠져나왔는지 설명하려고 애쓴다.
하지만 이토록 온화하게 풀린 날씨 속에서는 내가 얼마나 극한 상황에 놓였던가를 전할 도리가 없다.

2002년 4월 마지막 주 일요일, 나는 아버지에 관한 책 원고 중 완성된 일부를 어머니께 보냈다.
긴장감으로 꽉 찰 시간을 되도록 줄이려고 특급 우편으로 보냈다.
쿵
Flump
FedEx
CE
하지만 다음날에도, 그 다음날에도 어머니에게서 연락이 없었다.
나는 원고 사본 두 권을 만들었다. 한 권은 어머니에게 보냈고 남은 한 권은 어머니와 이야기할 때 참고할 나의 것이었다. 원고를 서류철 안에 잘 보관했다.
그런데 몇 달 전 상담에서 '반동 형성*' 이야기를 할 때 제가 필기했던 그 서류철이더군요.
기억하세요? 다른 사람들의 성공이 끔찍하게, 고통스러우리만큼 질투 난다고 했던 말이요.
기억하죠!
제가 공격성을 역전시켜 스스로를 겨냥한다고 하셨는데, 그 말을 듣자마자 곧바로 마음이 편해졌어요.
어쩌면 제가 책을 쓰는 것이 내면 대신 바깥으로 공격성을 돌리려는 방식일까요? 그래서 하필이면 원고를 이 '반동 형성' 서류철 안에 넣었을까요?
그렇다면 정말 프로이트적인 실수군요!

* Reaction Formation. 반응 형성이라고도 함. 이 책의 2장 77페이지 각주 참고.

원고를 보낸 지 사흘이 지난 늦은 오후…
뭔 일이야?
hnnnn
ㅇㅇㅇㅇ
엄마한테서 이메일이 왔어.
세상에! 뭐라셔?
처음에는 어떻게 읽어야 하는지 순서를 모르겠다는 거야. 그림보다 글이 더 많을 줄 아셨대.
동생이 콘크리트 커터로 차고를 부수는 중인데, '크리스천은 내 차고를 박살 내고 앨리슨은 내 인생을 박살 내는 것 같다'고 쓰셨더라.
엄마는 아빠 일로 노출되고 스캔들이 생기는 게 두렵다는 거야.
쓰다듬지 마! 난 위로받을 자격도 없어!

원고를 보고 뭔 얘기를 해 주실 거라 생각한 게 미친 짓이지. 알아? 난 엄마가 감동받을 거라 생각했어!
말도 안 되게!
난 살아 있을 가치도 없어.
아, 참. 잠시 뒤에 메일 한 통이 더 왔지.
거기엔 좋은 말도 있더라!
'아버지를 마술사이자 미치광이로 표현한 부분이 끝내주는구나.'
또 엄마가 여름 공연에 출연한 이야기 나오는 부분이 맘에 든다고 하셨어.
'내가 아름다웠다고 쓸 거면 날씬했다는 얘기는 왜 빼먹었니?'
농담하실 정도라면 엄청 화나신 건 아닐 걸? 전화를 드릴 거야?
아니, 마감이라 바쁘신가 봐.
엄마는 교직에서 은퇴한 뒤로 지역 신문에 기사와 리뷰, 칼럼을 연재했다.
주말에 통화하자고 하셔.

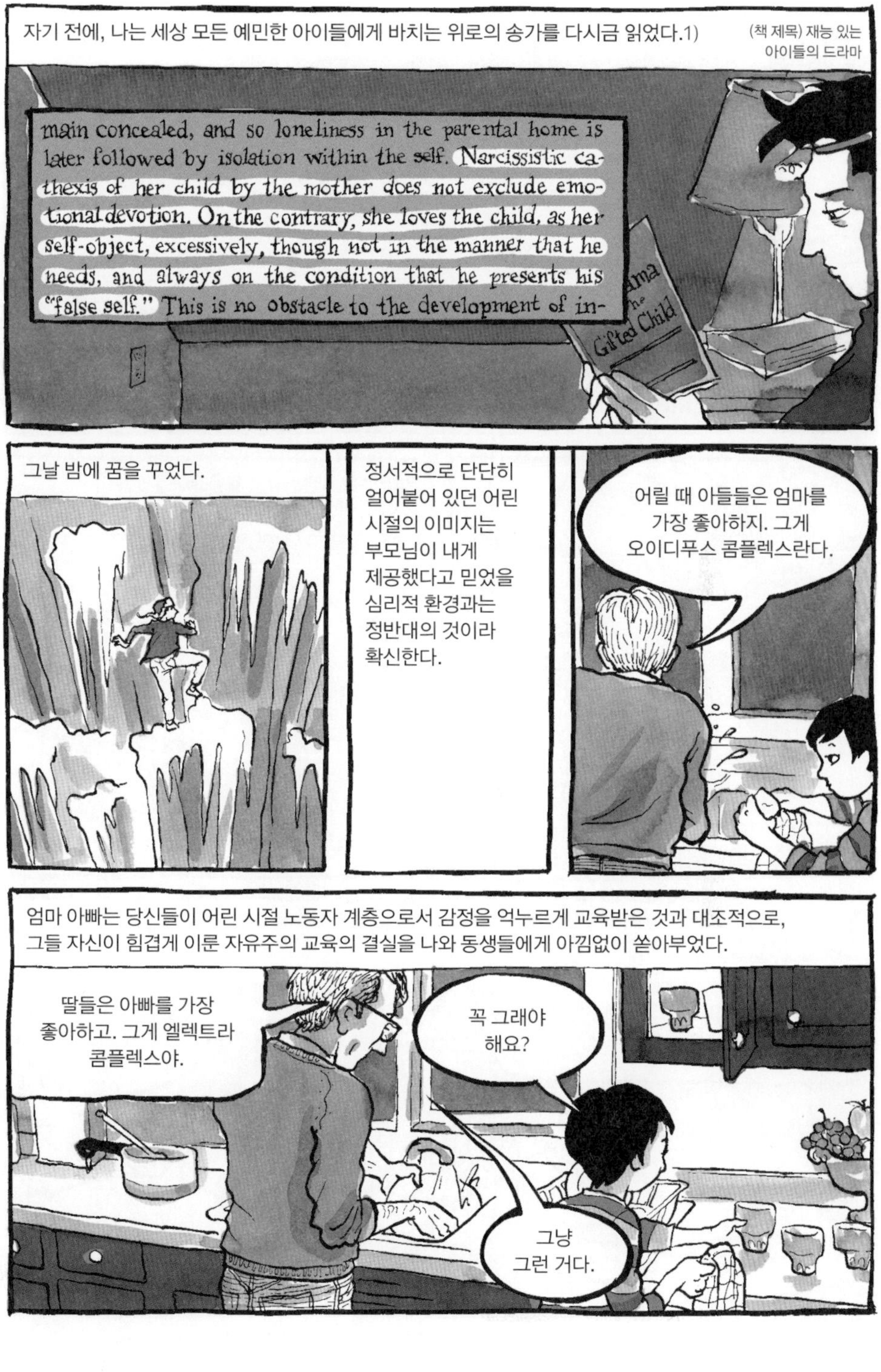
자기 전에, 나는 세상 모든 예민한 아이들에게 바치는 위로의 송가를 다시금 읽었다.1)
(책 제목) 재능 있는 아이들의 드라마
main concealed, and so loneliness in the parental home is later followed by isolation within the self. Narcissistic cathexis of her child by the mother does not exclude emotional devotion. On the contrary, she loves the child, as her self-object, excessively, though not in the manner that he needs, and always on the condition that he presents his "false self." This is no obstacle to the development of in-
Gifted Child
그날 밤에 꿈을 꾸었다.
정서적으로 단단히 얼어붙어 있던 어린 시절의 이미지는 부모님이 내게 제공했다고 믿었을 심리적 환경과는 정반대의 것이라 확신한다.
어릴 때 아들들은 엄마를 가장 좋아하지. 그게 오이디푸스 콤플렉스란다.
엄마 아빠는 당신들이 어린 시절 노동자 계층으로서 감정을 억누르게 교육받은 것과 대조적으로, 그들 자신이 힘겹게 이룬 자유주의 교육의 결실을 나와 동생들에게 아낌없이 쏟아부었다.
딸들은 아빠를 가장 좋아하고. 그게 엘렉트라 콤플렉스야.
꼭 그래야 해요?
그냥 그런 거다.

1) 아이에 대한 어머니의 나르시시즘적 고착(cathexis)에는 정서적 헌신도 예외가 아니다. 반대로 어머니는 아이를 자기-대상(self-object)으로 보고 극도로 사랑하지만, 이는 아이가 원하는 방식이 아니며 언제나 아이가 '거짓 자아'를 표출하는 조건하에 이루어진다.

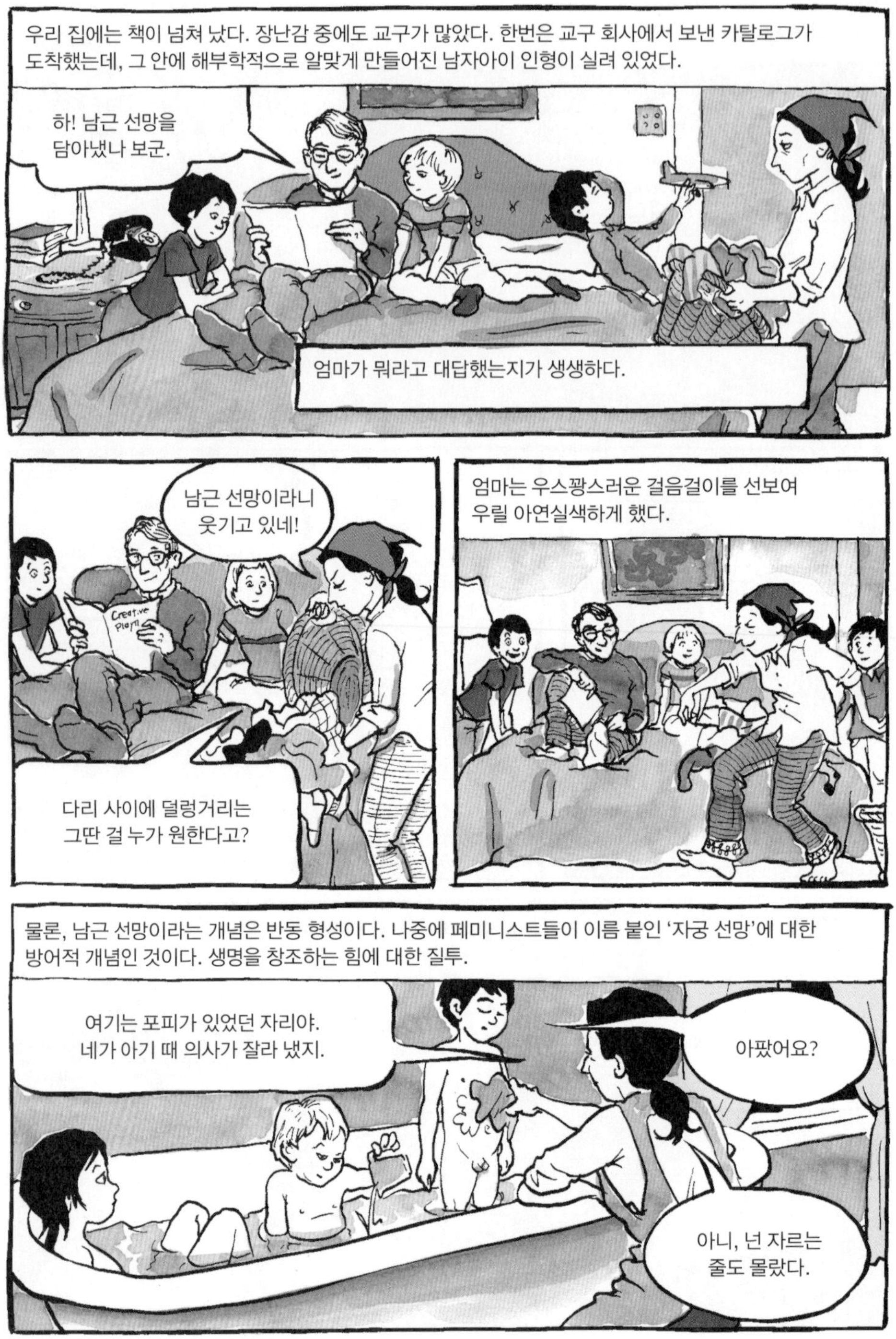
우리 집에는 책이 넘쳐 났다. 장난감 중에도 교구가 많았다. 한번은 교구 회사에서 보낸 카탈로그가 도착했는데, 그 안에 해부학적으로 알맞게 만들어진 남자아이 인형이 실려 있었다.
하! 남근 선망을 담아냈나 보군.
엄마가 뭐라고 대답했는지가 생생하다.
남근 선망이라니 웃기고 있네!
Creative Playth
다리 사이에 덜렁거리는 그딴 걸 누가 원한다고?
엄마는 우스꽝스러운 걸음걸이를 선보여 우릴 아연실색하게 했다.
물론, 남근 선망이라는 개념은 반동 형성이다. 나중에 페미니스트들이 이름 붙인 '자궁 선망'에 대한 방어적 개념인 것이다. 생명을 창조하는 힘에 대한 질투.
여기는 포피가 있었던 자리야. 네가 아기 때 의사가 잘라 냈지.
아팠어요?
아니, 넌 자르는 줄도 몰랐다.

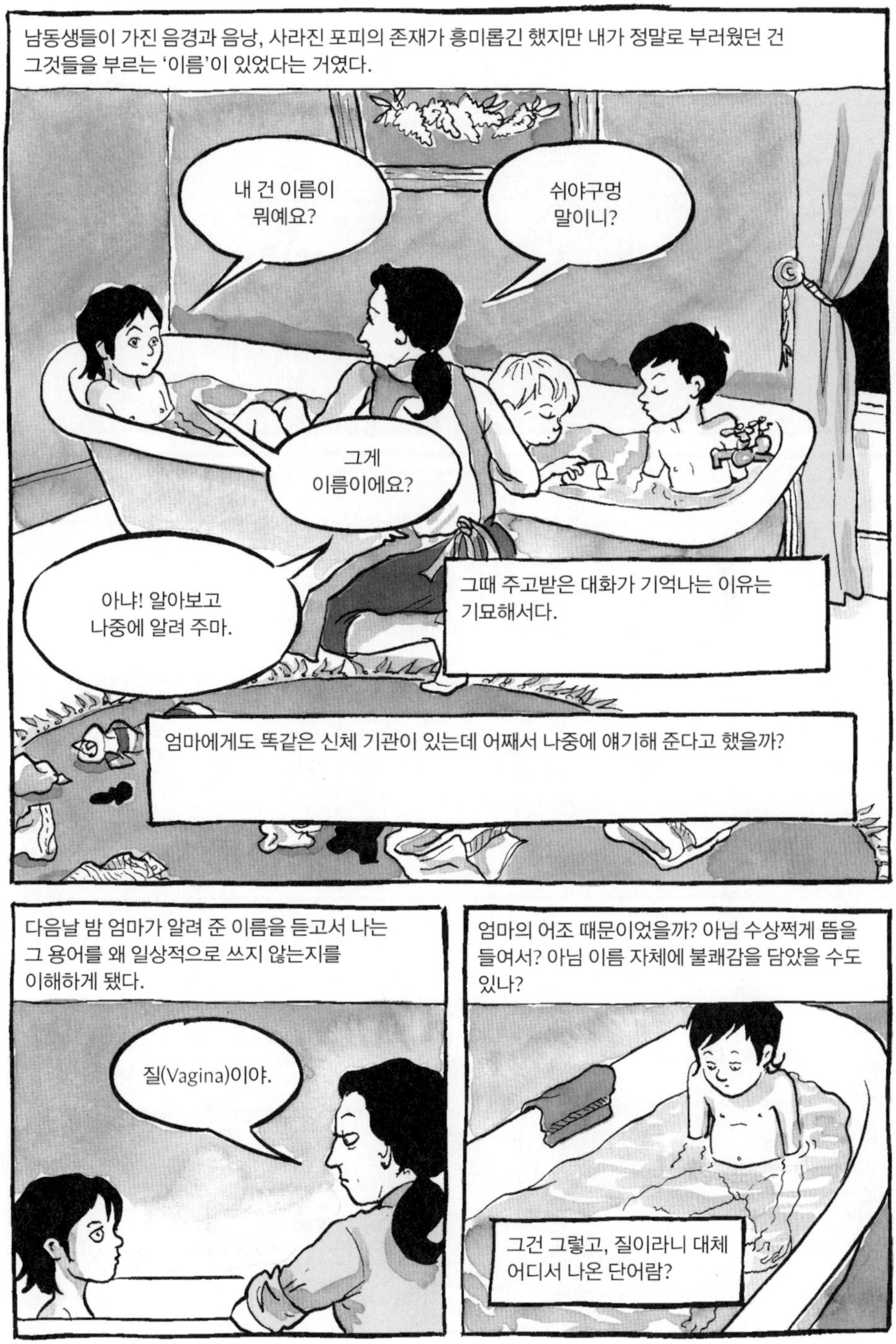
남동생들이 가진 음경과 음낭, 사라진 포피의 존재가 흥미롭긴 했지만 내가 정말로 부러웠던 건 그것들을 부르는 '이름'이 있었다는 거였다.
내 건 이름이 뭐예요?
쉬야구멍 말이니?
그게 이름이에요?
아냐! 알아보고 나중에 알려 주마.
그때 주고받은 대화가 기억나는 이유는 기묘해서다.
엄마에게도 똑같은 신체 기관이 있는데 어째서 나중에 얘기해 준다고 했을까?
다음날 밤 엄마가 알려 준 이름을 듣고서 나는 그 용어를 왜 일상적으로 쓰지 않는지를 이해하게 됐다.
질(Vagina)이야.
엄마의 어조 때문이었을까? 아님 수상쩍게 뜸을 들여서? 아님 이름 자체에 불쾌감을 담았을 수도 있나?
그건 그렇고, 질이라니 대체 어디서 나온 단어람?

대학에 들어갔을 때, 나는 수많은 여성들이
그 질문에 묻고 답하고 있다는 사실을 알게 됐다.
(책 제목) 시몬 드 보부아르, 〈제 2의 성〉 메리 데일리, 〈여성 생태학〉

에이드리언 리치*는 수업 필독서가 아니었다.
새로 사귄 레즈비언 친구들 덕분에 읽었다.◦ (책 제목)
에이드리언 리치, 〈공통 언어라는 꿈〉, 〈거짓말 비밀 침묵에 대하여〉

에이드리언 리치는 어머니 세대의 저명한 시인이었는데 그즈음 레즈비언으로 커밍아웃했다.
급진주의자면서 굉장히 똑똑한 작가였다.1)

The specter of this kind of male judgment, along with the misnam-
ing and thwarting of her needs by a culture controlled by males, has
created problems for the woman writer: problems of contact with
herself, problems of language and style, problems of energy and sur-
vival.

In rereading Virginia Woolf's *A Room of One's Own* (1929) for
the first time in some years, I was astonished at the sense of effort, of
pains taken, of dogged tentativeness, in the tone of that essay. And I
recognized that tone. I had heard it often enough, in myself and
other women. It is the tone of a woman almost in touch w
anger, who is determined not to appear angry　　is willin
to be calm, detached, and even charming in a

리치는 울프의 '거리 두기'를 이해할 수 있다면서, 리치 자신도 한때 존중했던 남성 시인들의
거리 감각과 형식을 모방하는 연습을 한 적 있기 때문이라고 썼다.

하지만 리치는 이제 자신의 모든 걸
걸고 글을 써 내려간다.

…당신의 강인한 혀와 날씬한
손가락이 내가 수년간 너를 기다려
왔던 장밋빛 젖은 동굴로 온다…

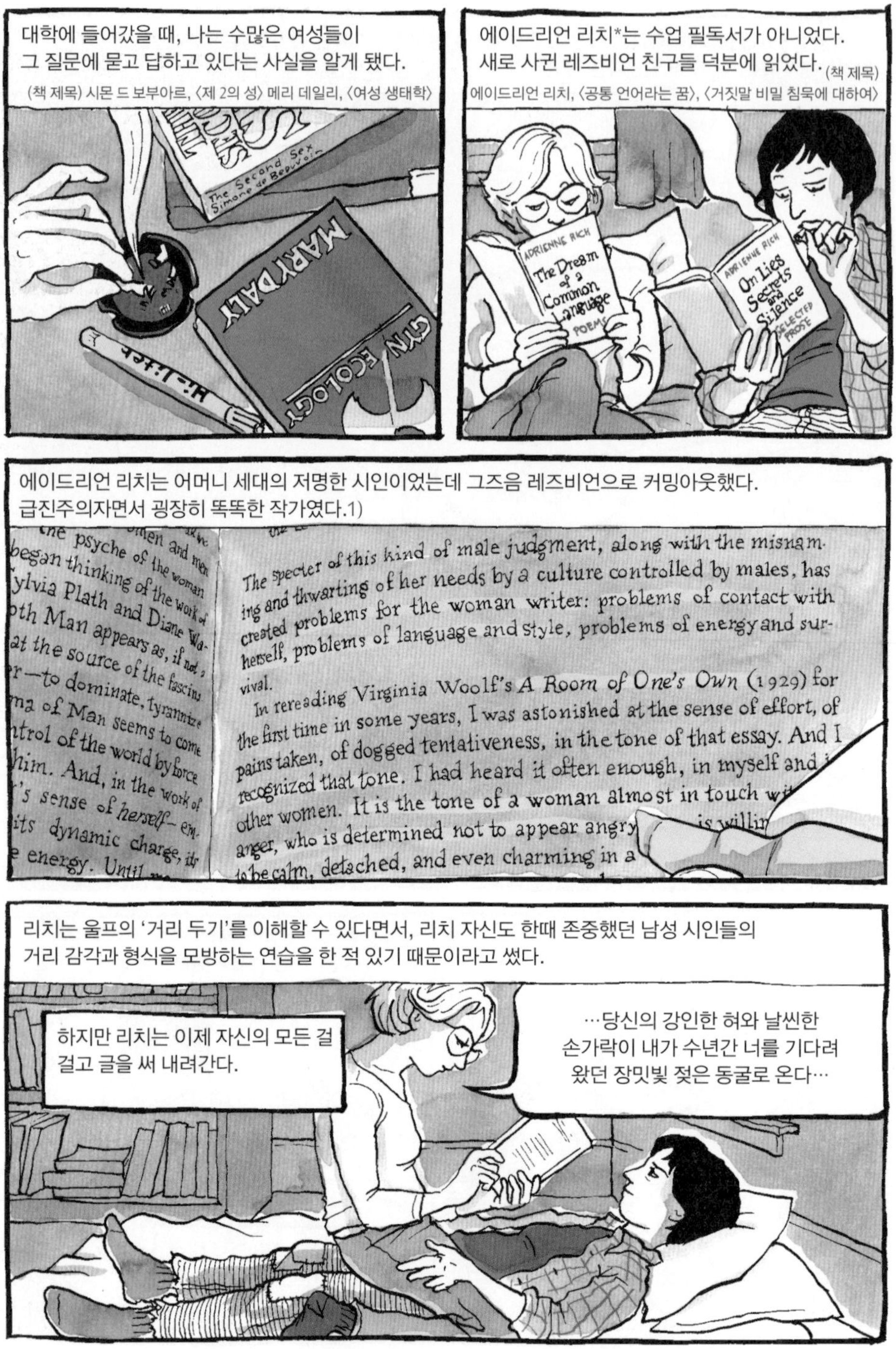

1) 이러한 남성적 판단, 남성에 의해 통제되는
문화가 잘못 호명하고 좌절시킨 그녀의
욕구는 여성 작가에게 여러 문제를
발생시켰다. 스스로와 소통하는 것의 문제,
언어와 스타일의 문제, 에너지와 생존의
문제를 말이다.
수년 만에 버지니아 울프의 〈자기만의 방〉

(1929)을 읽었을 때 나는 이 에세이의
어조에 담긴 노고, 고통, 끈덕진 머뭇거림을
알아차리고 놀랐다. 또한 나는 그
어조를 알아볼 수 있다. 이러한 어조를
스스로에게서, 또 다른 여성에게서 수없이
들어 왔기 때문이다. 이는 분노를 마주하고
있으나 드러내지 않기로 한 여성의 어조이다.

* Adrienne rich. 미국의 시인이자 존경받는
페미니스트이며 레즈비언임. 발음대로
표기하면 '아드리엔 리치'로 옮기는 것이
적당하나 국내에 소개된 작품과 다수의
논문에 에이드리언 리치로 소개된 바, 연관
텍스트를 찾아볼 독자를 위해 선례를 따름.

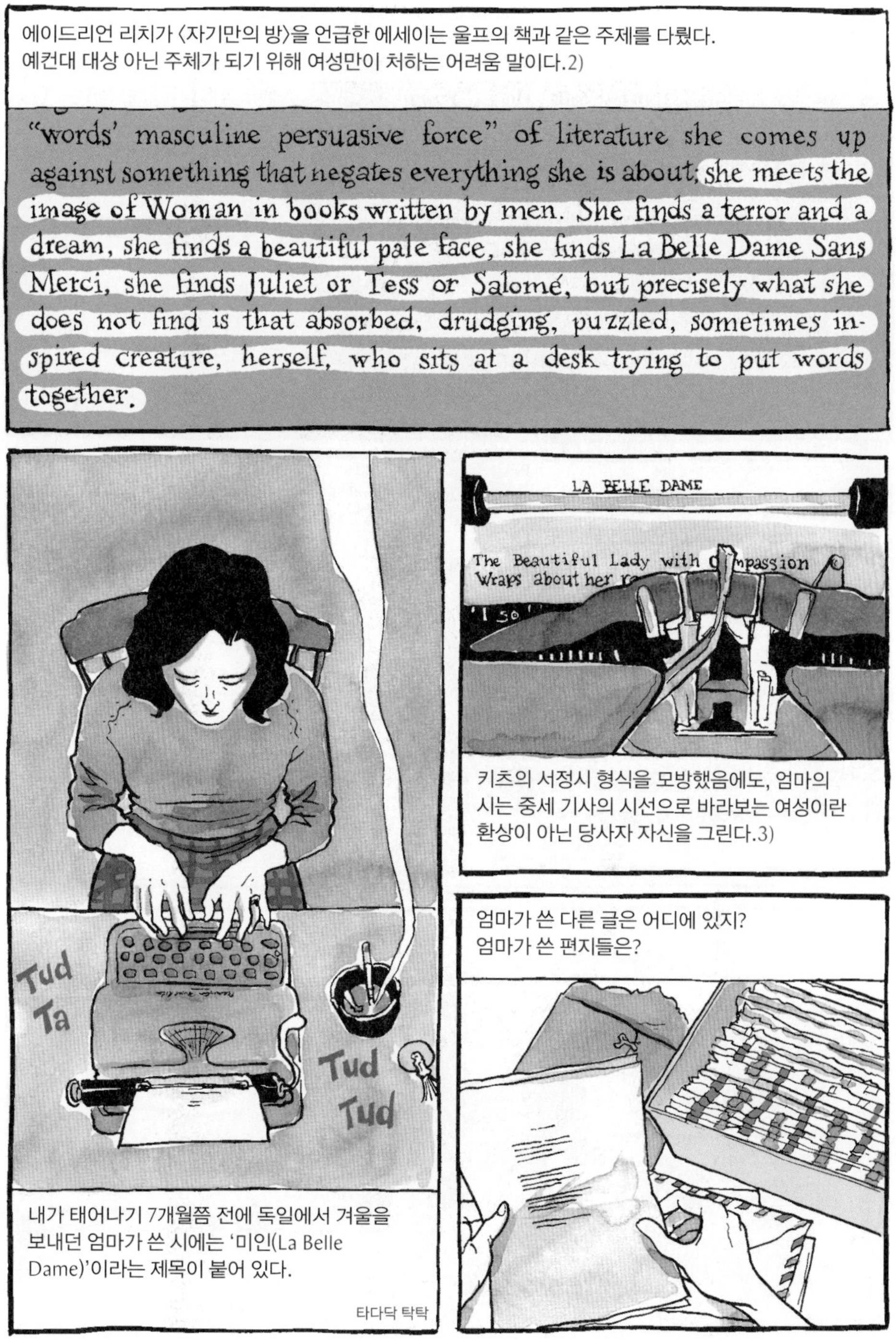
에이드리언 리치가 〈자기만의 방〉을 언급한 에세이는 울프의 책과 같은 주제를 다뤘다.
예컨대 대상 아닌 주체가 되기 위해 여성만이 처하는 어려움 말이다.2)
"words' masculine persuasive force" of literature she comes up against something that negates everything she is about; she meets the image of Woman in books written by men. She finds a terror and a dream, she finds a beautiful pale face, she finds La Belle Dame Sans Merci, she finds Juliet or Tess or Salomé, but precisely what she does not find is that absorbed, drudging, puzzled, sometimes inspired creature, herself, who sits at a desk trying to put words together.
Tud
Ta
Tud
Tud
내가 태어나기 7개월쯤 전에 독일에서 겨울을 보내던 엄마가 쓴 시에는 '미인(La Belle Dame)'이라는 제목이 붙어 있다.
타다닥 탁탁
LA BELLE DAME
The Beautiful Lady with
Wraps about her
키츠의 서정시 형식을 모방했음에도, 엄마의 시는 중세 기사의 시선으로 바라보는 여성이란 환상이 아닌 당사자 자신을 그린다.3)
엄마가 쓴 다른 글은 어디에 있지?
엄마가 쓴 편지들은?

2) 그녀는 남성이 쓴 책에 등장하는 '여성'의 이미지를 마주한다. 그녀는 공포와 꿈을 본다. 아름답고 창백한 얼굴, '무자비한 미인(La Belle Dame sans Merci)'을, 줄리엣을, 테스를, 살로메를 보지만 책상에 앉아 단어를 조합하고 있는, 몰두한 채로 단조로운 작업을 이어 가는, 혼란에 빠진 동시에 때로는 영감에 찬 존재, 즉 그녀 자신을 찾을 수는 없다.

3) 미인
동정심을 품은 아름다운 여인…

실비아 플라스의 삶을 픽션으로 쓴 〈윈터링(Wintering)〉이라는 책을 읽고 있다.
또 헬렌 벤들러가 쓴 시인들의 유작에 대한 책도 읽는 중인데 그 책에도 플라스가 나오는구나.
MAY
내가 테드 휴즈라도 도망갔겠다. 소유욕, 끝이 없는 요구…
게다가 플라스는 진이 빠지도록 커튼이랑 진저 브레드를 만들어 댔대. 왜 그런 일로 시간 낭비를 했담?
하긴 나도 그랬지… 그게 중요한 줄 알았어. 베티 프리댄이 책을 썼을 때 정말 엄청 화가 났었다.
네? 왜요?
글쎄… 프리댄은 집안일을 혐오했거든. 여성이 독립해야 한다고 주장하는 와중에도 다른 여자들을 고용해 집안일을 시켰지.
1963년에 〈여성의 신비〉가 출간되었을 때 엄마는 어린 두 아이와 집 안에 갇혀 있었다. 내가 엄마라도 화가 났을 것이다.
저, 엄마… 제 책에다 저는 실비아 플라스를 읽은 적이 없고 엄마는 버지니아 울프를 읽은 적이 없다고 썼는데, 맞아요?
음, 〈자기만의 방〉은 읽었다. 소설은 안 읽었지만.
당연히 엄마도 〈자기만의 방〉을 읽었다.
대학에 다니던 50년대엔 안 읽었고, 아마 70년대에 읽었을 것이다.

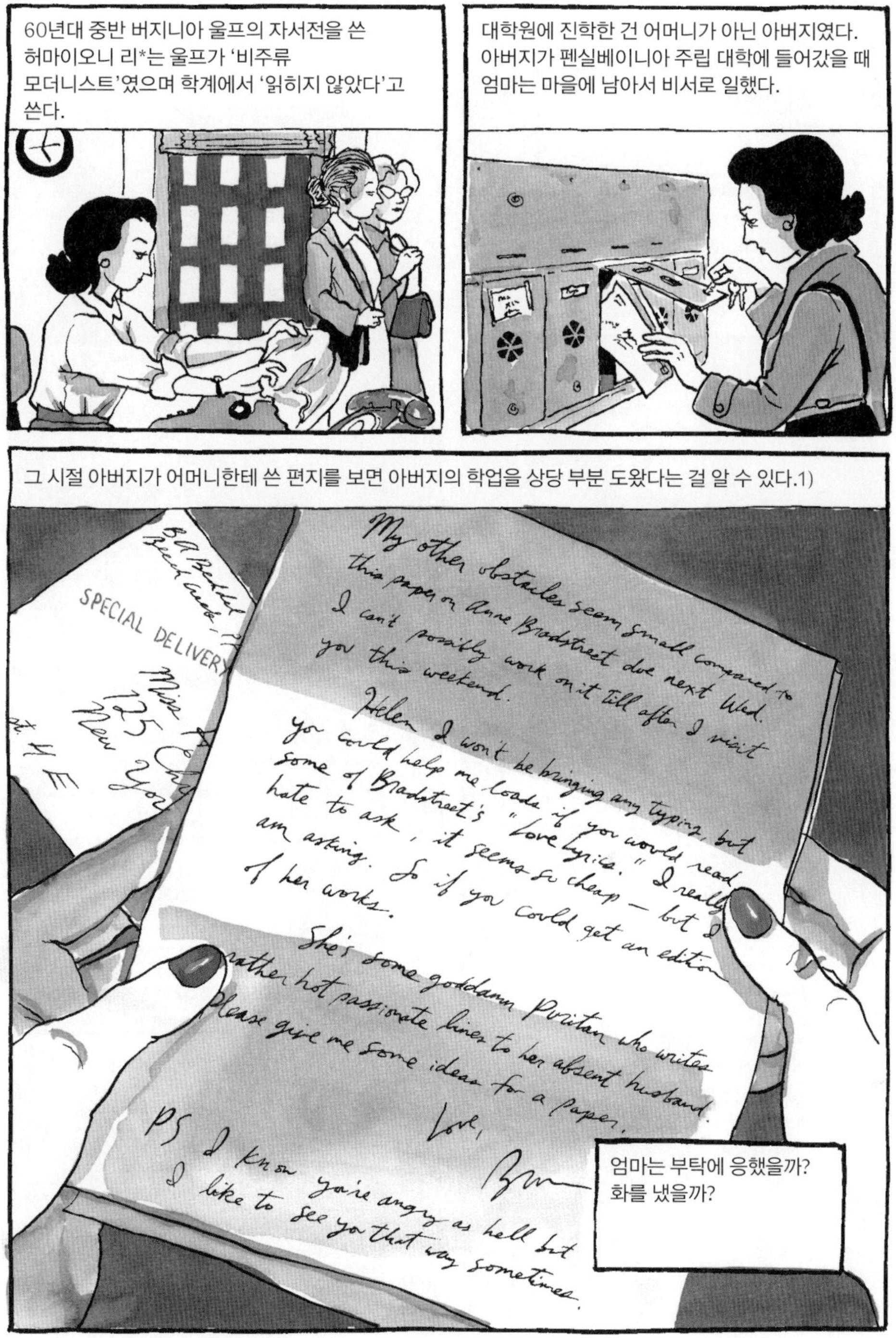
60년대 중반 버지니아 울프의 자서전을 쓴 허마이오니 리*는 울프가 '비주류 모더니스트'였으며 학계에서 '읽히지 않았다'고 쓴다.
대학원에 진학한 건 어머니가 아닌 아버지였다. 아버지가 펜실베이니아 주립 대학에 들어갔을 때 엄마는 마을에 남아서 비서로 일했다.
그 시절 아버지가 어머니한테 쓴 편지를 보면 아버지의 학업을 상당 부분 도왔다는 걸 알 수 있다.1)
SPECIAL DELIVERY
Miss
125
New
My other obstacles seem small compared to this paper on Anne Bradstreet due next Wed. I can't possibly work on it till after I visit you this weekend.
Helen I won't be bringing any typing, but you could help me loads if you would read some of Bradstreet's "Love Lyrics." I really hate to ask, it seems so cheap — but I am asking. So if you could get an edition of her works.
She's some goddamn Puritan who writes rather hot passionate lines to her absent husband. Please give me some ideas for a paper.
Love,
PS I know you're angry as hell but I like to see you that way sometimes.
엄마는 부탁에 응했을까? 화를 냈을까?

* Hermione Lee. 〈버지니아 울프 : 존재의 순간들, 광기를 넘어서(책세상)〉을 집필한 전기 작가.

1) 다음 주가 마감인 앤 브래드스트리트 논문에 비하면 다른 힘든 일은 사소하게 느껴져. 이번 주말에 당신을 만나고 나서야 쓸 수 있을 것 같아. **헬렌, 쓰던 걸 가져가지는 않겠지만 혹시 브래드스트리트의 〈사랑의 시〉를 읽어 줄 수 있을까? 정말 이런 부끄러운 부탁은 하고 싶지 않지만, 부탁할게. 책을 사서 봐 주겠어?** 그녀는 죽은 남편에 대한 열렬한 연애시를 쓴 청교도였지. 논문 아이디어를 좀 줘. 추신. 정말 화났겠지만 사실 가끔 당신의 이런 모습도 보고 싶어.

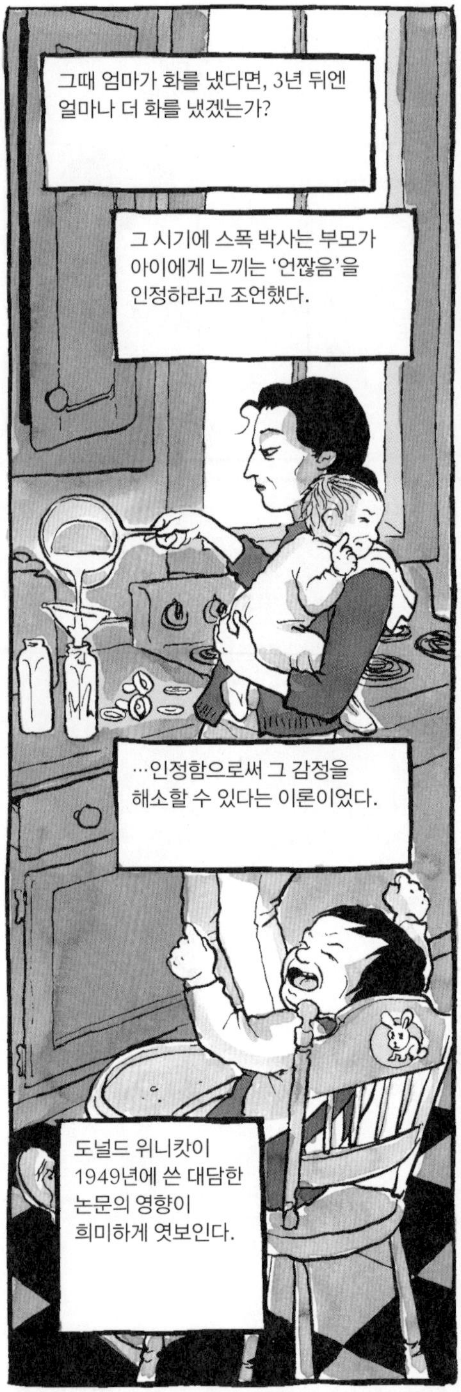

그때 엄마가 화를 냈다면, 3년 뒤엔 얼마나 더 화를 냈겠는가?
그 시기에 스폭 박사는 부모가 아이에게 느끼는 '언짢음'을 인정하라고 조언했다.
…인정함으로써 그 감정을 해소할 수 있다는 이론이었다.
도널드 위니캇이 1949년에 쓴 대담한 논문의 영향이 희미하게 엿보인다.

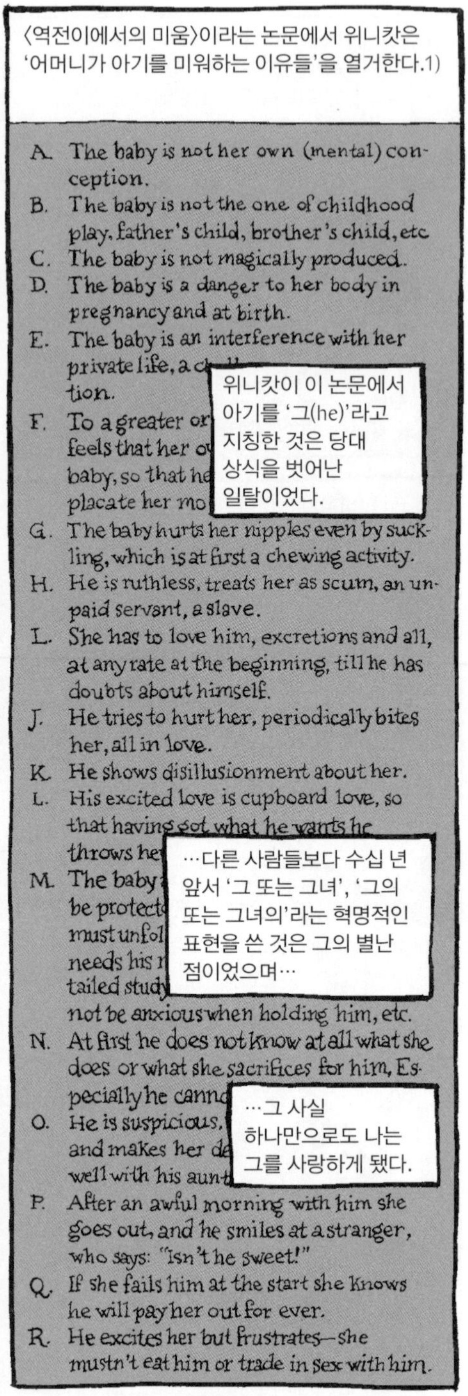

〈역전이에서의 미움〉이라는 논문에서 위니캇은 '어머니가 아기를 미워하는 이유들'을 열거한다.1)
A. The baby is not her own (mental) conception.
B. The baby is not the one of childhood play, father's child, brother's child, etc
C. The baby is not magically produced.
D. The baby is a danger to her body in pregnancy and at birth.
E. The baby is an interference with her private life, a c
tion.
F. To a greater or
feels that her o
baby, so that he
placate her mo
위니캇이 이 논문에서 아기를 '그(he)'라고 지칭한 것은 당대 상식을 벗어난 일탈이었다.
G. The baby hurts her nipples even by suckling, which is at first a chewing activity.
H. He is ruthless, treats her as scum, an unpaid servant, a slave.
I. She has to love him, excretions and all, at any rate at the beginning, till he has doubts about himself.
J. He tries to hurt her, periodically bites her, all in love.
K. He shows disillusionment about her.
L. His excited love is cupboard love, so that having got what he wants he
throws he
M. The baby
be protect
must unfol
needs his
tailed study
not be anxious when holding him, etc.
…다른 사람들보다 수십 년 앞서 '그 또는 그녀', '그의 또는 그녀의'라는 혁명적인 표현을 쓴 것은 그의 별난 점이었으며…
N. At first he does not know at all what she does or what she sacrifices for him. Especially he cann
O. He is suspicious,
and makes her d
well with his aunt
…그 사실 하나만으로도 나는 그를 사랑하게 됐다.
P. After an awful morning with him she goes out, and he smiles at a stranger, who says: "Isn't he sweet!"
Q. If she fails him at the start she knows he will pay her out for ever.
R. He excites her but frustrates—she mustn't eat him or trade in sex with him.

1) A. 아기는 그녀의 (정신적) 잉태물이 아니다.
B. 아기는 어린 시절 놀이에서의 존재, 아버지의 아이, 형제의 아이 등이 아니다.
C. 아기는 마술적으로 만들어진 존재가 아니다.
D. 아기는 임신과 분만 시 그녀의 신체를 위험하게 한다.
(…)
G. 아기는 젖을 빠는 행위만으로도 그녀의 젖꼭지를 아프게 하는데, 이는 젖 빨기가 씹는 행위에서 시작되기 때문이다.
H. 그는 무자비하고 그녀를 쓰레기나 공짜로 부리는 하인, 노예 취급한다.
I. 그녀는 그가 자기 자신을 의심하기 전까지 그와 그의 배설물까지도 무조건적으로 사랑해야만 한다.
(…)
P. 그는 아침 내내 난리를 피우다가도 밖에선 낯선 사람에게 웃어 주고 그 사람은 '그가 참 착하네요.' 한다.
Q. 만약 그녀가 처음에 그를 실망시킨다면 그 대가를 영원히 치르게 할 것이다.
R. 그는 그녀를 들뜨게 하는 동시에 좌절시킨다. 그녀는 절대 그를 먹어서도 안 되고 성적인 관계를 맺어서도 안 된다.

어머니는 아이를 사랑하기도 한다. 하지만 중요한 건 미움도 사랑의 일부라는 것이다.
위니캇은 어머니의 미움을 정신 분석가가 골칫거리 환자에 대해 품는 미움과 동일 선상에 놓는다.
E-R-S-A-T-Z를 어떻게 발음하세요?
프로이트는 역전이, 환자의 전이에 대한 정신 분석가의 무의식적 반응을 장애물로 보았다.
위니캇에게 역전이는 장애물보다 도구에 가깝다.
'미움을 극도로 잘 정리하고 의식해야만' 정신 분석가는 환자를 도울 수 있다.
십대 시절의 나는 어머니와 부단히도 싸웠다.
에얼-**자츠**.
에얼-자츠라고 발음해도 돼요.
위니캇은 피난처의 아이들에 관한 자신의 연구에서 한 사례를 꼽는다.
알면서 뭐 하러 묻니?

어느 날 한 아홉 살 소년이 '폭격이 아닌 등교 거부' 때문에 피난처로 오게 된다.
몰랐어요!
그 아이는 여섯 살 때 가출을 했고 곧 아이들 숙소에서도 도망쳤다.
사전에 발음이 둘 다 있었어요. 발음 자체가 궁금한 것보단 엄마가 어떻게 발음하는지가 궁금했던 거예요.
한번은 집 근처 경찰서에 그 아이가 나타났고 위니캇은 '놀라지 않았다'고 한다. 그는 아내 앨리스와 함께 그 아이를 석 달 간 보호했다.
왜 일부러 못살게 구니?
그냥 그 바보 같은 **단어**를 어떻게 발음하는지 물은 게 다예요.
'지옥에서 보낸 석 달'이라고 위니캇은 덧붙였다.
위니캇에게 자식이 없었단 사실을 이쯤에서 언급해도 좋겠다.
왜 제가 **일부러 못살게 군다**고 생각하세요?
곧 아이의 증상은 '방향'을 바꾸었다. 아이는 도망치는 대신 집 안에서 고함을 지르며 날뛰었다.
그 캔 치워! 이제 저녁 줄 거다.
배고파요.

아이가 흥분하면 위니캇은 '분노나 책망 없이' 아이를 꽉 붙들어 문밖에 내다 놓는 것으로 벌주었다.
또 일부러 엄마를 괴롭히는구나!
위니캇은 소년에게 말했다. 진정되면 직접 초인종을 울리라고, 그럼 들여보내 줄 거라고.
과대망상이에요!
위니캇은 아이를 바깥으로 내보내는 과정에서 매번 이 말을 하는 게 중요했다고 한다.
방금 일 때문에 네가 미워졌다.1)
Did I hit him? The answer is no, I never hit. But I should have had to have done so if I had not known all about my hate and if I had not let him know about it too. At crises I

1) 내가 그 아이를 때렸느냐고 묻는다면 그 대답은 '아니오'다. 나는 때린 적이 없다. 하지만 만약 내가 미움을 깨닫지 못하고 아이에게 이를 이해시키지도 못했더라면 그렇게 했을지도 모른다.

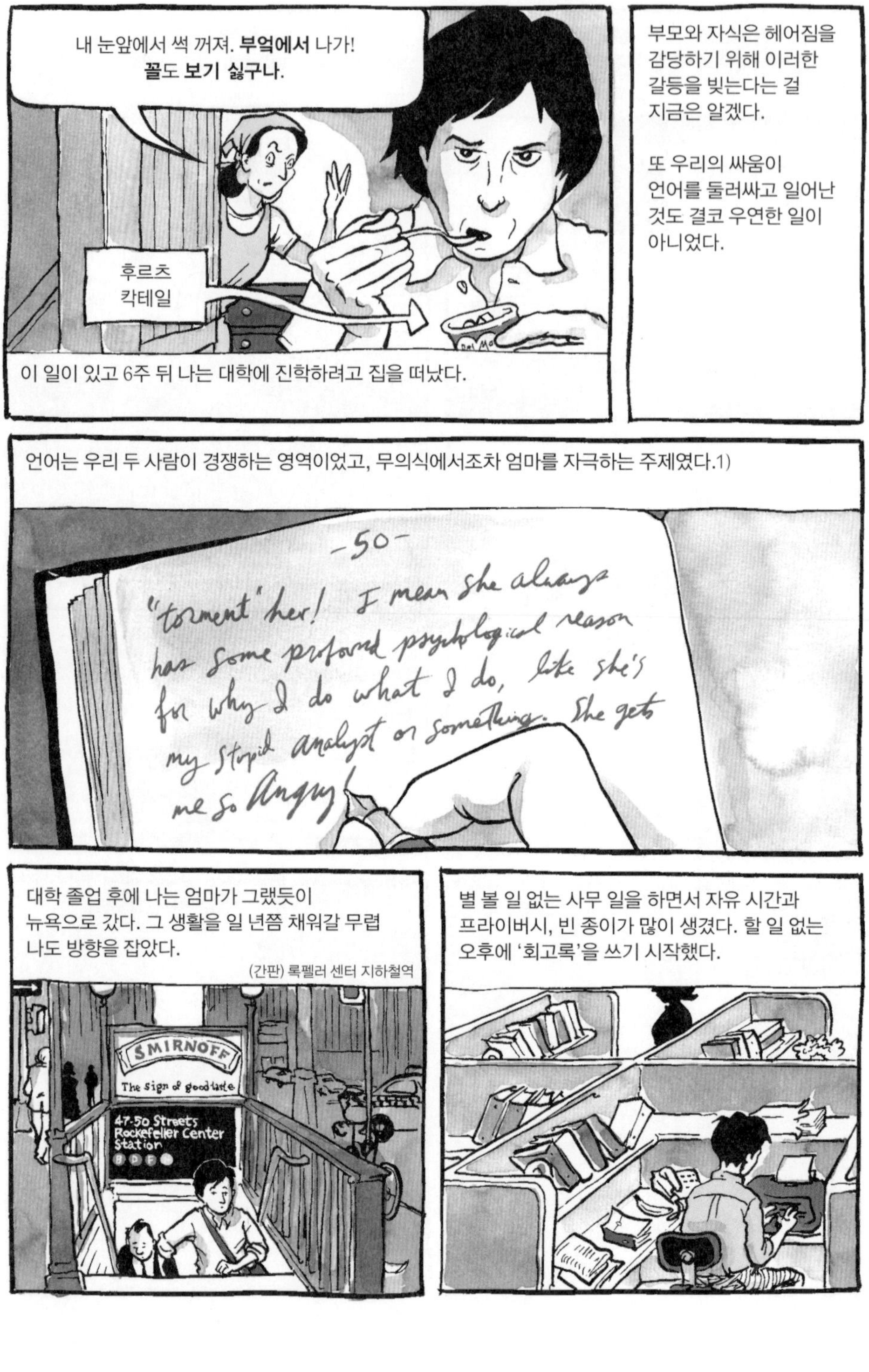
내 눈앞에서 썩 꺼져. **부엌에서** 나가! **꼴도 보기 싫구나.**
후르츠 칵테일
이 일이 있고 6주 뒤 나는 대학에 진학하려고 집을 떠났다.
부모와 자식은 헤어짐을 감당하기 위해 이러한 갈등을 빚는다는 걸 지금은 알겠다.
또 우리의 싸움이 언어를 둘러싸고 일어난 것도 결코 우연한 일이 아니었다.
언어는 우리 두 사람이 경쟁하는 영역이었고, 무의식에서조차 엄마를 자극하는 주제였다.1)
-50-
"torment" her! I mean she always
has some profound psychological reason
for why I do what I do, like she's
my stupid analyst or something. She gets
me so Angry!
대학 졸업 후에 나는 엄마가 그랬듯이 뉴욕으로 갔다. 그 생활을 일 년쯤 채워갈 무렵 나도 방향을 잡았다.
(간판) 록펠러 센터 지하철역
SMIRNOFF
The sign of good taste
47-50 Streets
Rockefeller Center
Station
별 볼 일 없는 사무 일을 하면서 자유 시간과 프라이버시, 빈 종이가 많이 생겼다. 할 일 없는 오후에 '회고록'을 쓰기 시작했다.

1) 엄마를 '괴롭혔다'니! 엄마는 늘 정신 분석가라도 되는 양 내 바보 같은 행동에도 깊이 뿌리내린 심리학적 동기가 있다고 생각한다. 엄마는 날 엄청나게 열 받게 한다!

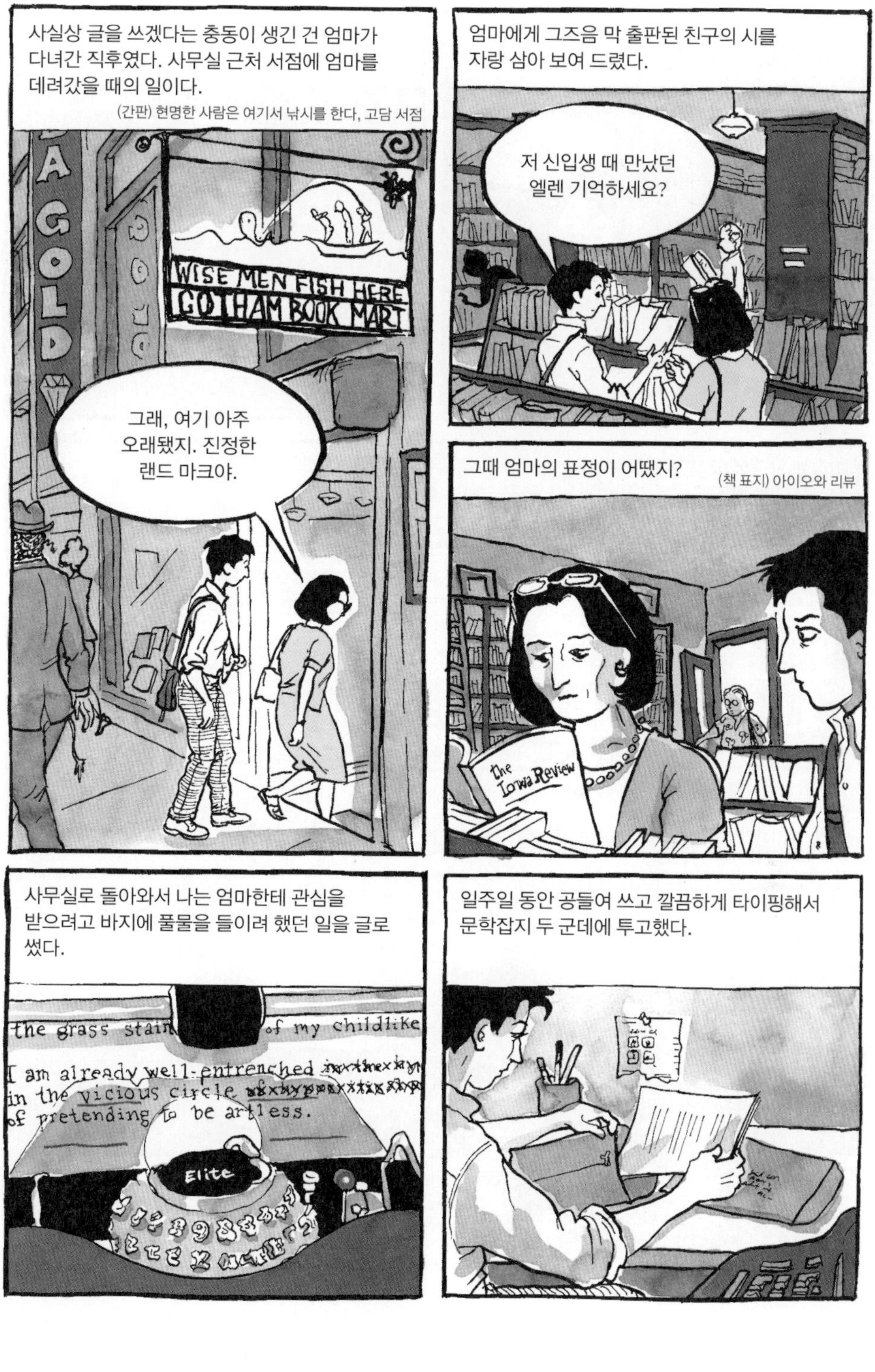
사실상 글을 쓰겠다는 충동이 생긴 건 엄마가 다녀간 직후였다. 사무실 근처 서점에 엄마를 데려갔을 때의 일이다.
(간판) 현명한 사람은 여기서 낚시를 한다, 고담 서점
WISE MEN FISH HERE
GOTHAM BOOK MART
그래, 여기 아주 오래됐지. 진정한 랜드 마크야.
엄마에게 그즈음 막 출판된 친구의 시를 자랑 삼아 보여 드렸다.
저 신입생 때 만났던 엘렌 기억하세요?
그때 엄마의 표정이 어땠지?
(책 표지) 아이오와 리뷰
The Iowa Review
사무실로 돌아와서 나는 엄마한테 관심을 받으려고 바지에 풀물을 들이려 했던 일을 글로 썼다.
the grass stain of my childlike
I am already well-entrenched
in the vicious circle
of pretending to be artless.
Elite
일주일 동안 공들여 쓰고 깔끔하게 타이핑해서 문학잡지 두 군데에 투고했다.

둘 중 더 저명한 문학잡지에서 놀랍도록 빨리 답장이 왔다.
거절 편지에 적힌 서명을 보고 놀랐다.1)
at a rather superficial level. Even for yourself, I think it would be useful to go back and ask yourself some real questions as to the meaning of each incident, and its context.
I hope this is helpful. Don't be put off, or discouraged. Writing is a very long, demanding training, more hard work than luck. Strength to you.
In sisterhood,
Adrienne Rich
편집 위원 중에 에이드리언 리치가 있다는 걸 알았음에도 그녀가 내 원고를 실제로 읽을 것임을 상상하지 못했다. 그런데 개인적인 답신까지 주다니.2)
I cringe at my arrogance. Actually, cringing at my arrogance is just another, more rarified, level, of arrogance.
리치의 말이 맞았다. 나는 노력하지 않았다.
6개월 뒤에 덜 유명한 문학잡지에 내 소설이 수정 없이 실렸을 때 다시 수치심이 밀려왔다.
COMMON LIVES LESBIAN LIVES
RHODA
그때부터 나는 글쓰기를 미뤄 두고 친구들한테 보여 줄 연재만화를 그리는 데 열중했다.
(책 제목) 〈일반적인 삶, 레즈비언의 삶〉

1) …피상적인 수준에 그칩니다. 스스로를 위해서라도 각 사건의 의미와 그 맥락에 대해 진짜 질문을 던져 보길 권합니다. 도움이 되었길 바라요. 글쓰기를 그만두지도, 낙담하지도 마세요. 글쓰기는 무척 길고 힘든 훈련입니다. 운보다는 노력에 좌우되지요. 힘을 보냅니다. 자매애를 담아, 에이드리언 리치.

2) 내 오만이 부끄럽다. 사실은 오만을 부끄러워하는 것도 보다 다듬어진 다른 차원의 오만에 불과하다.

그해가 가기 전 나는 자원 활동을 하고 있던 페미니즘 신문에 연재만화를 시작했다. 그러던 중 에이전트를 만났고 만화를 모아 단행본으로 출판하자는 제안을 받았다.
더 있어요?
네, 잔뜩 있어요.
WOMANEWS
문학잡지에 소설이 실린 건 엄마한테 굳이 알리지 않았다. 하지만 책이라면 분명 엄마가 감동할 거라고 생각했다.
정말이니? 굉장하구나!
승리감은 짧았다.
CEYLON
그런데 말할 게 있어요. 레즈비언을 그린 만화예요.
너무 근시안적인 것 아니니?
어…
내 말은, 다음 작품을 할 때 발목 잡히지 않겠어?
상관없어요!

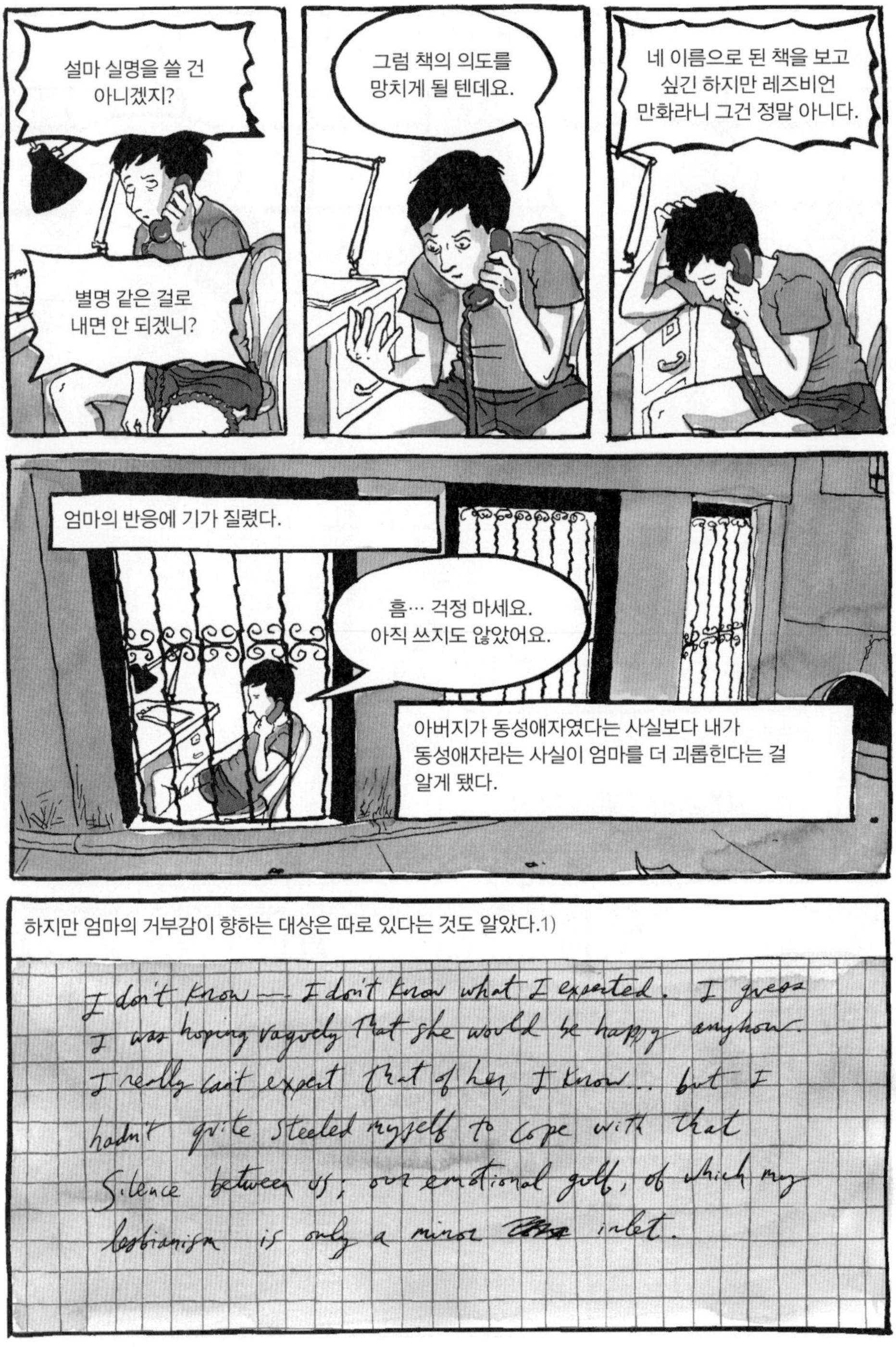
설마 실명을 쓸 건 아니겠지?
별명 같은 걸로 내면 안 되겠니?
그럼 책의 의도를 망치게 될 텐데요.
네 이름으로 된 책을 보고 싶긴 하지만 레즈비언 만화라니 그건 정말 아니다.
엄마의 반응에 기가 질렸다.
흠… 걱정 마세요. 아직 쓰지도 않았어요.
아버지가 동성애자였다는 사실보다 내가 동성애자라는 사실이 엄마를 더 괴롭힌다는 걸 알게 됐다.
하지만 엄마의 거부감이 향하는 대상은 따로 있다는 것도 알았다.1)
I don't know — I don't know what I expected. I guess
I was hoping vaguely that she would be happy anyhow.
I really can't expect that of her, I know.. but I
hadn't quite steeled myself to cope with that
silence between us; our emotional gulf, of which my
lesbianism is only a minor inlet.

1) 모르겠다. 내가 뭘 기대한 건지. 아마 엄마가 기뻐하기를 내심 바랐나 보다. 엄마에게 그런 기대를 걸어선 안 된단 걸 안다… 하지만 나는 우리 사이에 흐르는 침묵과 심리적 간극에 대처할 마음의 준비가 안 됐다. 내 정체성이 레즈비언인 건 아주 사소한 부가 요소일 뿐.

엘로이즈를 처음 만난 건 엄마와 그 통화를 하고 일주일 뒤 일이다.
CUANDO
PRINTS
그즈음 엘로이즈는 직장에서 해고를 당했다.
그럼 지금 시민 불복종을 실천하려고 동부 해안 쪽을 돌고 있는 거예요?
그런 셈이죠. 평화 캠프에도 참여했고요.
세네카 여성 평화 캠프는 당시 북부 육군 기지에서 이루어지던 페미니스트 반전 시위였다.
지난주에는 〈핵이 아닌 주키니를(Jukes Not Nukes)〉 시위였어요. 펜스를 기습해서 철조망 사이에 주키니 호박을 쑤셔 넣었죠.
첫 저녁 식사 데이트가 끝난 뒤 엘로이즈는 교외에서 열리는 시위로 갔다.
그물로 거미줄을 짜서 무기고를 덮을 거야.
헐.
두 번째 데이트에서 바에 갔고 엘로이즈가 내게 키스했다. 나는 그녀를 집에 초대했다. 지하철이 딱 맞게 도착했는데 좋은 징조 같았다.
1015
W4

좋은 징조가 맞았다. 우리는 매주 혹은 이 주에 한 번 꼴로 엘로이즈가 시위 참여와 서부 매사추세츠의 전근 지역을 오가는 중간중간에 만났다.
나는 우리 만남에 시간과 공간의 거리가 있는 게 좋았다.
그녀를 만나지 않을 때면 내 생활은 아무 영향도 받지 않고 이어졌다.
(책 제목) 〈한 소년의 이야기〉
A BOY'S OWN STORY
심지어 글쓰기에도 다시 도전했다. 이번에는 엄마가 굿 나잇 키스를 그만뒀던 때에 관해 썼다.
타타탓, 탓탓
RATATAT TAT TAT
정확히 기억나지는 않지만 나는 엄마한테 글을 보냈다. 동봉한 편지에 "기억하세요?"라고 썼다.
U.S. MAIL
노여움이나 도덕적인 어조가 드러내지 않도록 애썼다고 쓰면서 "의도대로 된 것 같은지 봐 주세요."라고 청했다.

그 다음 날에 주말을 맞아 엘로이즈가 왔다. 그녀의 정치적 저항은 범위를 넓혀가고 있었다.
니카라과에 가고 싶어.
월요일이면 엘로이즈는 매사추세츠로 돌아가야 했다. 우리가 여섯 번의 밤을 함께 보냈을 때였다. 좀처럼 헤어지고 싶지 않았다. 상사에게 전화를 했다.
…아프고 열도 나요. 네. 내일 출근할 수 있을지 모르겠어요.
다음 나흘을 애머스트*에서 보냈다. 그윽한 구월의 오후, 엘로이즈와 함께 여성 서점(women's bookstore)을 찾았다. 내 소설이 실린 문학잡지를 자랑하고 싶은 충동을 이기지 못했다.
22
엘로이즈, 이거 좀 봐.
와!
POLITICS
에이드리언 리치에게 거절당한 글이라는 말은 굳이 안 했다.
그런데 신기하게도 우리는 바로 그날 저녁 에이드리언 리치의 강연을 들으러 갔다.
STUDENT UNION
강연 주제가 뭔데?
니카라과. 돌아온 지 얼마 안 됐어.
산디니스타 혁명**의 잔재 속에서 게릴라전이 벌어지고 있는 현장에 굳이 간다는 게 이해가 안 됐다.

* Amherst. 미국 매사추세츠주 중서부에 있는 도시.

** Sandinista revolution. 산디니스타는 니카라과의 사회주의 정당임. 산디니스타 해방 전선은 반정부 무장 투쟁을 통해 1979년 소모사 독재 정권을 무너뜨렸으며 니카라과 혁명 정부를 세웠음. 그러나 혁명 이후 미국의 경제 봉쇄로 인한 빈곤 문제, 반군의 파괴 활동, 계속된 내전으로 심각한 위기에 직면하였음.

에이드리언 리치의 강연은 큰 틀에서 니카라과에서의 경험에 관한 것이었지만, 나는 강연 중간에 나온 그녀가 시인으로 정체화하기까지의 이야기가 더 흥미로웠다.
…자연스레 저는 남성 주체로부터 나온 여성, 섹슈얼리티, 권력 개념을 흡수하게 되었고…
이러한 이미지들과 제 일상 사이의 불일치를 메우기 위해서 부단한 상상력과…
…끊임없는 번역, 무의식에서 시인과 여성을 분리하는 정체성의 파편화 과정이 필요했습니다.
poetry wasn't gender neutral
But
situates itself…
sense of privilege
dissonance.
footwork - perpetual translation
Woman <≠> poet
나는 미친 듯이 필기를 했다.
요즘에 와서 그 필기를 다시 읽어 보고서야 그날 들은 강연이 나중에 〈피, 빵, 시〉라는 에세이로 출간된 내용임을 알았다.
그 순간엔 구체적인 것까지 받아썼다. 특히 이 부분이 좋았다.1)
"The moment when a feeling enters the body is political."
FSLN
하지만 리치가 나중에 생각을 바꿨을까. 출간된 에세이에서는 이 구절을 찾을 수 없었다.
ADRIENNE RICH
Blood, Bread, and Poetry
SELECTED PROSE 1979-1985

(책 제목) 에이드리언 리치, 〈피, 빵, 시〉

1) 감정이 육체에 깃드는 순간은 정치적이다.

1963년에 성 정치를 의식적으로 담아낸 시집을 펴냈을 때…
…이 작품집은 기존의 유려한 운율을 잃고 고르지 못한 시행과 조야한 목소리를 채택한 '격렬하며', '개인적인' 작품이라는 비판을 받았습니다.
〈자기만의 방〉 역시 1928년 케임브리지 대학교에서 여학생들을 대상으로 이루어진 강연으로부터 시작된 것이다. 어두운 저녁 만찬 장소에서 버지니아 울프는 거의 안 들리는 목소리로 노트에 쓴 글을 읽었다.
…만일 자신을 온전히 작품에 표현할 수 있는 작가가 있었다면 바로 셰익스피어일 겁니다.
다시금 서가를 돌아보며 생각건대, 만약 방해받지 않고 빛을 뿜어내는 마음이 있었다면 이 또한 셰익스피어의 마음일 겁니다.
16세기에 이러한 마음을 가진 여성을 찾는다는 건 분명 불가능했습니다.
엘리자베스 왕조의 묘비 앞에 아이들이 무릎을 꿇고 두 손을 모아 쥔 모습을…
여성들의 이른 죽음을 생각해 보십시오. 그들이 살던 컴컴하고 남루한 방들을 보면…
…그 시대의 어떤 여성도 시를 쓸 수 없었음을 깨닫게 됩니다.

에이드리언 리치의 강연 이후로 니카라과에 가겠다는 엘로이즈의 열망은 더욱더 커졌다.
난 못 가.
난 시민 불복종조차
실천 못 했다고!
아냐, 넌 할 수 있어.
누구나 할 수 있어.
그게 핵심이야.
FODOR'S CENTRAL AMERICA
엘로이즈의 불복종 능력이 대단하게 느껴졌고 부러웠다. 이제 와 보니 그 태도는 무척 위니캇적인 것이었다.
난 겁쟁이인걸.
'감정이 육체에 깃드는 순간은 정치적이다.'
내가 주류에 편승하지 않은 건 전적으로 내가 레즈비언이라는 것, 이를 숨기지 않기로 한 것 덕분이다.
위니캇의 정신 분석가였던 제임스 스트레이치가 잠시 수련을 쉬려고 했던 적이 있다. 그의 아내 앨릭스는 편지에서 이런 농담을 한다. "W씨가 죽을지도, 아니면 갑자기 아내와 섹스를 할지도 모르겠다."
도널드의 억제력 때문인지 아내 앨리스의 정서 불안 때문인지는 알 수 없지만, 위니캇 부부는 섹스를 하지 않았다.

전쟁 중에 위니캇은 매주 기차를 타고 옥스포드셔에 가서 피난 아동을 위한 숙소 직원들에게 자문을 해 주는 시간을 가졌다.
여기서 그는 클레어 브리턴이라는 사회 복지사를 만났다.
클레어의 의무 중에는 아이와 부모의 연결 고리를 유지하는 일도 있었다. 정기적으로 런던을 찾아 아이들 부모를 수소문하는 일이었다.
선생님! 울 엄마 만났어요?
그녀는 편지와 선물을 전했다. 그러다 부모의 사망 소식을 전하게 될 때도 있었다.
클레어는 위니캇과 직원들 사이의 연결 고리이기도 했다. 직원들은 위니캇을 좋아했지만 그가 무엇을 하라고 지시하지 않는다는 점에 대해서는 난감해했다.
그냥 우리가 뭘 했는지 말하고, 그분 이야기를 듣고, 그러면서 배워 나가면 돼요.

클레어를 만났던 것과 비슷한 시점에 위니캇은 쓰고 있던 논문을 멜라니 클라인에게 보냈다. 좀 더 일찍 등장한 유아 심리의 개척자 클라인이 위니캇과 맺고 있던 복잡한 전문가적 관계는 굳이 다 설명하지 않겠다.
클라인은 5년간 위니캇을 지도했고, 위니캇은 그녀의 아들을 분석했다.
위니캇은 특히 신생아의 공격성에 대해 클라인의 영향을 강하게 받았다.
클라인은 한참 뒤에야 위니캇의 논문에 대해 답장을 쓴다. 마침내 도착한 답장에 그녀는 '논문을 깎아내리는' 것을 사과하면서도 그것이 '꼭 필요한' 일이라고 썼다.
클라인은 그의 논문이 훌륭하다고 말하면서도 중요 부분을 빼 버리고 자신의 생각을 여기저기 집어넣었다.

정신 분석에 관심이 있었던 클레어 브리턴은 도널드와 그의 이론에 대해 열성적으로 이야기를 나눴다.
좋은 밤이죠, 위니캇 박사님. 기차를 놓치셨어요?
두 사람 사이에 심오한 협력 관계가 생겨나기 시작했다. 이후 두 사람의 나머지 경력을 결정지은 것이다. 결국에는 클레어 역시도 정신 분석가가 되었다.

그때 도널드는 극심한 신경 쇠약을 겪고 있었다.
그래요, 맞아요. 브리턴 씨. 오늘은 여기서 묵을 생각입니다.
클레어의, 수년에 걸친 어마어마한 노력이 있긴 했지만 마침내 두 사람은 연인이 되었다.
어… 미트르 호텔에 방을 잡아 놨어요.
아마도 그가 클레어에게 해바라기 씨를 건네는 꿈을 꾼 것이 두 사람이 보낸 첫날밤의 증거일 것이다.
MITRE HOTEL
SLATTER & ROSE
참 이상한 일이죠?
도널드는 48살이었다.
클레어는 아이를 가지지 않았지만 그들 둘은 누구보다도 생산적인 관계를 나누었다.

종전 뒤 위니캇은 다시금 연구에 자신감을 갖게 되었다. 논문 속에 자기 목소리를 불어넣기 시작했다.
앨리스와 결혼 생활을 유지하는 한편 클레어와 비밀스러운 관계를 이어갔다. 그러나 심장 발작을 몇 번 겪은 뒤로 그는 괴로운 이중생활을 끝내기로 한다.
그는 강압적인 아버지가 1949년 사망한 뒤에야 간신히 아내와 갈라섰다.
좋을 게 없는 관계야. 우리는 서로를 괴롭게만 해.
앨리스와 헤어진 직후에 그는 주요 저작인 논문 〈과도기 대상〉을 발표했다. 위니캇과 클레어는 결혼했다.
마침내 그는 멜라니 클라인과 같은 반열에 올랐으나 클라인은 이후로도 쭉 정신 분석에 기여한 위니캇의 업적을 깎아내렸다.
이해가 안 돼. 거기 가서 뭐하려고?
여행해야지. 스페인어도 배우고, 커피콩 수확도 할건데.
FODOR'S CENTRAL AMERICA
어쩌면 경쟁자의 영향력이 커지는 걸 질투했을지도.
위니캇이 그의 정신 분석학적인 어머니를 향해 오이디푸스 반란을 일으킨 건지도 모르고.
위니캇은 정중하면서도 단도직입적인 편지를 써서 클라인의 70세 생일 기념으로 발간하는 논문집에 〈과도기 대상〉 논문을 싣자는 제안을 뿌리쳤다.

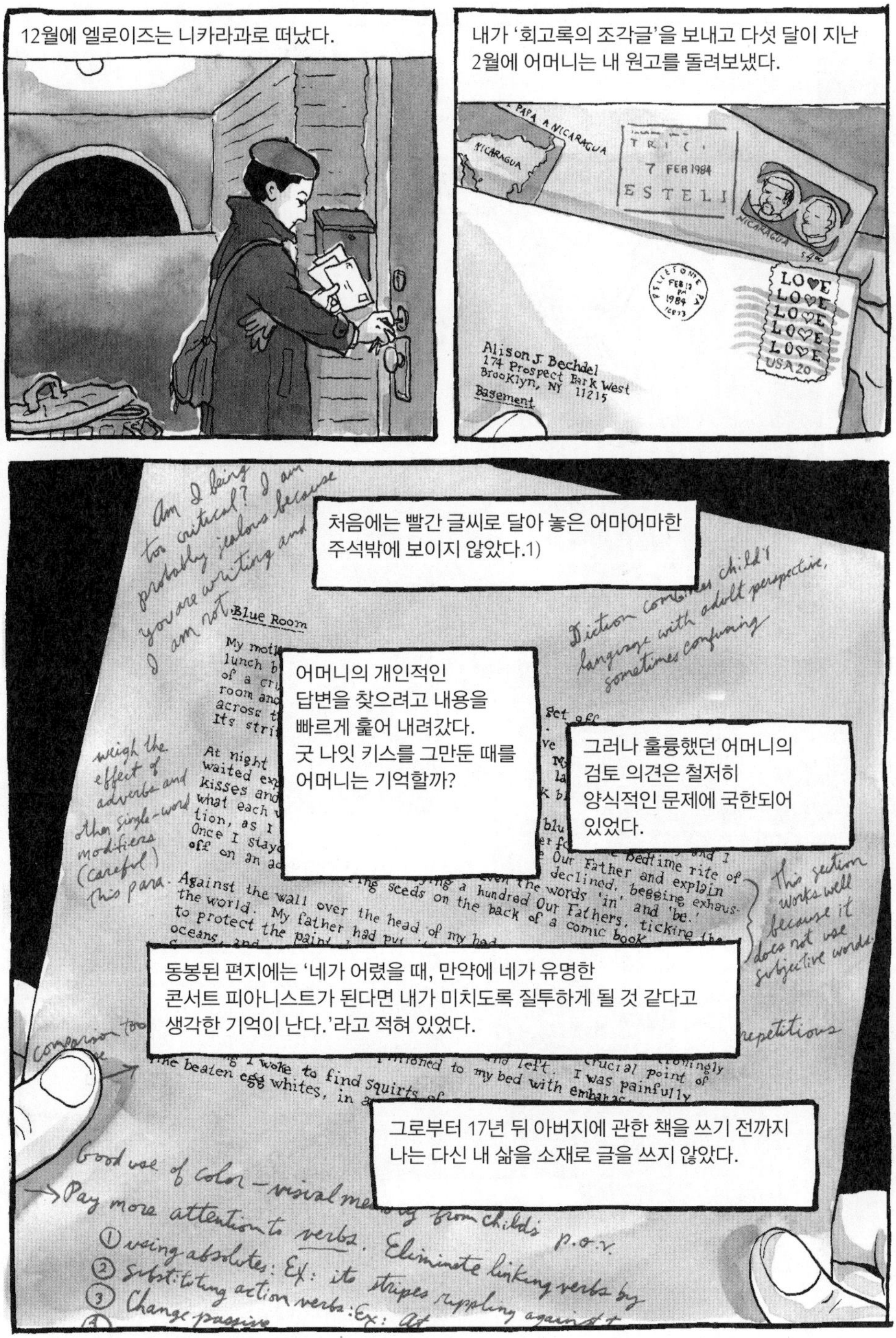
12월에 엘로이즈는 니카라과로 떠났다.
내가 '회고록의 조각글'을 보내고 다섯 달이 지난 2월에 어머니는 내 원고를 돌려보냈다.
7 FEB 1984
ESTELI
NICARAGUA
LOVE
USA 20
Alison J. Bechdel
174 Prospect Park West
Brooklyn, NY 11215
Basement
처음에는 빨간 글씨로 달아 놓은 어마어마한 주석밖에 보이지 않았다.1)
Am I being too critical? I am probably jealous because you are writing and I am not.
Blue Room
Diction combines child's language with adult perspective, sometimes confusing
어머니의 개인적인 답변을 찾으려고 내용을 빠르게 훑어 내려갔다. 굿 나잇 키스를 그만둔 때를 어머니는 기억할까?
그러나 훌륭했던 어머니의 검토 의견은 철저히 양식적인 문제에 국한되어 있었다.
weigh the effect of adverbs and other single-word modifiers (careful) this para.
This section works well because it does not use subjective words.
동봉된 편지에는 '네가 어렸을 때, 만약에 네가 유명한 콘서트 피아니스트가 된다면 내가 미치도록 질투하게 될 것 같다고 생각한 기억이 난다.'라고 적혀 있었다.
repetitions
그로부터 17년 뒤 아버지에 관한 책을 쓰기 전까지 나는 다시 내 삶을 소재로 글을 쓰지 않았다.
Good use of color - visual memory from child's p.o.v.
Pay more attention to verbs. Eliminate linking verbs by
① using absolutes: Ex: its stripes rippling against
② substituting action verbs: Ex: At
③ Change passive

1) – 내가 너무 비판적이니? 넌 글을 쓰고 나는 쓰지 못한다는 것에 질투심이 난 걸지도.
– 아이의 언어를 어른의 관점과 결부하여 쓴 개념이 때로 혼란스러움.
– 부사를 비롯해 수식어의 효과를 따져볼 것.
– 주관적인 단어 사용이 없기에 잘 쓴 부분.
– 반복적임
– 아이의 관점에서 색채의 시각적인 의미를 잘 사용했음
– 동사에 좀 더 주의를 기울일 것. 연결 동사를 없애고 1) 독립 어구를 사용할 것. 2) 행위 동사로 대체할 것.

어머니는 아버지가 부탁한 대로 앤 브래드스트리트의 시집 〈사랑의 시〉를 사러 갔다.
브래드스트리트는 최초의 미국 시인으로 불린다.
최초의 미국 여성 시인이 아니라, 그녀 역시 여성이지만, 최초의 시인이었던 것이다.
1630년 브래드스트리트는 배를 타고 매사추세츠로 건너가서 열병과 괴혈병, 기근이 들끓는 황야에서…
…여덟 아이를 기르고, 청교도적인 아내의 임무를 다하는 동시에…
…시를 썼다.

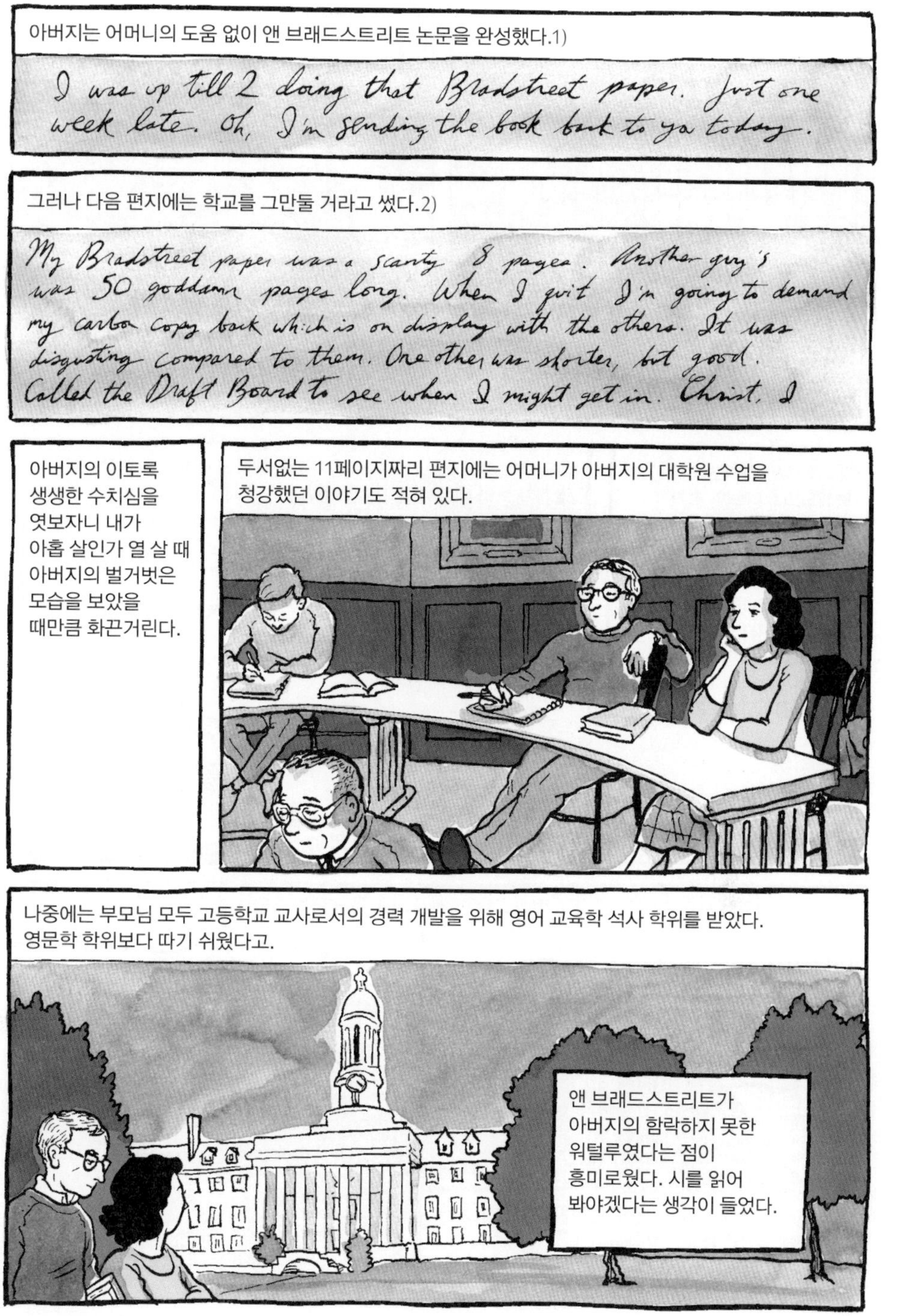
아버지는 어머니의 도움 없이 앤 브래드스트리트 논문을 완성했다.1)
I was up till 2 doing that Bradstreet paper. Just one week late. Oh, I'm sending the book back to ya today.
그러나 다음 편지에는 학교를 그만둘 거라고 썼다.2)
My Bradstreet paper was a scanty 8 pages. Another guy's was 50 goddamn pages long. When I quit I'm going to demand my carbon copy back which is on display with the others. It was disgusting compared to them. One other was shorter, but good. Called the Draft Board to see when I might get in. Christ, I
아버지의 이토록 생생한 수치심을 엿보자니 내가 아홉 살인가 열 살 때 아버지의 벌거벗은 모습을 보았을 때만큼 화끈거린다.
두서없는 11페이지짜리 편지에는 어머니가 아버지의 대학원 수업을 청강했던 이야기도 적혀 있다.
나중에는 부모님 모두 고등학교 교사로서의 경력 개발을 위해 영어 교육학 석사 학위를 받았다. 영문학 학위보다 따기 쉬웠다고.
앤 브래드스트리트가 아버지의 함락하지 못한 워털루였다는 점이 흥미로웠다. 시를 읽어 봐야겠다는 생각이 들었다.

1) 새벽 두 시까지 브래드스트리트 논문을 썼어. 딱 한 주 늦었지. 아, 오늘 당신에게 책을 돌려보낼게.

2) 내가 쓴 브래드스트리트 논문은 고작 8페이지야. 누구는 50페이지씩이나 썼더군. 다른 학생들의 논문과 게재되어 있는 사본을 돌려받아야겠어. 비교하자니 형편없어서 그래. 나보다 더 짧게 쓴 논문도 하나 있는데, 그건 잘 썼더라. 언제 받을 수 있을지 제본실에 문의했어.

나는 1967년에 출판된 시집을 찾았다.
(중고 서점)
USED BOOKS
하!
The Works of
ne Bradstreet
Edited by
Jeannine Hensley
Foreword by
Adrienne Rich
에이드리언 리치는 브래드스트리트의 초기 시가 평이하고 생기 없으며 비인간적이라며 만약 이대로 머물렀다면 ‘앤 브래드스트리트는 여성 아카이브 속에서 사회적 호기심의 대상, 기껏해야 문학적 화석으로 남았을 것이다.’라고 썼다.
그러나 브래드스트리트의 기교가 발전했다고 리치는 말한다. 소재가 보다 내밀해졌다는 평이었다.
아! 어제 타임스에 실린 루이즈 라프킨의 〈현대의 사랑〉 칼럼 읽었니?
아뇨, 읽어 볼게요.
MAY
리치는 이 변화가 브래드스트리트의 가족이 그녀의 초기 시를 묶어 깜짝 출판해 준 덕분이라고 본다.
그래, 어서 읽어 보렴.
네 프로젝트랑 상당히 비슷하더라고. 이만 끊자. 나는 십자말풀이나 하러 간다.
‘자기 불신에서 오는 긴장’이 출판과 호평으로 인해 누그러졌다는 것이다.
Anne Bradstreet
ADRIENNE RICH
Blood, Bread, and Poetry
ADRIENNE RICH
On Lies Secrets and Silence

(책 표지) 〈브래드스트리트 시선집〉.
지닌 헨슬리 편집, 에이드리언 리치 서문

리치가
브래드스트리트에
대해 쓴 에세이가
예전부터 내 코앞에
놓여 있었다는 사실에
놀랐다. 대학 때부터
갖고 있던 책에
재수록이 되어 있었던
것이다.
ADRIENNE RICH
On Lies, Secrets and Silence
MAY
이 책에서 리치는
1966년에 썼던 학자적
객관성을 갖춘 글에
다시 한 번 서론을
붙인다.
(책 제목) 에이드리언 리치,
〈거짓말 비밀 침묵에 대하여〉

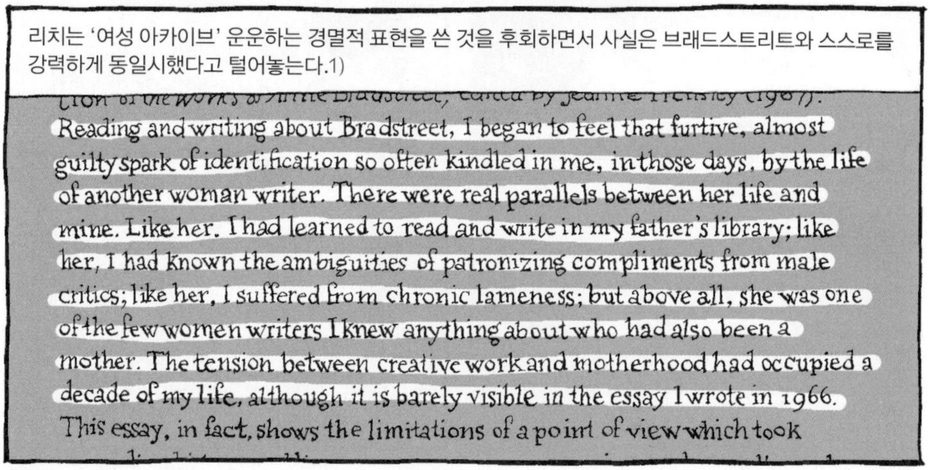
리치는 '여성 아카이브' 운운하는 경멸적 표현을 쓴 것을 후회하면서 사실은 브래드스트리트와 스스로를 강력하게 동일시했다고 털어놓는다.1)
Reading and writing about Bradstreet, I began to feel that furtive, almost guilty spark of identification so often kindled in me, in those days, by the life of another woman writer. There were real parallels between her life and mine. Like her, I had learned to read and write in my father's library; like her, I had known the ambiguities of patronizing compliments from male critics; like her, I suffered from chronic lameness; but above all, she was one of the few women writers I knew anything about who had also been a mother. The tension between creative work and motherhood had occupied a decade of my life, although it is barely visible in the essay I wrote in 1966. This essay, in fact, shows the limitations of a point of view which took

위니캇에 몰두하기 시작했던 무렵에 어머니를 찾아갔다. 아버지에 관한 책이 또한 어머니에 관한 책이기도 하다는 이야기를 하지 않은 상태였다.
위니캇은 어머니와 아이의 유대 관계 속에서 일어나는 엄청난 일에 대해 연구했어요.
정말 흥미진진하더라고요. 제 생각에 엄마도 좋아하실 거예요.
NEW YORKER

1) 브래드스트리트의 글을 읽으면서, 나는 그 시절 다른 여성 작가의 삶에 의해 종종 내 안에 밝혀지곤 하던, 은밀하며 거의 죄의식에 가까운 동일시의 불꽃을 느꼈다. 내 삶과 그녀의 삶은 평행을 이룬다. 나도 그녀처럼 아버지의 서재에서 읽고 쓰기를 배웠고, 남성 평론가들의 애매하고 거만한 찬사를 들어 봤으며, 만성적으로 다리를 절었다. 그러나 그 무엇보다도 그녀는 내가 아는 몇 안 되는, 시인인 동시에 어머니인 사람이었다. 내가 1966년에 쓴 에세이에서는 거의 드러나지 않지만 창작과 어머니 노릇 사이의 긴장감은 내 인생의 십여 년을 잠식했다.

어머니의 심금을 울릴만한 구절을 막 찾아낸 참이었다.
들어 보세요.
'모든 사람의 한가운데에는 말로 표현할 수 없는 요소가 있으며 이는 신성한 것으로 그 무엇보다 보존할 가치가 있다.'
ADAM PHILLIPS WINNICOTT
좋구나. 사람에겐 사적인 영역이 있지.
여기 실린 시들을 방금 읽었는데 정말 짜증스럽구나. 너무 사적이야!
맥신 쿠닌의 고백 시처럼 말이다. 온통 아쉬운 소리뿐이다.
스무 살 때 결혼하는 바람에 못 받게 된 장학금이 뭐 그리 중요하다고? 너무 구체적이야.
음… 모르겠네요. 구체적인 것이 보편적일 수 있지 않을까요?
DECEMBER 2006
누구에게나 아쉬움은 있잖아요.

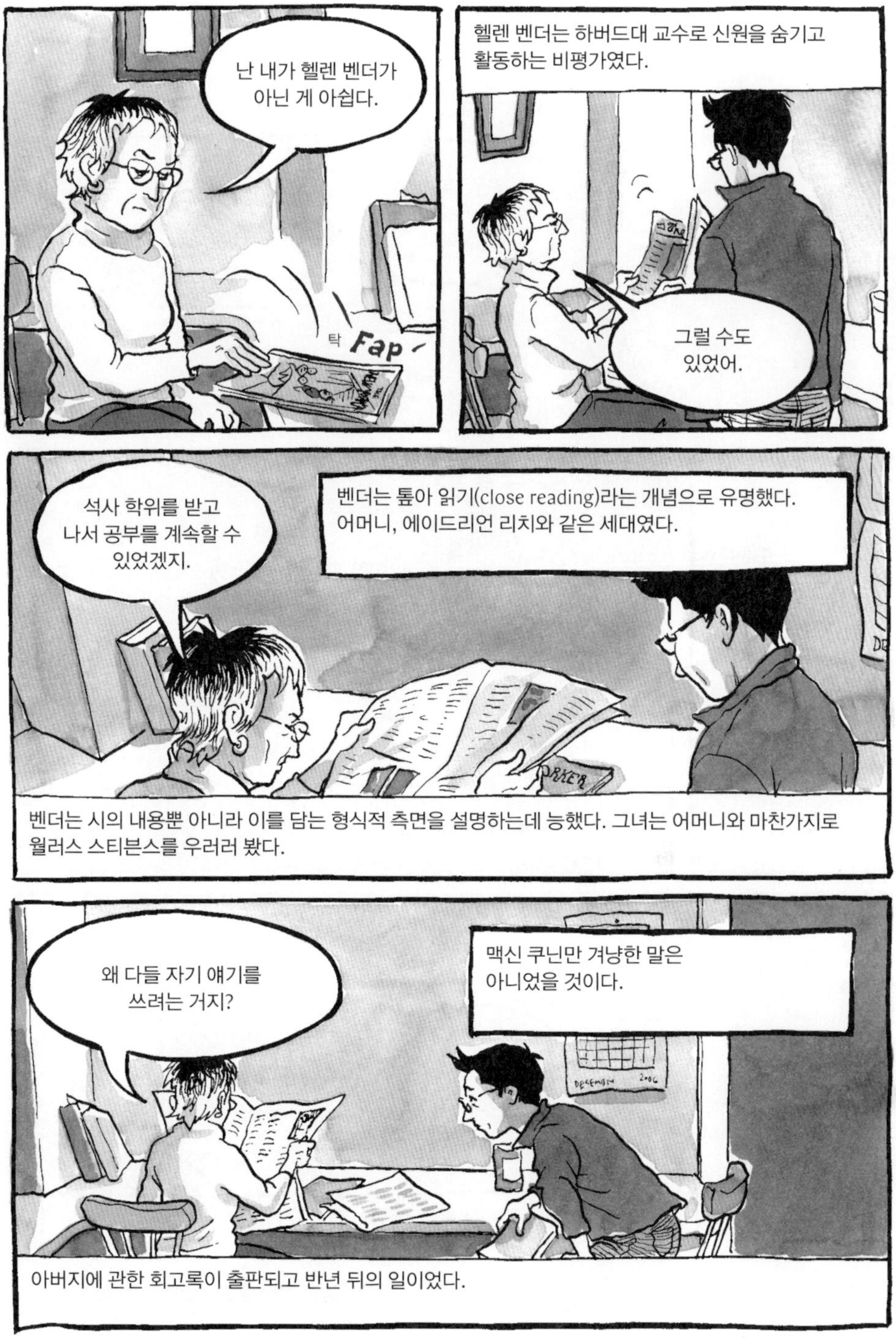
난 내가 헬렌 벤더가 아닌 게 아쉽다.
탁 Fap
헬렌 벤더는 하버드대 교수로 신원을 숨기고 활동하는 비평가였다.
그럴 수도 있었어.
석사 학위를 받고 나서 공부를 계속할 수 있었겠지.
벤더는 톺아 읽기(close reading)라는 개념으로 유명했다. 어머니, 에이드리언 리치와 같은 세대였다.
벤더는 시의 내용뿐 아니라 이를 담는 형식적 측면을 설명하는데 능했다. 그녀는 어머니와 마찬가지로 월러스 스티븐스를 우러러 봤다.
왜 다들 자기 얘기를 쓰려는 거지?
맥신 쿠닌만 겨냥한 말은 아니었을 것이다.
아버지에 관한 회고록이 출판되고 반년 뒤의 일이었다.

어머니는 나한테 한 비밀 이야기를 책에 써 버린 걸 보고 배신감을 느꼈다고 했다.
나는 어머니께 그 이야기를 써도 된다는 허락을 구했다고 생각했다. 하지만 실제로는 허락을 구한 적도, 받은 적도 없었던 것이다. 우리의 휴전 상태는 와해되기 쉬웠다.
좋은 글이라면 자기가 드러나서는 안 되지.
DECEM
그런데도 나는 이렇게 또 한 번 급습을 한다.
1966년에 교사들을 대상으로 한 〈가족 집단 내에서의 어린이〉라는 강연에서 위니캇은 '아이의 발달에 고유한 신뢰의 갈등'을 설명한다.1)
The Child in the Family Group 141
encounter with disloyalty, is somewhat understated. The family leads on to all manner of groupings, groupings that get wider and wider until they reach the size of the local society and society in general.
The reality of the world in which the children eventually must live as adults is one in which every loyalty involves something of an opposite nature which might be called a disloyalty, and the child who has had the chance to reach to all these things in the course of growth is in the best position to take a place in such a world.
Eventually, if one goes back, one can see that these dis-
아이는 분리의 과정을 완수하기 위해서 끊임없이 어머니에게서 멀어졌다가 다시 돌아올 수 있어야 한다.
어…
flip 펄럭
DECEMB
위니캇은 두 살쯤 되었을 때 혼자 해변을 헤맸던 기억을 가진 어느 환자의 경우를 예로 든다.

1) 나중에 아이가 어른으로서 살아가야 할 진짜 세상에서는 신뢰가 '배신'이라는 정반대의 속성을 수반하는데, 성장 과정에서 이 모든 경험에 접근할 기회를 가진 아이는 그러한 세계에서 겨룰 만한 위치를 점유하게 된다.

한동안 조개껍질을 주우러 다니던 아이는 금세 겁에 질린다. 어머니를 잊고 있었는데, 이는 어머니 역시도 자신을 잊었다는 뜻이기에.

그렇죠.
하지만…

나 자신을 어머니에게 설명하는 건 어마어마하게 힘든 일이다. 마치 파도를 거슬러 헤엄치는 것처럼.

…자기 삶에 관해
세세하고 엄격하게
쓴다면…

…자기라는 개별적인
존재를 초월할 수 있는
게 아닐까요?

위니캇의 환자는 공포에 질린 상태로 어머니에게 돌아간 것을 기억한다. 어머니가 그녀를 안아 들었다가 내려놓았다. 그런데 너무 빨랐다.2)

Eventually, if one goes back, one can see that these disloyalties, as I am calling them, are an essential feature of living, and they stem from the fact that it is disloyal to everything that is not oneself if one is to be oneself. The most aggressive and therefore the most dangerous words in the languages of the world are to be found in the assertion I AM. It has to be admitted, however, that only those who have reached a stage at which they can make this assertion are really qualified as adult members of society.

2) 내가 '배신'이라고 이름 붙인 것은 삶을 살아가는 데 있어 필수적인 요소인데, 이는 자기 자신이고자 하는 사람에게 이외의 모든 것이 배신을 가한다는 사실에서 기인하는 것이다. 모든 말 중 가장 공격적이며 따라서 가장 위험한 단어는 '나는 존재한다(I AM)'라는 주장 속에 들어 있다.

그녀는 그제야 자신이 평생 동안 '다음 단계… 엄마의 목을 팔로 끌어안고 눈물바다가 되는 순간…'을 기다려 왔음을 깨달았다.

'기쁨과 행복의 눈물'을.
월러스 스티븐스는 초월 시를 썼지. '나'라는 단어를 한 번도 쓰지 않고도 말이다.

그녀는 위니캇에게 말했다.
“사실, 나는 다시 어머니를 찾지
못했던 거예요.”

6 거울

내가 어린 시절 살던 집의 서재에서 엄마의 연극 리허설을 지켜보고 있다.
엄마가 문을 열고 들어오는 건 곧 무대에 등장한다는 의미이다.
시대극에 걸맞게 화려한 장식이 달리고 노출이 심한 속치마 차림이다.
엄마가 의상을 다 입은 건지, 그 위에 드레스를 덧입는 건지 알 수 없다.

엄마는 내 쪽을 향하지 않고 항상 우리 집을 찾는 손님들이 인상적이라고 평하는 거대한 기둥 거울을 마주하고 서서 대사를 외운다.
엄마의 가슴팍과 이마에 붉은 발진이 있다.
알레르기 반응이 틀림없다…
…배역에 맞춘 장신구와 화장 탓이다.
엄마가 퇴장하자마자 알람이 울렸다.
DEEDEEDEEDEE! 띠디디디! 띠디디디! DEEDEEDEEDEE!
좀 더 자려고 타이머 버튼을 눌렀다.
다시 눕자 의식의 표면 위로 마치 매직 볼*에 적힌 답처럼 세 단어가 떠오른다.
drive 욕망
thwart 좌절시키다
laden 짐이 실린

* magic 8 ball. 점괘나 조언을 구할 때 쓰는 공 모양 장난감. 1950년대에 마텔 사에서 제작한 것으로 질문을 하고 흔들면 무작위로 답변이 떠오름.

그 꿈은 원고에 관해 이야기하려고 엄마의 전화를 기다리는 동안 꿨던 것이다. 엄마가 주말에 전화하기로 했지만, 월요일이 지나도록 연락이 없었다.
나는 만신창이였다.
The Drama of the Gifted Child
전날 밤 공황 속에서 잠을 깬 나는 마음을 다잡을 때 읽는 밀러의 책을 펼쳤다.
밀러는 '고착 대상'과 '고착화(cathexis)'에 대한 논의를 이어 갔다. 읽고 나서도 무슨 말인지 알 수 없었다. '정서적 에너지의 집중'이라니 모호하기 짝이 없었다.1)
With two exceptions, the mothers of all my patients had a narcissistic disturbance, were extremely insecure, and often suffered from depression. The child, an only one or often the first-born, was the narcissistically cathected object. What these mothers had once failed to find in their own mothers they were able to find in their children: someone at their disposal who can be used as an echo, who can be controlled, is completely centered on them, will never desert them, and offers full attention and admiration.
그러다가 잠든 아침에 그 꿈을 꿨다.
laden
'짐이 실린(laden)'은 그 꿈 자체가 무거운 짐이나 다름없다는 농담으로 읽힌다. 하지만 '좌절(thwart)'이라니 누구의 소망이 좌절된 걸까?
누구 때문에?

1) 단 두 명의 예외가 있었을 뿐 모든 환자의 어머니에게 나르시시즘 장애가 있었고 극도로 불안했으며 종종 우울증에 시달렸다. 외동아이나 첫아이는 나르시시즘적 '고착 대상'이었다. 이들의 어머니는 한때 자신들의 어머니로부터 찾지 못한 것을 아이들에게서 찾았던 것이다. 자신이 마음대로 이용할 수 있는, 자신의 메아리이자 통제 가능한 대상이며, 완전히 집중할 수 있는 대상, 자신들을 절대 버리지 않으며 전적인 관심과 존경을 보내는 존재

* The Miser. 연극이자 희곡인 〈수전노〉는 프랑스의 천재 극작가 몰리에르의 대표작 중 하나.

내 일기장을 찾아보니 〈수전노〉는 내가 집을 떠나기 직전의 여름, 엄마와 자주 다투던 시절에 했던 공연이었다. 그해 여름 동안 나는 극장 안내원으로 자원 활동을 했다.1)
(간판) 밀브룩 극장
MILLBROOK PLAYHOUSE
Mom opened in 'The Miser' last night, as Frosine the matchmaker. She was great. The
그제야 폐소공포증이 있는 엄마가 폐쇄된 좁은 공간에서 대기하다가 등장해야 했던 연극이 〈수전노〉였다는 사실을 기억해 냈다.
The Cast
HELEN BECHDEL
그중 최악이었던 건 의상 안에 코르셋까지 입어야 했다는 점이다. 무더운 밤에 극 시작을 기다리던 엄마는 의식이 흐려지는 것을 느꼈다.
…그는 어딘가에 가구를 감춰 둔 게 분명해…
그럼에도 엄마는 순수하게 의지의 힘으로 버텼다.
아, 프로진느!
여긴 어쩐 일로?
밤낮 하는 일이 이건데? 중매하고 심부름하고 재주 부리고…
내가 더 생생하게 기억하는 건 그해 여름 엄마가 출연했던 다른 연극이다. 그 극장은 언제나 시즌 마지막 공연으로 이 주간 대형 뮤지컬을 올렸다.2)

1) 어젯밤 〈수전노〉의 막이 올랐고, 엄마는 중매쟁이 프로진느 역할을 맡았다. 엄마는 훌륭했다…

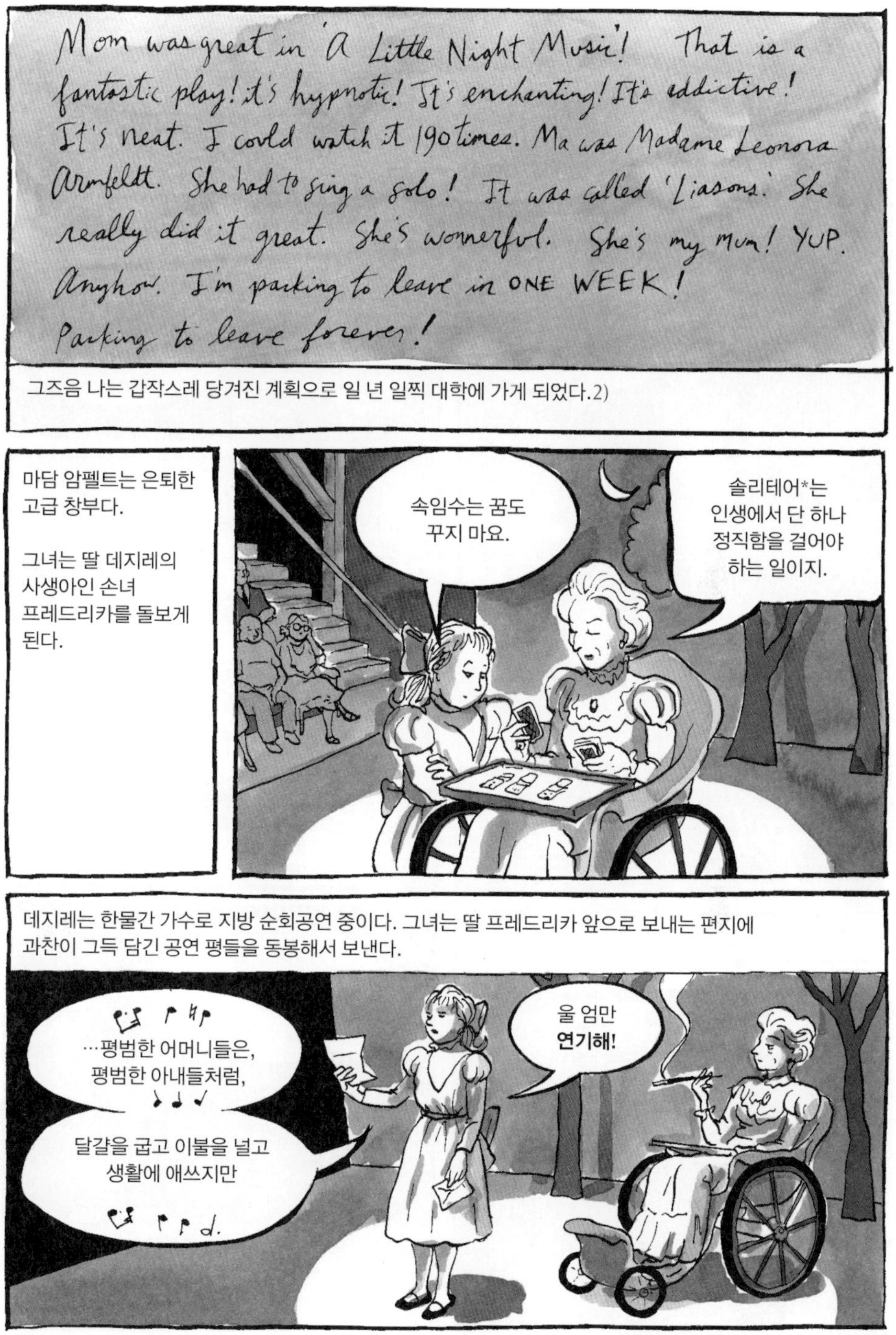
Mom was great in 'A Little Night Music'! That is a fantastic play! it's hypnotic! It's enchanting! It's addictive! It's neat. I could watch it 190 times. Ma was Madame Leonora Armfeldt. She had to sing a solo! It was called 'Liasons.' She really did it great. She's wonnerful. She's my mum! YUP. Anyhow. I'm packing to leave in ONE WEEK! Packing to leave forever!
그즈음 나는 갑작스레 당겨진 계획으로 일 년 일찍 대학에 가게 되었다.2)
마담 암펠트는 은퇴한 고급 창부다.
그녀는 딸 데지레의 사생아인 손녀 프레드리카를 돌보게 된다.
속임수는 꿈도 꾸지 마요.
솔리테어*는 인생에서 단 하나 정직함을 걸어야 하는 일이지.
데지레는 한물간 가수로 지방 순회공연 중이다. 그녀는 딸 프레드리카 앞으로 보내는 편지에 과찬이 그득 담긴 공연 평들을 동봉해서 보낸다.
…평범한 어머니들은, 평범한 아내들처럼,
달걀을 굽고 이불을 널고 생활에 애쓰지만
울 엄만 **연기해!**

2) 〈소야곡〉에 출연한 엄마는 근사했다! 정말 멋진 연극이다! 최면에라도 걸린 것 같다! 매혹적이다! 중독성 있다! 훌륭하다. 190번은 보고 싶다. 엄마는 마담 암펠트 역이었다. 솔로곡을 불렀다. '밀회'라는 곡인데 정말 잘 불렀다. 정말 멋있었다. 우리 엄마 맞아! 야호! 어쨌든 다음 주면 떠나려고 짐을 싼다! 영영 떠날 것이다!

* Solitaire. 솔리테어는 혼자 하는 카드놀이를 뜻함.

딸이 어머니를 동경한 연극에서 연기하는
어머니를 내가 동경한 셈이었다. 그런 평행이
이루어진다는 사실을 그때는 몰랐다.
밀회!
그들에게
무슨 일이?
엄마는 솔로곡 때문에 긴장하고 있었다.
밀-회-.
이런 음역대는
도저히 **못 부르겠어!**
그렇게 겁나면
왜 해요?
해야 하니까.
전장으로 걸어 들어가는 엄마의 모습이 그렇게
단단해 보일 수가 없었다.
나는 열여섯 살이었지만, 손드하임*의 뮤지컬을
다 이해했다고 여겼다.
내 딸을 데려가,
내가 그 앨 가르쳤지.
그 애를 잘 기르려
최선을 다했어.
이름도
데-지-레로 지었지.
하지만 돌이켜 보면 도덕과 욕망을 바라보는
〈소야곡〉의 환멸 어린 통찰력을 그때의 내가
이해했을 리 없다.

* Stephen Joshua Sondheim. 대표적인 미국의 작곡 작사가. 뮤지컬에 대한 그의 영향력은 현대 브로드웨이 역사에서 매우 중요하게 다뤄짐. 대표작으로 뮤지컬 〈스위니 토드〉, 〈소야곡〉, 〈폴리스〉, 〈컴퍼니〉 등이 있음.

다른 관객들과 마찬가지로 나도 무대 뒤에 있을 순 없었다. 하지만 무대 뒤에서 찍힌 엄마의 사진은 내게 몹시 친숙한 이미지다.
엄마는 평소에도 꼼짝 않고 집중해서 매일 화장을 했다.
내가 처음 읽은 위니캇의 논문은 1967년 발표한 아래 논문이다.1)
9 Mirror-role of Mother and Family in Child Development[1]
In individual emotional development the precursor of the mirror is the mother's face. I wish to refer to the normal aspect of this and also to its psychopathology.
흉해라!
전혀요!
위니캇은 아침마다 '화장 마칠 때까지' 세 아들이 울부짖게 놔두는 어머니를 다룬 임상 사례를 든다. 그에 따르면 사례 속의 여성은 어머니가 비추는 자기 모습에 확신이 없었으며 거울을 바라봐야만 안심했다고 한다.

1) 〈아동 발달에서 어머니와 가족의 아홉 가지 거울 역할〉
개인의 정서 발달에서 어머니의 얼굴은 거울의 선행물이다. 이의 일반적 측면 및 심리적 측면을 언급하고자 한다.

만약 그녀에게 딸이 있었다면 도움이 되었을 것이라고, 위니캇은 썼다. 하지만 딸은 어머니를 안심시켜 드려야 한다는 부담감에 괴로웠을 수 있다.
쳐다보는 거 싫다고 말했잖니.
엄마는 '민낯'을 보이지 않았다. 열한 살인가 열두 살부터 탠지 립스틱을 바르기 시작했다고. 외할아버지는 '여자가 화장을 한 모습'을 좋아했다.
넌 왜 그렇게 창백하니? 야위어 보인다.
여덟 살 때부터 나는 엄마의 볼연지를 훔쳐 발랐다.
콤팩트는 원래 있던 자리에 틀림없이 되돌려 놓았다.
분홍색 볼연지를 바르면 건강하고 쾌활해 보여서 좋았다. 진짜 어린이처럼.
학교에서 찍은 사진에 크레용을 칠하고 손톱으로 문질러서 색을 입힐 수 있다는 사실도 알게 됐다.

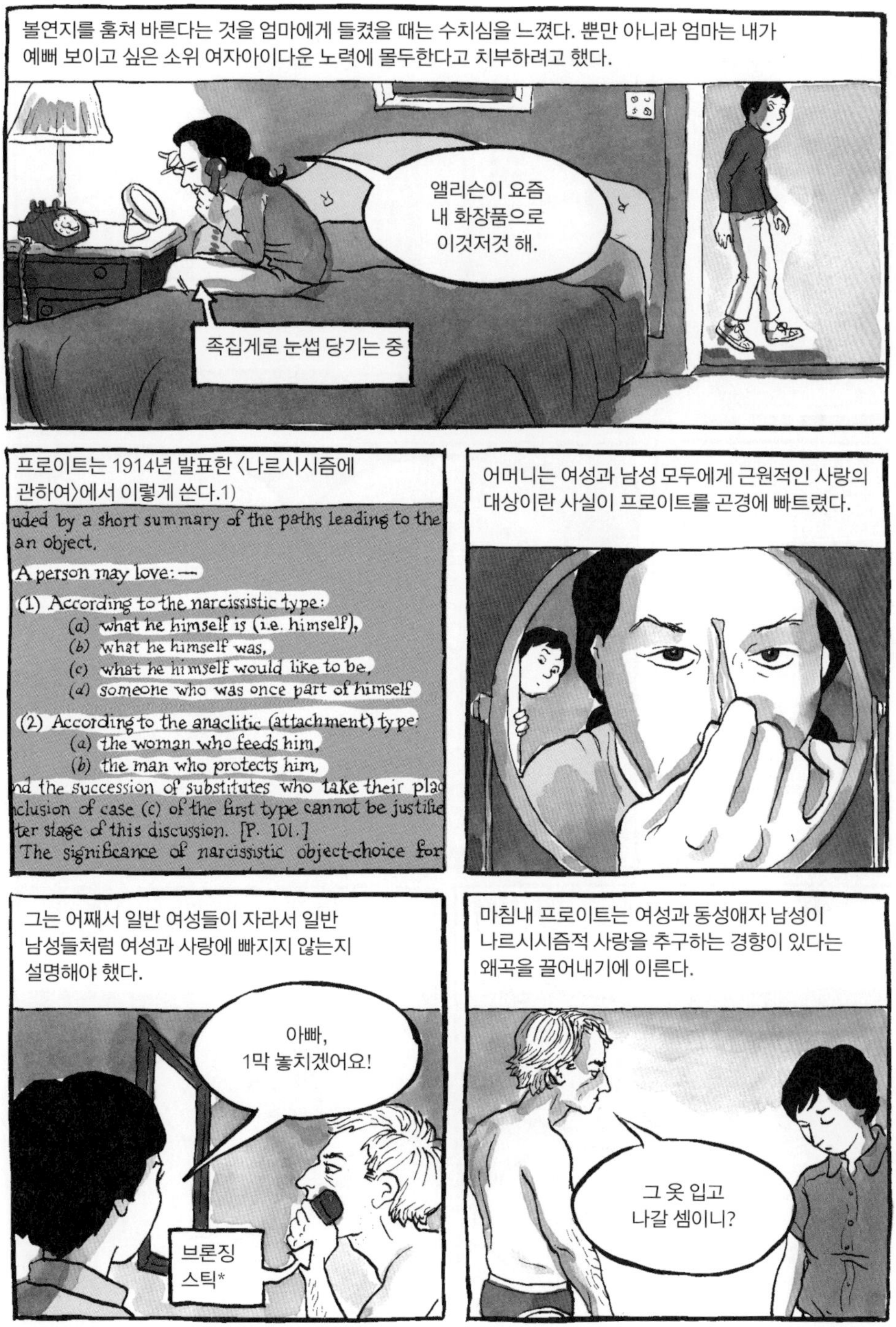
볼연지를 훔쳐 바른다는 것을 엄마에게 들켰을 때는 수치심을 느꼈다. 뿐만 아니라 엄마는 내가 예뻐 보이고 싶은 소위 여자아이다운 노력에 몰두한다고 치부하려고 했다.
앨리슨이 요즘 내 화장품으로 이것저것 해.
족집게로 눈썹 당기는 중
프로이트는 1914년 발표한 〈나르시시즘에 관하여〉에서 이렇게 쓴다.1)
uded by a short summary of the paths leading to the
an object.
A person may love:—
(1) According to the narcissistic type:
(a) what he himself is (i.e. himself),
(b) what he himself was,
(c) what he himself would like to be,
(d) someone who was once part of himself
(2) According to the anaclitic (attachment) type:
(a) the woman who feeds him,
(b) the man who protects him,
nd the succession of substitutes who take their plac
nclusion of case (c) of the first type cannot be justifie
ter stage of this discussion. [P. 101.]
The significance of narcissistic object-choice for
어머니는 여성과 남성 모두에게 근원적인 사랑의 대상이란 사실이 프로이트를 곤경에 빠트렸다.
그는 어째서 일반 여성들이 자라서 일반 남성들처럼 여성과 사랑에 빠지지 않는지 설명해야 했다.
아빠, 1막 놓치겠어요!
브론징 스틱*
마침내 프로이트는 여성과 동성애자 남성이 나르시시즘적 사랑을 추구하는 경향이 있다는 왜곡을 끌어내기에 이른다.
그 옷 입고 나갈 셈이니?

1) 사람이 사랑하는 것은
(1) 나르시시즘적 유형 (a) 현재의 자신 (즉 자기 자신) (b) 과거의 자신 (c) 자신이 되고자 하는 모습 (d) 자신의 일부였던 사람.
(2) 의존적 (애착적) 유형 (a) 젖을 주는 여성 (b) 지켜주는 남성, 그 자리를 대신하는 일련의 대용물들…

* Bronzing stick. 피부 톤을 맞추고 얼굴에 음영을 더하기 위한 색조 메이크업 제품.

프로이트는 어떤 여성들이 사춘기 전에는 자신이 '남성'이라고 느끼며 '남성적인 계보'를 따라 발달하기에 애착적 유형의 사랑이 가능하다고 인정했다.
그 셔츠를 입으니 주유소 알바생 같구나.
언뜻 보면 우리 가족은 이런 수상한 결론을 내리기 딱 좋은 사례로 보인다.
하지만 우리 집에 소용돌이치는 '리비도*'의 힘은 그렇게 단순한 것이 아니었다. 프로이트 이론에 따르면 우리에게는 정량의 리비도, 즉 에너지가 있고 우리는 이를 부모나 '부모 자리를 차지하는 특정 대상'에 투자한다.
벡델 가에선, 남자애들이 착하고 여자애들이 나빴죠.
남동생들은 다정다감하고 순수했어요. 저는 못된 종자였고요.
'고착화(Cathexis)'란 리비도적인 에너지를 대상에 투자(invest)하는 과정에 붙여진 전문 용어다.
부모님은 제가 〈피너츠〉에 나오는 루시 같다고 했죠.
와! 이상하군요.
치료를 시작하고 대략 일 년이 지났을 무렵 나는 조슬린에게 심각하게 고착되어 있었다.
제 느낌에는 당신이 정말 착하고 멋진 아이였을 것 같은데요!

* Libido. 성적 충동. 프로이트 정신 분석학의 기초 개념으로 이드(id)에서 나오는 정신적 에너지, 특히 성적 에너지를 지칭함. 융은 이를 생명의 에너지로 해석하기도 함.

왜냐면 이런 말은 아마 민망하겠지만, 어른이 된 당신은…
SANTA CHAMB FESTIV
…정말 사랑스럽거든요.
SAN CHAM FEST
조슬린이 말을 이었지만 더는 들리지 않았다. 평생 동안 듣고 싶었던 그 말이 머릿속을 자꾸만 맴돌았던 것이다.
밀회…
'나르시시즘'은 외부 대상이 아니라 자신의 에고(ego)에 고착될 때 나타나는 현상이다.
나르시시즘적 고착화에서는 객관적이며 외부적인 실체로서의 타인이 아니라 그 사람에 대한 내부적인 생각에 더 많은 에너지를 투자하게 된다.
그들에게 무슨 일이…
까다로운 전문 용어가 정말 거슬린다.
위니캇은 거울-역할 논문에서 나르시시즘적 고착화를 전문 용어에 의지하지 않고 명료하게 설명한다.1)
So the man who falls in love with beauty is quite different from the man who loves a girl and feels she is beautiful and can see what is beautiful about her.

1) 아름다움과 사랑에 빠진 남자는 한 여자를 사랑하고 그녀가 아름답다고 생각하며 그녀에게서 아름다움을 목격할 수 있는 남자와 다르다.

부모님 사이에 어떠한 일이 있었건 간에, 나는 자급자족에 대한 내 환상과 내 마음에 대한 지나친 에너지 투자 또한 일종의 나르시시즘적 고착화라고 생각한다.
그 애에게 이름을…
내림 마
내림 가
마
못하겠어!
엄마는 대학에서 배운 중세 영시에서 내 이름을 따왔다.
다른 모든 여자들로부터 내 사랑을 도로 물러 앨리슨에게 주었네.*
그 시에서 주체는 대상을 욕망한다. 그는 '갈망에 사로잡혀' 있다.
천국에서 내게 보낸…
앨리슨이 받아 주지 않으면 그는 생을 등질 작정이다.
…앨리슨에게 주었네.
후렴구를 더 풀이하면 '내 사랑을 다른 모든 여자에게서 철수해 앨리슨에게 투자했다'가 된다. 이런 경제적인 비유는 프로이트가 고착화를 설명할 때도 쓰였다. 리비도는 어느 대상에 투자되었다가, 도로 물러, 다른 대상에 다시 투자되는 것이다.

* From alle wimmen my love is lent, and lyht on alisoun. 고대어로 쓰인 시 〈앨리슨〉 원문. 작가 미상.

내가 대학 진학을 위해 집을 떠나기 직전, 그해 여름에 엄마가 맡았던 중매쟁이 창부 등의 역할은 이러한 경제적 메타포에 문학적 반전을 던진다.
ROGET'S
나는 사립 인문대학에 다니려고 수백 마일 너머로 떠났다. 엄마에게는 선택지가 오직 동네에 있는 교육대학밖에 없었다.
우리는 작별의 포옹이나 키스를 하지 않았다. 몇 년째 우리 사이에는 스킨십이 없었다.
잘 있어요!
고작해야 치과에 갈 때보다 조금 더한 소란만을 남기고 나는 어른의 삶을 향해 떠났다.
위니캇은 유아기에 일어나는 어머니의 거울 비추기(Mirroring)와 성인기에 에로틱한 관계를 맺을 때 일어나는 일 사이의 연관성을 제시한다.1)
To return to the normal progress of events, when the average girl studies her face in the mirror she is reassuring herself that the mother-image is there and that the mother can see her and that the mother is en rapport with her. When girls and boys in their secondary narcissism look in order to see beauty and to fall in love, there is already evidence that doubt has crept in about their mother's continued love and care.

1) 보통의 여자아이가 거울 속 자신을 보는 것, 이는 어머니의 이미지가 거울 저편에 있으며 어머니가 자신을 볼 수 있고 어머니가 자신과 유대 관계에 있음을 확인하기 위해서다. 이차적 나르시시즘의 시기에 여자아이와 남자아이가 아름다움을 보고, 사랑에 빠지기 위해 거울을 바라보는 것은 이미 어머니의 지속적인 사랑과 보살핌에 대한 의심을 느끼기 시작하는 증거인 것이다.

내 다채로운 밀회의 역사에서 나는 어떤 전형을 발견하고자 한다.
그렇지만 내가 찾은 단 한 가지 불변의 법칙은 상대가 내게 고착되는 순간 도망치고 싶어 한다는 것뿐이다.
엘로이즈는 친밀성에 있어 적어도 나만큼은 양면적인 태도를 취했고 우리가 서로에게 절박하게 구애한 건 그 때문이었다.
우리는 엘로이즈가 니카라과에 가 있는 반년 동안 서로 다른 사람을 만나도 되는 것으로 합의했고 우리 둘 다 그렇게 했다.
이 각도에서 보니 정말 끝내준다!

그녀가 돌아왔을 때, 우리는 각자의 성적 유희에 종지부를 찍었다. 그래도 여전히 떨어져서 지냈다.
그녀가 도시에 사는 나를 만나러 오고, 내가 그녀를 만나러 지방에 가는 식으로.
보여?
우리 관계는 극도로 신중하게 나아갔다.
예를 들어 아래 단계에 도달하기까지 꼬박 일 년이 걸렸다.
뭐라고?
사랑해.
심지어 그 말을 꺼낸
순간조차, 무슨 뜻인지 명확하게
알지 못했다.

떨어져 지내기가 갈수록 힘겨웠다.
Peter Pan
엘로이즈와 더 깊어지면서 나는 다른 일에도 몰두하기 시작했다.
GRAPE JUICE
1500달러 빌려 주시면 두 달은 버틸 거예요.
스물네 살, 12월, 나는 만화가가 되기 위해 직장을 관두었다.
알았다. 수표를 보내마.
고마워요, 엄마!
벌써 신문 광고 일을 따냈어요.
엄마는 내 계획이 현명한가를 따져 묻지 않았다.
건강 보험 자격 상실에 대해서도 걱정하지 않았다.
GRAPE JUICE
다음 해에도 엄마는 계속해서 수표를 보냈고 총 5,200달러를 빌려준 것이 아니라 그냥 주었다.
난 그림을 그렸다.
또한 한편으로는 엘로이즈와 많은 시간을 보냈다.
가지 마.
벌써 전기 시스템 수업에 빠졌어! 세 시에 있을 장비 시험엔 빠지면 안 돼!

브루클린에서 삼 년을 보내고 드디어 맨해튼에 입성한 나는 여기를 떠나고 싶지 않았다.
뉴욕에서 자란 엘로이즈는 여기로 돌아올 마음이 없었다.
Schapiro's
124
The Wine You Can Almost Cut with a Knife
매사추세츠로 와.
아직 안 돼.
혼란의 시기가 막 시작되고 있었다.
알고 보니 엘로이즈를 사랑한다고 해서 내가 다른 사람에게 끌리지 않는 건 아니었다.
데리러 와!
도나는 신문사의 동료 사진기자였다. 좋은 사람이었다.
& PIZZA
124
The Wine
도나는 모든 것을 드러내는 결정적 순간을 포착하는 데에 재능이 있었다.
세상에! 도나. 이 사진 정말 굉장하다.
월스트리트 시위*야.
DO NOT CROSS
DO NOT CROSS

* Occupy Wall Street. 2011년 9월 17일 빈부 격차 심화와 금융 기관의 부도덕성에 청년들이 반발하면서 미국 뉴욕 경제 중심 거리인 월 가에서 진행된 시위. 미국의 상류층 1%에 저항하는 99% 미국인의 입장을 대변한다는 의미의 "우리는 99%다!"구호를 외침.

이때 내 여자 친구가 연행됐어.
흠.
아아, 얘야! 바리케이드 밑에 있네.
DO N
Springfield Technical College
몇 주 뒤에 나는 도나와 키스했고 같이 잤지만 섹스를 하진 않았다.
나는 모노가미 연애 중이야.
네가 애인이 있어서 너한테 끌리는 것 같아.
엘로이즈에게 자세한 사항은 빼고 이야기를 했다.
나는 엉망진창이야.
이사를 해야 할지 말아야 할지 고민하느라 이렇게 꼬인 거야.
그 다음번 엘로이즈가 뉴욕에 왔을 때 우리는 심하게 싸웠다.
내 물건을 둘 선반이 있는 게 낫지 않을까 싶어.
웬 **선반**?
엘로이즈는 내 마음이 정리될 때까지 삼 주간 떨어져 있자고 했다.
그래.

나는 사흘도 채 버티지 못했다.
너랑 함께 있고 싶어.
그다음 주말은 지방에서 보냈다.
하지만 도시로 돌아오자마자 나는 도나와 잤다.
엘로이즈에게는 눈도 깜짝하지 않고 거짓말했다.
어… 가라테 도장에 갔어. 수가 열쇠를 잃어버려서.
또다시 도나와 잤지만 섹스는 꺼려졌다.
나는 엉망진창이야.
잘못된 행동인 걸 알았다. 사실대로 털어놓아야 했다.
하지만 엘로이즈도 털어놓을 게 있었다.
직장 동료 앤이랑 두 번. 디랑도 잤어.
니카라과에 같이 갔던 디 말이야?
당연히 나는 바로 도나를 찾아갔다.

그렇게 섹스를 많이 한 사람치곤 이상하리만치 무력했다.
마치 내가 실재하지 않는 느낌.
스스로를 되돌아볼 때가 된 건지, 다음 방문에서 엘로이즈가 내게 일침을 날렸다.
일자리도 없어. 나한테 충실하지도 않아. 도나랑 바람도 피워.
자신한테 책임감을 좀 가져!
그날 오후에 도나와 약속이 있었다. 도나는 내가 가라테 하는 모습을 찍고 싶다고 했다.
어서 그 사진을 보고 싶었다. 내 폼은 꽤 좋았으니까.
이 주 뒤에 도나는 내게 사진을 인화해 주었다. 매사추세츠로 이사하기로 결정한 뒤였다.
도나의 '거울'에 비친 나는 맥이 빠진 듯 멍하고 묘하게 예쁘다.
그녀가 붙인 사진 제목은 '사이에 낀 앨리슨'이다.
흑백 사진이지만 피부가 수정 잉크로 채색되어 있다. 내가 손으로 덧칠했던 어릴 때 사진처럼 빰이 분홍색이다.

몇 주 뒤에 엄마와 으레 그랬듯이 통화를 했다.
음, 네.
엄마가 다음번에 말을 쉬면, 내 이야기를 좀 해야겠다고 마음먹었다.
음, 네.
있죠! 필라델피아와 시카고에서 발행하는 신문에 만화를 연재하게 됐어요.
돈 받고요.
흐음.
배관공을 다시 불러야겠다. 파이프가 또 새거든.
나는 애써 이야기를 이었다.
또 출판사 사람을 만났어요. 만화책 출판 계약서에 사인했죠.
그 레즈비언 만화 말이냐?
네.

하지만… 누가
네 이름을 알아보면
어쩔래?
음, 저도 그런
생각하죠.
제가 하는 일이고
제 자신이니까요.
잠깐! 저도 엄마가
사람들이 아빠 일을
알까 봐 걱정하시는 걸
알아요.
하지만 이건 별개
일인걸요. 엄마에겐
아무 영향도 없을
거예요.
네 얘기를 친척들이 떠들 걸
생각하니 끔찍하구나. 내가 어떤
태도를 취해야겠니? 널 방어할까?
아니면 웃어넘겨야 하니?
엄마는 어떻게
하고 싶어요?
나는 영 불편하구나.
너도 알잖니.
우는 것을 들키지 않고 말을 이을 수가 없었다.
그렇게 침묵하다가 나는 별안간 뭔가를 선명하게
깨달았다.
더 무슨 얘길 해야
하니? 나는 저녁이나
먹어야겠다.
내가 엄마에게서 얻고자 하는 것이 다만 엄마에게
있지 않을 뿐이었다. 그건 엄마 잘못이 아니었다.
왜 넌 날 이해하지
못하니!

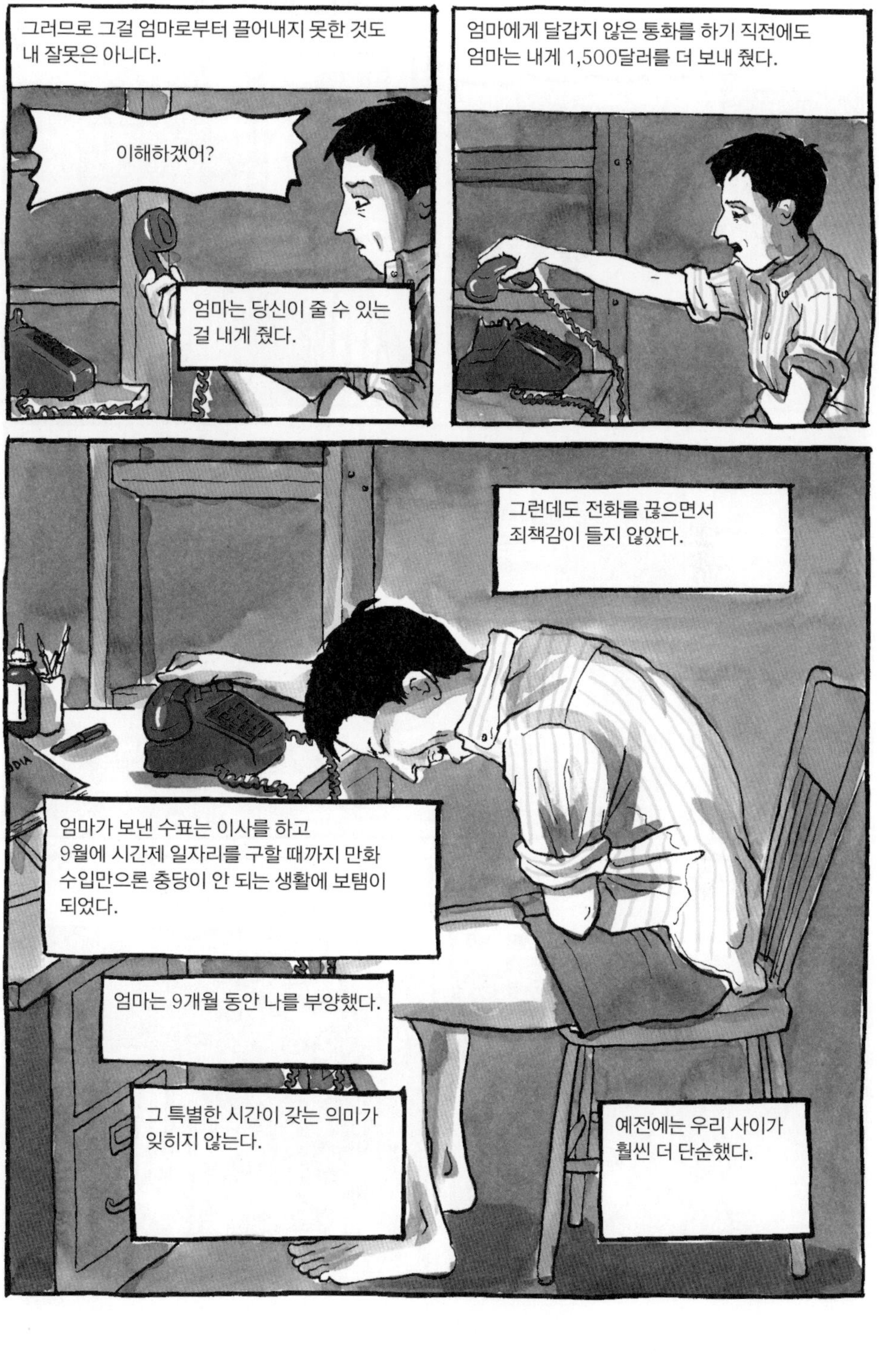
그러므로 그걸 엄마로부터 끌어내지 못한 것도
내 잘못은 아니다.
이해하겠어?
엄마는 당신이 줄 수 있는
걸 내게 줬다.
엄마에게 달갑지 않은 통화를 하기 직전에도
엄마는 내게 1,500달러를 더 보내 줬다.
그런데도 전화를 끊으면서
죄책감이 들지 않았다.
엄마가 보낸 수표는 이사를 하고
9월에 시간제 일자리를 구할 때까지 만화
수입만으론 충당이 안 되는 생활에 보탬이
되었다.
엄마는 9개월 동안 나를 부양했다.
그 특별한 시간이 갖는 의미가
잊히지 않는다.
예전에는 우리 사이가
훨씬 더 단순했다.

전화를 도중에 끊어 버린 그 일이 있기 전해에
엄마가 흥미로운 이야기를 해 줬다.
네가 한 살 반쯤 됐을까. 우리가 장례식장*에 살 때 일이야.
"층계참에 거울 달린 홀 스탠드**가 있었거든."
"네가 기어서 올라간 게 틀림없다.
끔찍한 충격음만 들었지."
"네가 이미 죽었다고 생각하고, 난 달려서
화장실 안에 숨었어."
"하지만 네 아빠가 널 끄집어내고 보니
긁힌 자국 하나 없었지."

* Funeral home. 벡델 가는 대대로 마을 장례식장을 운영하며 그 집에 거주함. 전작 〈펀 홈 Fun home〉 참고.

** Hall stand. 옷걸이, 모자걸이, 우산 꽂이 등이 함께 있는 경대 모양의 가구.

이야기에서 나를 걱정하는 엄마의 본능적인 모습은 감동을 준다.
위니캇은 거울-역할 논문의 도입에서 다른 논문의 영향을 받았음을 밝힌다.
'주체 기능 형성으로써 거울 단계'라는 자크 라캉의 논문이다.
두 논문 모두 우리 자신의 자기 인식에 대한 이론을 개괄하고 있다.
라캉은 데카르트가 말한 '나는 생각한다, 고로 존재한다.'는 개념을 창밖으로 내던지며 이야기를 시작한다. 그에 따르면 '나'는 그렇게 견고한 것도, 쉽게 이해할 수 있는 것도 아니다.
아기는 처음으로 거울에 비친 모습을 자신과 동일시할 때 '팔을 퍼덕이며 기뻐하고', '몸을 앞으로 기울인다'고 한다.
거울에 비친 상은 당신이다… 하지만 꼭 그렇지만은 않다. 우선 반전된 모습이니까.
또한 여태껏 당신이 현실에서 경험해 온 분산된 신체가 아니라 전체가 하나인 몸이다.

이제 아기는 자신이 다른
모든 것들과 분리된 존재임을
볼 수 있다.
안과 밖이 있다는 것도.
그 순간 아기는 거울 속 이미지이며,
또 다른 자기인, 도달할 수 없는 이상과
자신을 동일시한다.
그러나 위니캇에게 있어
자기란 낯선 것도 환상도 아니다. 자기는
일관성 있고 충실(authentic)하며…
…모든 게 잘 풀린다면 '진짜'인 기분을 준다.1)
In other words the mother is looking at the baby and *what she looks like is related to what she sees there*. All this is too easily taken for granted. I am asking that this which is naturally done well by mothers who are caring for their babies shall not be taken for granted. I can make my point by going straight over to the case of the baby whose mother reflects her own mood or, worse still, the rigidity of her own defences. In such a case what does the baby see?

1) 달리 말해 어머니가 아기를 바라볼 때 어머니의 모습은 어머니가 보는 것과 연관된다. 이 모든 것이 너무나 당연한 것처럼 이루어진다. 내가 주장하는 바는 아기를 보살피는 어머니가 자연스레 행하는 이 일이 당연하게 받아들여지면 안 된다는 것이다. 요점을 분명히 하기 위해, 아기에게 자기 기분, 심지어 자신의 경직된 방어 기제를 투영하는 어머니의 아기를 예로 들어보자. 이때 아이는 무엇을 보게 되는가?

그 시기에 잠시 동안 간신히 거울 역할을 하는 어머니도 있을 것이다. 그렇게 '감질나는' 경우 어떤 아기들은 엄마들의 분명한 욕구에 따라 자기 욕구를 거둬들이는 법을 배운다.

위니캇은 데카르트의 '코기토*'를 자기 식으로 비튼다.

나는 보여지는 나를 본다, 고로 존재한다.

When I look I am seen, so I exist.

엄마 때문에 운 건 엄마의 전화를 끊어 버린 그날이 마지막이었다.

그 뒤로는 모든 게 쉬워졌다.

삑삑삑

* Cogito. 라틴어로 '생각하다'를 뜻함. 데카르트 기본 철학 원리를 라틴어로 'cogito, ergo sum'이라 씀.

엄마의 배우 생활을 떠올리면 우리가 그렇게 다르지 않다는 생각이 든다.
다만 인물을 연기하는 대신, 나 자신을 연기할 뿐이다.
안다. 엄마는 내가 당신 자신에 관한 책을 안 쓰길 바란다.
아이러니한 것은 만약 엄마가 창조성의 위험을 감수하는 본보기가 되어 주지 않았다면, 나 역시 이 글을 쓰지 않았으리라는 점이다.
〈소야곡〉에서 솔로곡을 선보였던 그녀의 용기, 〈수전노〉에서 기절할 뻔했던 밤을 빛냈던 그녀의 투지…
WINNICOTT
The MIND OBJECT
…그런 욕망(drive)을 나에게 전송한 것이다.
열여섯 살의 여름 이후 엄마의 연기를 다시 본 건 서른세 살이 다 되어서였다.
그사이에 엄마가 수많은 연극에 출연한 걸 돌이키면 이상한 일이다.
하지만 엄마는 공연을 할 때 누가 보러 오는 걸 반기지 않았다.
사실 〈로얄 패밀리*〉에 출연한 엄마를 보기 위해서 깜짝 방문까지 해야 했다.
BOAL BARN THEATER
나는 에이미와 함께 버몬트에서 아홉 시간을 운전해 모텔에 체크인한 뒤 늦어서 극장까지 달려갔다.

* The Royal Family. 조지 S. 코프만과 에드나 페버가 쓴 희곡. 1927년 초연됨. 뮤지컬로도 만들어짐.

공연이 끝난 뒤 엄마에게 전할 꽃다발은 매표소에 있던 엄마 친구 분께 맡겼다.
네 어머니와 함께 출연한다고! 극장에서 난리가 나겠군. 굉장한 일이야!
엄마를 속이는 일에 익숙하지 않았다. 이렇게 불쑥 나타나면 엄마가 화를 낼지도 몰랐다.
1920년대 작품인 〈로얄 패밀리〉는 베리모어** 가족을 패러디한 극이다.
넌 이제 위대한 유산 속에 들어가는 거다. 뛰어난 가문의 일원으로서 대중 앞에 나서는 거야.
버티, 장광설은 그만둬요.
엄마는 그 집안의 가모장 패니 캐번디시로 분했다.
열다섯 살의 어느 주말에 그 연극의 1976년 브로드웨이 재상연작을 보려고 엄마와 버스로 뉴욕에 간 적이 있다. 할머니가 된 에바 르 갈리엔이 패니 역, 로즈메리 해리스가 딸 역이었다.
그날 나는 〈로얄 패밀리〉 대신 줄스 파이퍼***의 연극을 봤다. 내가 봤던 공연이 먼저 끝나는 바람에 극장 밖에서 엄마를 기다렸다.
Helen Hayes

** Barrymores. 미국의 연기파 배우들로 구성된 베리모어 일가를 칭함.

*** Jules Feiffer. 퓰리처 상을 받은 미국의 영향력 있는 시사 만화가이며, 극작가 겸 소설가, 어린이 책 작가.

극장 직원이 문을 열자 우레와 같은 박수 소리가 터져 나왔고 로즈메리 해리스가 커튼콜을 하는 모습이 보였다.
엄마는 황홀해져서 밖으로 나왔다.
CHICAG
hone
말 걸지 마. 말이 안 나오니까.
엄마의 연기가 내가 기억하는 그때만큼 좋을지 궁금했다. 썩 좋은 상황은 아니었다. 다른 배우들은 연기가 어색했고 극의 진행도 매끄럽지 않았다.
일을 통해서 네가 얻는 기쁨은 세상 무엇과도 비교할 수 없잖니!
넌 무대를 사랑하잖아! 무대 없인 못 살아!
딸이 결혼을 결심하고 무대를 떠나려는데, 어머니와 할머니가 이를 말린다.

* Rabbit's foot. 서양 문화에서 '행운의 부적'
삼아 지니는 토끼의 왼쪽 뒷발.

정말 잘하신다!
그녀는 사실상 3막이 끝날 때에야 죽는다.
우리는 무대 출구 앞을 서성였다.
우리를 보자 엄마는 화내는 대신 반색했다.
이럴 수가!
엄마 집으로 돌아와서 내가 저녁 식사를 만들고
엄마는 공연 뒷이야기를 했다.
토니는
드레스 리허설 때까지
대본을 쓰더라니까!
들떴다. 까다로운 통과 의례를 매끄럽게
치러 낸 느낌이었다.
JULY
연극 만세!

최근에도 비슷한 일이 있었다.
〈소야곡〉을 영화로 봤어요. 엘리자베스 테일러랑 허마이오니 징골드가 나오더군요!
그해 여름에 엄마가 마담 암펠트 역을 했던 거 기억하세요?
난 좀 괜찮은 화제를 꺼내고 싶었다.
말도 마라.
휠체어 탄 마담 암펠트를 집사가 드는 장면이 있었잖아요… 그때 엄마도 번쩍 들려서 나갔던가요?
아니…그냥 휠체어를 밀면서 나갔어. 들었어도 됐을 걸! 그땐 체중이 49kg 밖에 안 나갔거든.
FEBRUARY
연출이 나더러 다른 공연에서 입었던 드레스를 그대로 입으라고 했던 게 기억난다.
난 역할마다 **향수**까지 바꿔 뿌렸는데! 똑같은 드레스는 절대 입기 싫었지만. 무슨 수로 연출을 이기겠니?
아. 연출가들은 지랄 맞아.
알겠지만, 요즘 브로드웨이에서도 하더라. 앤젤라 랜스버리가 마담 암펠트 역인데 딸로 나온 캐서린 제타 존스보다 잘한다고 호평이 자자해.
같이 보러 가요!
다음 달에 제가 들러서 뉴욕에 모시고 갈게요!
FEBRUARY

아, 27일에 밥이랑 버스를 타고 뉴욕에 가기로 했어. 그때 보면 된다.
아.
하지만 그 다음 날 우린 다시 통화했고…
바바라*한테 네가 연극 보러 가잰다고 말했거든. 그랬더니 꼭 너랑 가야 한다면서, 너랑 '끈끈해질 시간'이 필요하다고 밥한테 말해야 한다나 뭐라나! 하하!
*엄마 절친
어…
아니면 제가 엄마랑 더 시간을 보내고 싶다고, 밥 아저씨한테 애틋한 이메일이라도 보내 놓을까요?
하!
됐고 끊자. 재활용품이 수거됐는지 확인해야겠다.
만약 심리 치료를 받지 않았다면 이런 일들이 오래 마음에 남았을 것이다.
'너랑 같이 시간을 보내고 싶다.' 고작 그 말을 서로 하질 못해서, 꼭 다른 사람을 끼워 넣어서 웃기는 농담인 척 하죠!
음. 만약 연극을 같이 못 보더라도, 다른 재미난 일을 같이 할 수 있잖아요.
'재미난' 일이요? 뭐가 있죠? 페티큐어라도 같이 바르러 갈까요?

결국에는 엄마와 같이 연극을 보러 가기로 했다. 하지만 내 계획을 배반하는 운명의 장난이 자꾸 일어났다. 그중 하나는 밥이 우리를 따라나선 것이다.
NEW YORKER
그런데 마지막 순간에 밥에게 사정이 생겼고, 우리는 둘이서만 맨해튼에 갔다.
우리는 시내에 차를 주차하고 타임스 스퀘어까지 지하철을 탔다. 지하철 승차권 판매기 앞에서 허둥거리는 동안에 열차가 왔다가 떠났다.
'자, 얘야! 우리는 벌써…' 아! 이게 뭐더라?
하!
'우린 벌써 기차를 다섯 대, 아니 여섯 대나 놓쳤잖아!'
그건 〈정직함의 중요성*〉에서 엄마의 대사였던 것이다.
열세 살의 여름에 나는 엄마가 대사 외우는 걸 도와주었다.
브랙크널 여사가 딸 그웬돌린에게 하는 대사다.
Entry 1
'더 놓치면 역에서 이러쿵저러쿵 잔소릴 듣게 될 거다!'
심리 치료사는 이번 여행 동안에 아무 것도 '쓰지' 말고 다만 엄마와 함께 존재하라고 일렀다.

* The importance of being earnest.
빅토리아 시대를 대표하는 오스카 와일드의 코미디 물로 냉소적인 위트가 돋보이는 희곡임. 전작 〈펀 홈〉의 6장 참조.

그러나 나는 엄마와 나 둘 모두에게 있어,
가장 생생하게 존재하는 순간이…
…글쓰기를 통해 한 발짝 물러서서 현실을
마주할 때라고 주장할 것이다.
A Little Night Music
그 연극이 마담 암펠트의 죽음으로 끝난다는 사실을
어째서 잊었던 걸까?
영화 버전에서는 생략된
장면이었다.
하지만 나는 집 떠나기 전 여름에 엄마가 마담 암펠트의
모습으로 죽는 걸 여러 번 보았을 터였다.

단순히 우리 사이의 연극이 아니라 연기에 관한 연극이기에, 내가 엄마와 그토록 가까워진 느낌을
받은 게 아닌가 싶다. 자기 반영적인 미제-앙-아빔*.

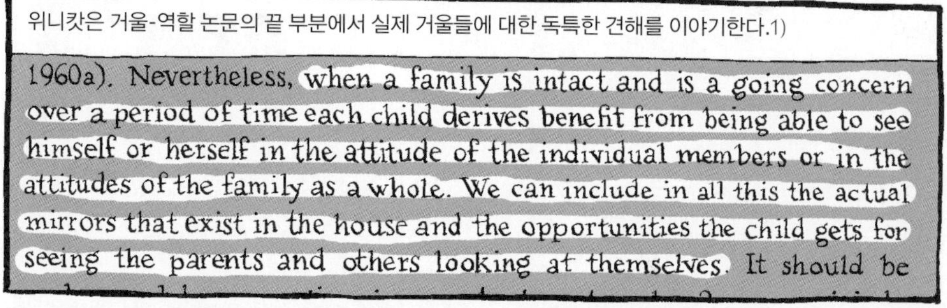
위니캇은 거울-역할 논문의 끝 부분에서 실제 거울들에 대한 독특한 견해를 이야기한다.1)
1960a). Nevertheless, when a family is intact and is a going concern over a period of time each child derives benefit from being able to see himself or herself in the attitude of the individual members or in the attitudes of the family as a whole. We can include in all this the actual mirrors that exist in the house and the opportunities the child gets for seeing the parents and others looking at themselves. It should be

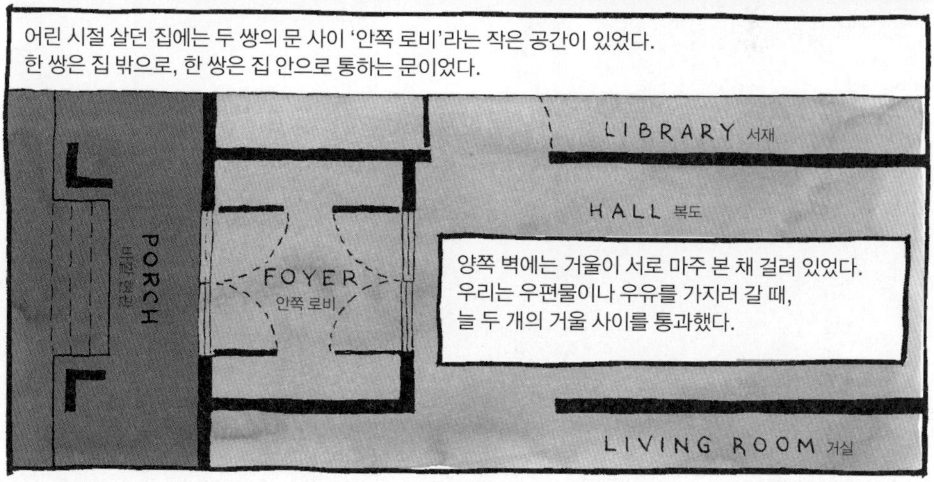
어린 시절 살던 집에는 두 쌍의 문 사이 '안쪽 로비'라는 작은 공간이 있었다.
한 쌍은 집 밖으로, 한 쌍은 집 안으로 통하는 문이었다.
LIBRARY 서재
HALL 복도
PORCH 바깥 현관
FOYER 안쪽 로비
양쪽 벽에는 거울이 서로 마주 본 채 걸려 있었다.
우리는 우편물이나 우유를 가지러 갈 때,
늘 두 개의 거울 사이를 통과했다.
LIVING ROOM 거실

* mis-en-abime. 두 개의 거울 사이에 있는 시각적 경험. 서양 미술사에서 미제-앙-아빔은 종종 무한히 반복되는 순서를 제안하는 방식으로, 그 안에 이미지의 복사본을 넣는 형식적인 기법을 말함.

1) 그럼에도 불구하고 가족이 온전하며 일정 기간 지속된다면 아이들은 가족 구성원 또는 가족 전체의 태도를 통해 자신을 바라볼 수 있는 혜택을 얻게 된다. 부모나 다른 식구들의 시선을 통해 자신을 보는 기회에는 집안에 실제 존재하는 거울을 보는 것까지 포함한다.

어찌 보면 그 거울을 통해서 보이는 건
영영 자신 안에 갇혀 버린 자신이다.
하지만 달리 보면
거울 속의 자신이 한계 없이 펼쳐지며
활짝 열리는 것이기도 하다.

나는 욕망이 좌절된 사람이고,
한편 욕망을 좌절시키려는 사람이다.

7 대상의 이용

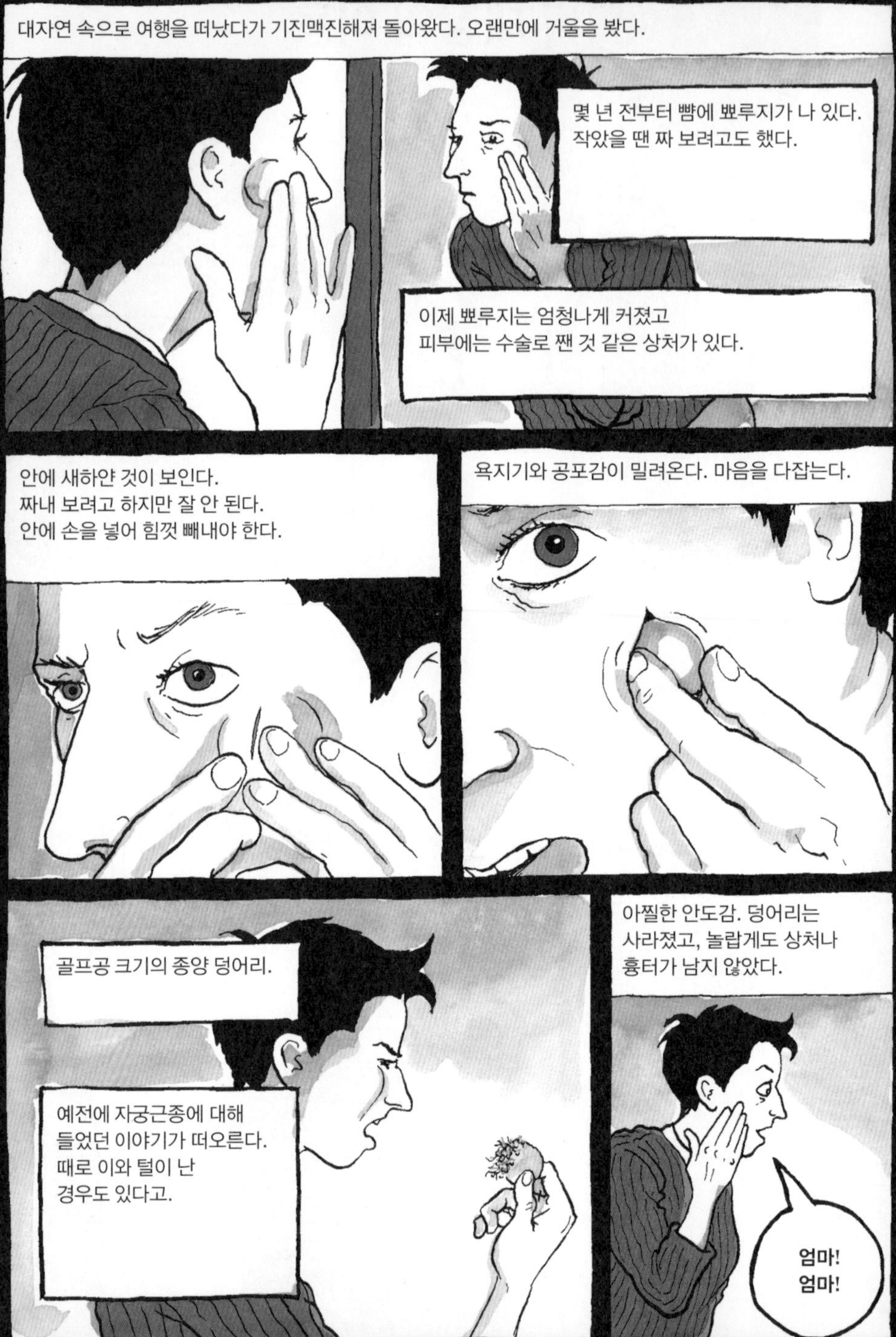

대자연 속으로 여행을 떠났다가 기진맥진해져 돌아왔다. 오랜만에 거울을 봤다.
몇 년 전부터 뺨에 뾰루지가 나 있다. 작았을 땐 짜 보려고도 했다.
이제 뾰루지는 엄청나게 커졌고 피부에는 수술로 짼 것 같은 상처가 있다.
안에 새하얀 것이 보인다. 짜내 보려고 하지만 잘 안 된다. 안에 손을 넣어 힘껏 빼내야 한다.
욕지기와 공포감이 밀려온다. 마음을 다잡는다.
골프공 크기의 종양 덩어리.
예전에 자궁근종에 대해 들었던 이야기가 떠오른다. 때로 이와 털이 난 경우도 있다고.
아찔한 안도감. 덩어리는 사라졌고, 놀랍게도 상처나 흉터가 남지 않았다.
엄마! 엄마!

방금 믿을 수 없는
일이 일어났어요!
하지만 엄마는 돌아보지 않는다.
여태 내 책 때문에 화가 나 있다.
우리는 함께 스톤헨지를 보러 간다.
스톤헨지 주위로
주택 개발이 이루어지고 있다.
안 그래도 불경하기 짝이 없는 일인데,
심지어 조잡한 콘도들이 빙 둘러싼 거석들을
등진 채 지어진다.
이층 후면 발코니에 매달린 녹색 쓰레기통에서
내용물이 쏟아지려고 한다.

더는 버티지 못하고 엄마에게 전화했던 날 밤에 스톤헨지 꿈을 꾸었다.
엄마, 저예요.
엄마의 이메일을 받고 닷새가 더 지난 뒤였다.
대체 어디 **있었니**?
네?! 전화하셨어요?
그건 아니지만, 이메일을 보냈는데도 네가 답이 없었잖니!
엄마가 주말에 전화하기로 하셨잖아요!
아!
깜박했구나.
작업 이력을 제출하느라 바빴단다. 신문사 마감 때문에 스트레스가 너무 심했어.
MAY 2002
다행히도 엄마는 몇 가지 세부 수정만을 원했다. 하지만…
네 아빠랑 내 이야기에는 상관 안 하련다. 솔직히 말해 실제와는 다르지만. 그건 네 관점의 이야기일 뿐이니까. 상관없다.

…그렇다고 해서 엄마가 기뻐하진 않았다.
읽으면서 오래전의 역겨운 공포가 되살아났어. 네 아버진 모든 걸 망칠 뻔했다.
저…
죄송해요.
내 세계는 거의 무너질 뻔했지만, 어떻게든 다잡지 않으면 안 됐어. 무슨 일이 일어나고야 말 것이라는 두려움에 늘 시달리며 살았다.
사실,
전 감히 상상조차 할 수 없어요.
그래, 넌 몰라.
대체 그 얘길 무슨 수로 **그릴** 셈이니?
엄마 말이 맞아요. 이런 속도로는 절대 다 그릴 수 없어요.
당신이 종종 얘기하길 지금처럼 연습용 스케치를 많이 하는 대신 자연스럽게 쭉 그리면 좋겠다고 했죠…
…그렇게 그려 보면 어떨까요?

그건
불가능해요!
제 작업에서 그림은
정교한 계획 하에
그려져야 하고, 모든
선에는 구체적인
정보가 담겨야 해요.
추측컨대 당신은
자연스럽고 '순수한'
당신의 그림을 보호하려는
게 아닐까요?
있는 그대로 대중에게 공개하면
오염되거나 비판에 휘둘릴까 봐
걱정하는 거죠.
음… 그러니까 즉흥적인
그림이 저의 이드(id)고,
수고스런 그림이 저의
슈퍼에고(superego)인가요?
제 꿈이랑
비슷하군요!
스톤헨지
꿈이요?
네! 스톤헨지는 저의 진짜
자아인 거죠! 그게 뭔가에
가려지는데… 뭐냐면…
…엄마의
나르시시즘적
고착화죠!

그 꿈을 꾼 뒤 몇 주 동안 창조성이 강렬하게 치솟았다. 아버지에 관한 책과 연재만화 작업까지…
waterworks
IT COULD BE A FALSE POSITIVE. LET ME DO ANOTHER ONE TO MAKE SURE.
ACME PREGNANCY TEST
BESIDES, CAN'T YOU TELL? I MEAN, DO YOU FEEL DIFFERENT?
390
© 2002 BY ALISON BECHDEL
(신기하게도 당시 내가 그리던 부분은 등장인물 중 하나가 임신하는 에피소드이기도 했음.)
…그럼에도 꿈을 기록하고 정신 분석학 책까지 읽으면서 시간을 꽉 채웠다.
(책 제목) 애덤 필립스, 〈키스, 간지럼과 따분함〉
ON KISSING TICKLING and BEING BORED
ADAM PHILLIPS
마치 내 인생의 복면이 벗겨지고 그 내면을 볼 수 있는 것처럼 감각이 날카롭고 명료해졌다.
이제 와 생각하면 그때 나의 고양된 정신 상태는 어머니에 관한 책을 구상할 때 있었던 최초의 동요였다.
DECEMBER
epson
ÉCRITS
LACAN
하지만 실제로 책을 쓰기 시작한 건 오 년 뒤로, 아버지에 관한 책이 출간되고 난 직후였다.
(책 제목) 자크 라캉, 〈에크리〉

작업 초창기에 위니캇이 쓴 거울 논문을 읽은 나는 한층 더 수수께끼 같은 라캉의 거울 논문에 빠져들었다.
여섯 번 정도 꼿꼿이 읽어내자, 안개가 양쪽으로 걷히며 솔즈베리 평야 위의 우뚝 선 돌처럼 준엄한 문장 하나가 떠올랐다.1)
Correlatively, the formation of the *I* is symbolized in dreams by a fortress, or a stadium, its inner arena and enclosure, surrounded by marshes and rubbish tips, dividing it into two opposed fields of contest where the subject flounders in quest of the lofty, remote inner castle whose form (sometimes juxtaposed in the same scenario) symbolizes the id in a quite startling way,
어머니와의 '**경연(contest)**'에서 나는 자신을 해방시켰다.
프로이트는 고착화를 설명하면서 투자라는 경제 용어 외에 다른 은유도 사용했다.
점령(Occupation)이라는 군사 용어였다.

꿈속에서 나는 엄마의 진영을 뿌리 뽑는다.

이를 두고 버지니아 울프는 '나는 정신 분석가가 환자에게 하는 일을 나 자신에게 했다.'라고 달리 표현한 바 있다.

〈등대로〉 1부에서 브리스코는 램지의 큰아들에게 아버지의 책이 어떤 내용이냐고 묻는다.2)

"Oh, but," said Lily, "think of his work!"
Whenever she "thought of his work" she always saw clearly before her a large kitchen table. It was Andrew's doing. She asked him what his father's books were about. "Subject and object and the nature of reality," Andrew had said. And when she said Heavens, she had no notion what that meant. "Think of a kitchen table then," he told her, "when you're not there."
So now she always saw, when she thought of Mr

이렇게 거대하면서도 거만한 주제가 〈등대로〉가 다루는 주제이기도 하다는 게 재미있다.

tree, or upon its fish-shaped leaves, but upon a phantom

울프는 이 책의 구상을 위한 초창기 노트에 책 형식을 '복도로 연결된 두 개의 칸'이라는 도식으로 그렸다.

Two blocks Joined

〈등대로〉의 첫 장과 마지막 장은 1차 세계 대전 전후로 나뉜, 십 년의 시차를 가진 하루의 일을 그리고 있다.

가운데 장에는 그 사이 십 년간 일어난 심도 있는 사회적 소요, 상실, '모든 것에 대한 점진적인 환멸'을 20페이지 미만의 짧은 분량으로 압축해 낸다.

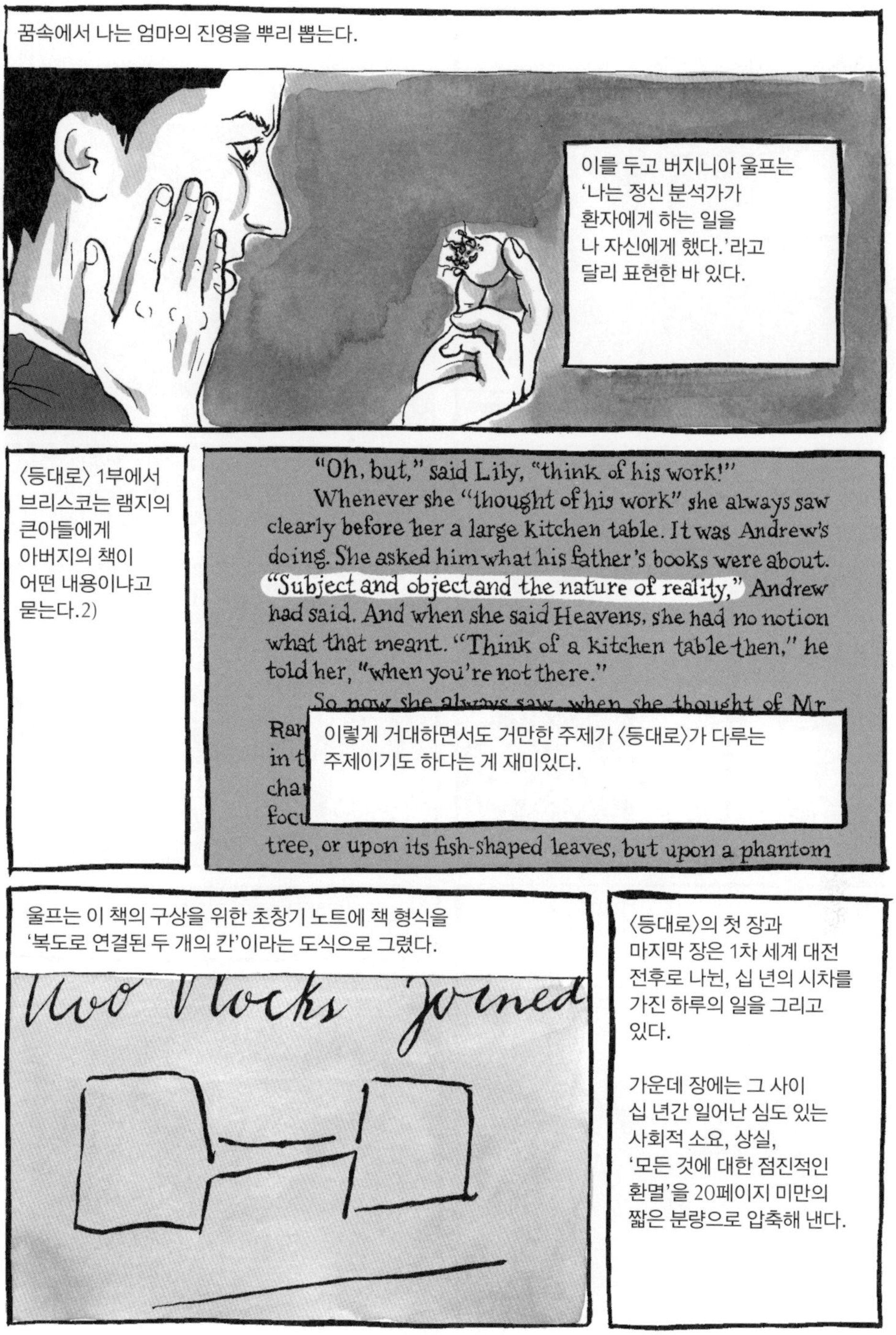

1) 주체 I의 형성은 요새 또는 경기장으로 꿈속에서 상징되며 이는 벽 안쪽의 원형 경기장, 그리고 늪지대, 쓰레기장으로 둘러싸인 외부 경계 사이, 주체가 이드를 상징하는 자랑스럽고 외떨어진 내부

성채로 가는 임무 속에서 진퇴양난에 빠지는 두 개의 상반되는 **경연장(field of contest)**으로 나뉘어진다.
2) "오, 하지만," 릴리가 말했다. "그의 작품을 생각해 보세요." 그의 작품을 생각할

때마다 그녀의 눈앞에는 커다란 식탁이 생생히 그려진다. 이는 앤드루 때문이었다. 그녀는 그에게 아버지가 쓴 책들의 주제가 무엇이냐고 물었다. **"주체와 대상, 현실의 본성이지요."** 앤드루는 이렇게 대답했다.

릴리 브리스코가 책 내내 그림의 구성을 두고 씨름하듯이 '통합성의 균열'이라는 구성 또한 버지니아 울프가 씨름하던 문제이다.
Virginia Woolf ~ To the
릴리 브리스코는 자기 그림 속에서 형태들 사이의 연관성을 알아내려는 한편 램지 씨와 램지 부인의 관계를 이해하려고 애쓴다.
다른 작품 속 인물들처럼 릴리 역시 램지 부인을 사랑하고 램지 씨를 두려워한다.
BERNICE FROST'S
TWO PLAYERS AT THE PIANO
램지 씨는 버지니아 울프의 아버지를 혹독하지만 꽤 정확하게 구현한 인물로 다혈질 성미와 궁핍으로 아내를 괴롭게 한다. 반면에 램지 부인은 더 이상화된 인물이다.
램지 부인은 실제보다 엄정하지 않게 그린다. 그녀가 울프의 어머니처럼 여성 참정권 운동에 반대하는 모습이 눈에 훤한데도…
네 아빠가 내게 이래라저래라 하진 않아, 알지?
뭐, 네.
…딸과 아들을 차별하지 않는다.
우리는 동등하니까.

(책 제목) 버니스 프로스트, 피아노 위의 두 연주자

they could not paint or write or do anything ever: so that, being a man

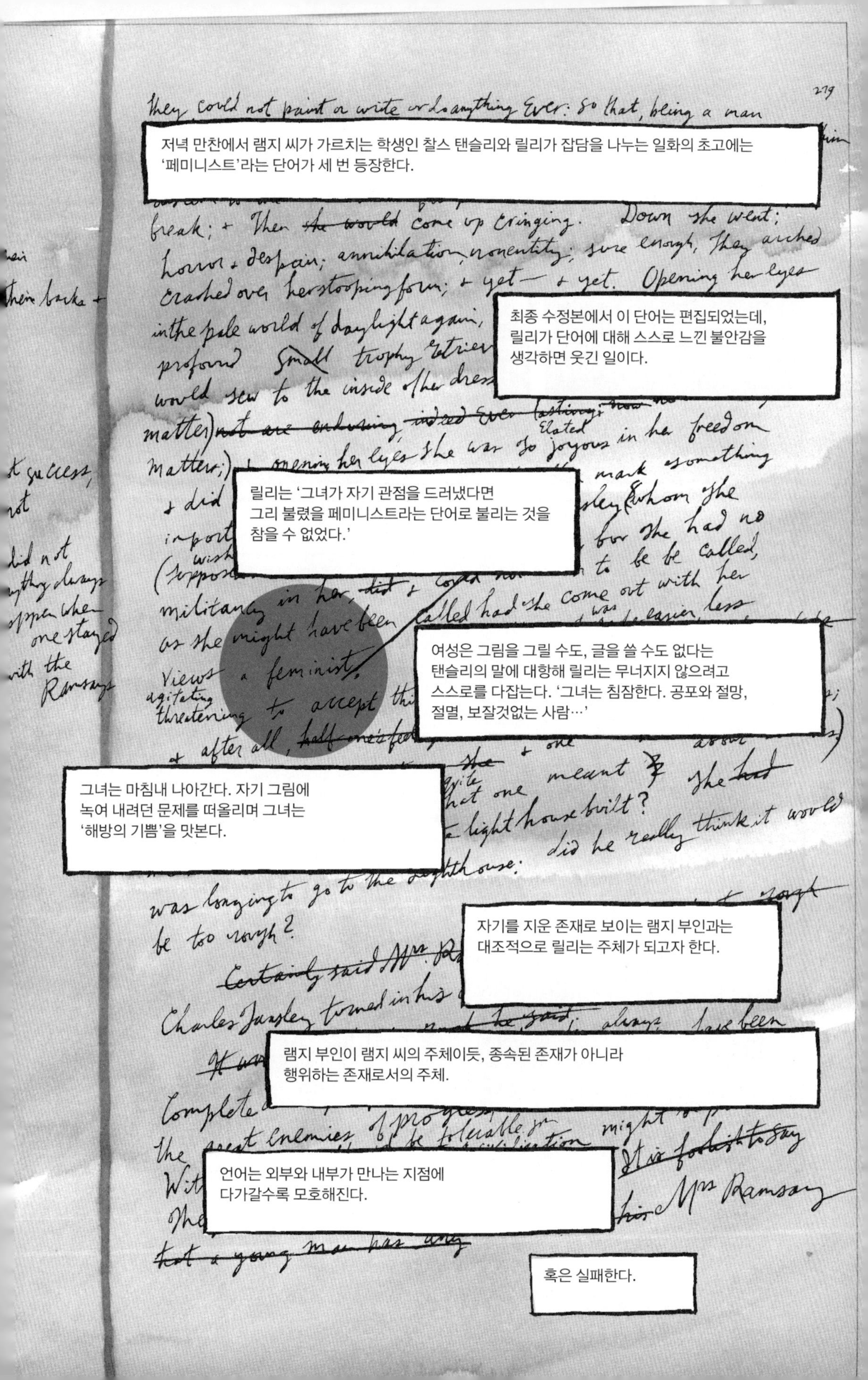

> 저녁 만찬에서 램지 씨가 가르치는 학생인 찰스 탠슬리와 릴리가 잡담을 나누는 일화의 초고에는 '페미니스트'라는 단어가 세 번 등장한다.

break; + Then she would come up cringing. Down she went;
horror + despair; annihilation, nonentity; sure enough, they arched
crashed over her stooping form; + yet — + yet. Opening her eyes
in the pale world of daylight again,
profound small trophy retriev
would sew to the inside of the dress

> 최종 수정본에서 이 단어는 편집되었는데, 릴리가 단어에 대해 스스로 느낀 불안감을 생각하면 웃긴 일이다.

matter) not are enduring, indeed ever lasting; now
matter;) + opening her eyes she was so joyous in her freedom
+ did

> 릴리는 '그녀가 자기 관점을 드러냈다면 그리 불렸을 페미니스트라는 단어로 불리는 것을 참을 수 없었다.'

import
(suppose wish be be called,
militancy in her, did + could
as she might have been called had she come out with her
Views a feminist,

> 여성은 그림을 그릴 수도, 글을 쓸 수도 없다는 탠슬리의 말에 대항해 릴리는 무너지지 않으려고 스스로를 다잡는다. '그녀는 침잠한다. 공포와 절망, 절멸, 보잘것없는 사람…'

agitating
threatening to accept this
+ after all, half one feels

> 그녀는 마침내 나아간다. 자기 그림에 녹여 내리던 문제를 떠올리며 그녀는 '해방의 기쁨'을 맛본다.

one meant
light house built?
did he really think it would

was longing to go to the lighthouse:
be too rough?

> 자기를 지운 존재로 보이는 램지 부인과는 대조적으로 릴리는 주체가 되고자 한다.

Certainly said Mrs
Charles Tansley turned in his

always have been

> 램지 부인이 램지 씨의 주체이듯, 종속된 존재가 아니라 행위하는 존재로서의 주체.

complete
the great enemies of progress be tolerable might
It is foolish to say

> 언어는 외부와 내부가 만나는 지점에 다가갈수록 모호해진다.

With
Mrs Ramsay

> 혹은 실패한다.

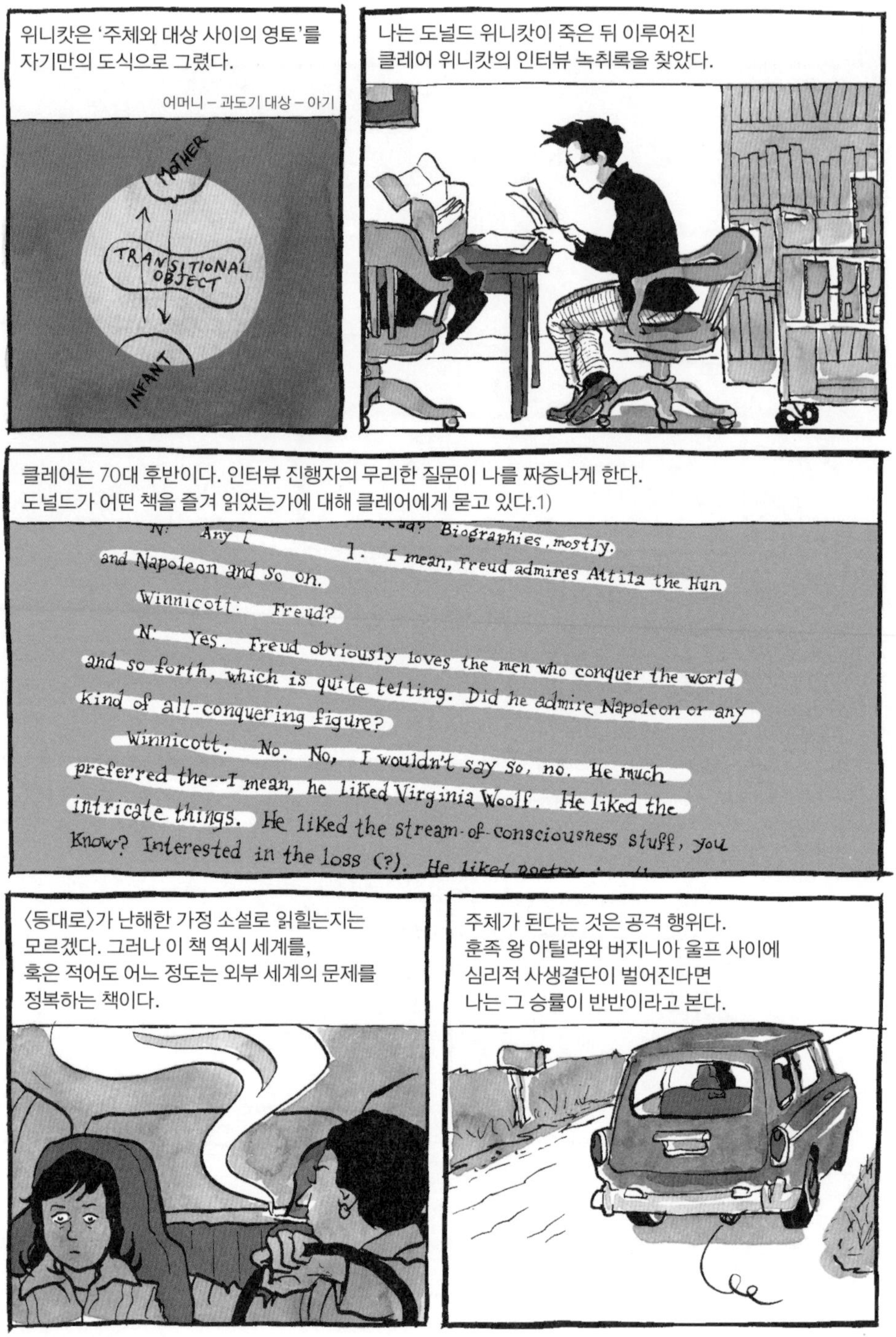
위니캇은 '주체와 대상 사이의 영토'를
자기만의 도식으로 그렸다.
어머니 – 과도기 대상 – 아기
MOTHER
TRANSITIONAL OBJECT
INFANT
나는 도널드 위니캇이 죽은 뒤 이루어진
클레어 위니캇의 인터뷰 녹취록을 찾았다.
클레어는 70대 후반이다. 인터뷰 진행자의 무리한 질문이 나를 짜증나게 한다.
도널드가 어떤 책을 즐겨 읽었는가에 대해 클레어에게 묻고 있다.1)
N: Any [ ]. I mean, Freud admires Attila the Hun
Biographies, mostly.
and Napoleon and so on.
Winnicott: Freud?
N: Yes. Freud obviously loves the men who conquer the world
and so forth, which is quite telling. Did he admire Napoleon or any
kind of all-conquering figure?
Winnicott: No. No, I wouldn't say so, no. He much
preferred the--I mean, he liked Virginia Woolf. He liked the
intricate things. He liked the stream-of-consciousness stuff, you
know? Interested in the loss (?).
〈등대로〉가 난해한 가정 소설로 읽힐는지는
모르겠다. 그러나 이 책 역시 세계를,
혹은 적어도 어느 정도는 외부 세계의 문제를
정복하는 책이다.
주체가 된다는 것은 공격 행위다.
훈족 왕 아틸라와 버지니아 울프 사이에
심리적 사생결단이 벌어진다면
나는 그 승률이 반반이라고 본다.

1) 주로 전기 류였죠.
N : 혹시 [ ], 그러니까 프로이트는 훈족 최후의 왕 아틸라와 나폴레옹 같은 사람들을 숭배했잖습니까.
W : 프로이트요?
N : 네. 프로이트는 세계를 정복한 남성들을 좋아했는데요, 상당히 뻔한 얘기죠. 혹시 도널드도 나폴레옹 같은 정복자들을 존경했습니까?
W : 아니오, 절대 아니에요. 그는 오히려… 그러니까 버지니아 울프를 좋아했어요. 난해한 것을 좋아했죠. 의식의 흐름 기법도요.

조슬린과의 50회기 혹은 60회기 상담에서 흥미로운 이야기가 나왔다.
어젯밤에 **심한** 불안 발작이 있었어요.
선생님께서 말씀하신 대로 신체 어디가 불안을 호소하는지 살펴봤어요.
SANTA FE CHAMBER MUSIC FESTIVAL
배였어요. 토할 것 같아서 불안했죠.
저는 세상에서 토하는 게 가장 싫거든요.
아니요. 저는 거의 토한 적이 없어요. 열 살 이후로 지난 4월 전까지진 한번도요.
구토에 관한 나쁜 기억이 있나요?
4월에 구토를 했나요?
네, 어… 우울을 느끼기 직전이었죠.
나는 장염에 걸려 앓았고 엘로이즈가 다정하게 돌봐 줬다.
열 살 땐 무슨 일이 있었나요?
한밤중에 깼는데 속이 안 좋아서 엄마를 찾아갔어요.
배 아파요.
똥이 마려운 거다. 계속 그랬니?
이야기가 복잡해질 걸 감수하고 말하자면 (놀랄 일도 아니지만) 나는 항문기를 벗어나지 못한 아이였다.
가 보자. 엄마가 봐 줄게.

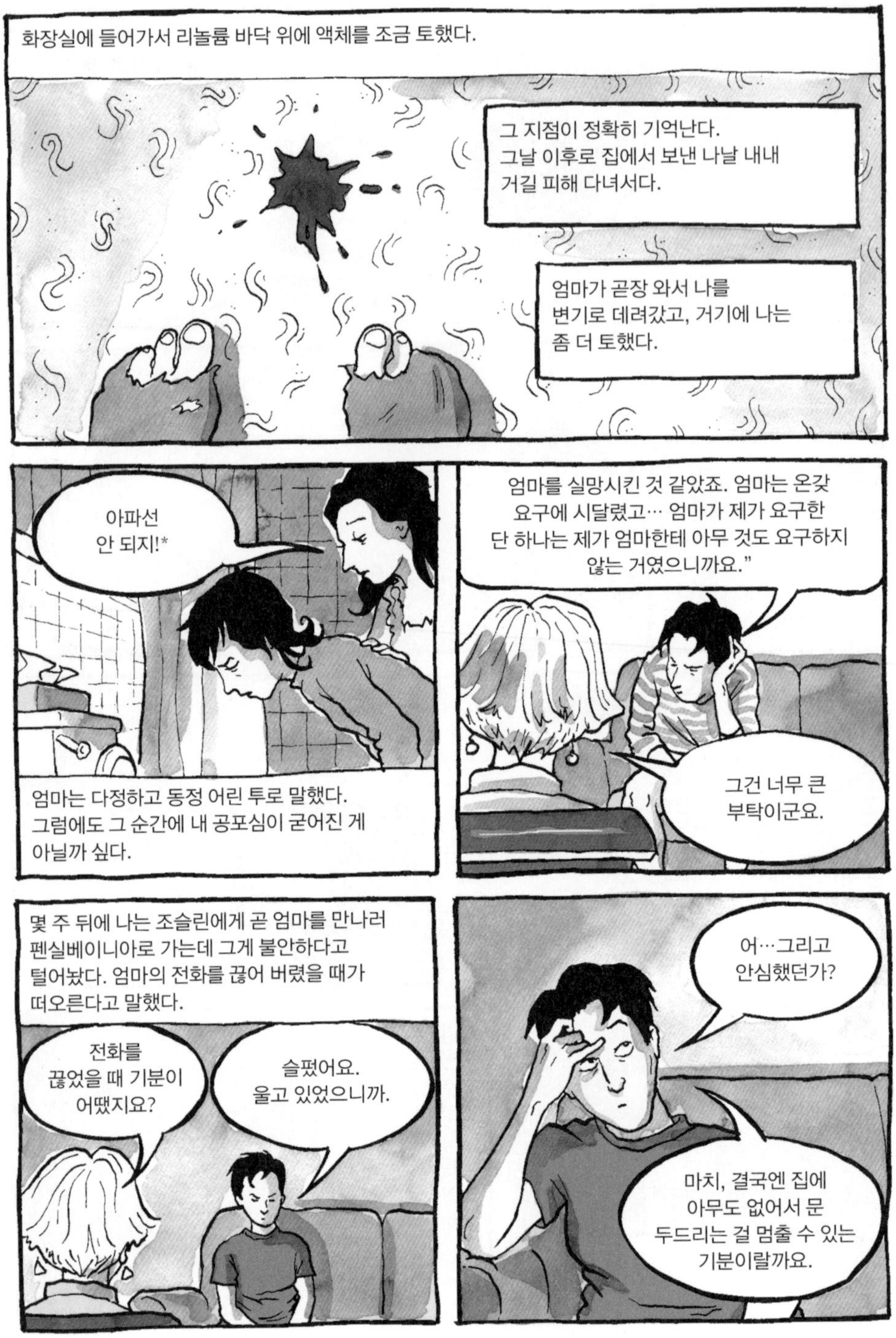
화장실에 들어가서 리놀륨 바닥 위에 액체를 조금 토했다.
그 지점이 정확히 기억난다. 그날 이후로 집에서 보낸 나날 내내 거길 피해 다녀서다.
엄마가 곧장 와서 나를 변기로 데려갔고, 거기에 나는 좀 더 토했다.
아파선 안 되지!*
엄마는 다정하고 동정 어린 투로 말했다. 그럼에도 그 순간에 내 공포심이 굳어진 게 아닐까 싶다.
엄마를 실망시킨 것 같았죠. 엄마는 온갖 요구에 시달렸고… 엄마가 제가 요구한 단 하나는 제가 엄마한테 아무 것도 요구하지 않는 거였으니까요."
그건 너무 큰 부탁이군요.
몇 주 뒤에 나는 조슬린에게 곧 엄마를 만나러 펜실베이니아로 가는데 그게 불안하다고 털어놨다. 엄마의 전화를 끊어 버렸을 때가 떠오른다고 말했다.
전화를 끊었을 때 기분이 어땠지요?
슬펐어요. 울고 있었으니까.
어…그리고 안심했던가?
마치, 결국엔 집에 아무도 없어서 문 두드리는 걸 멈출 수 있는 기분이랄까요.

* "You **never** get sick!"
헬렌의 엄격함이 절대'**never**'부정문에 담겨 있어 원문을 표기함.

어머니한테 굉장히 화가 나 있군요.
그래서 불안한 것 아닌가요?
어…
조슬린의 해석은 그럴싸했지만 나는 분노를 느끼진 않았다. 머릿속이 텅 빈 느낌이었다.
위니캇이 남긴 최후의 주요 논문인 '대상의 이용**'은 흥미로운 자기 고백과 함께 시작된다.1)
patient's growing trust in the psychoanalytic technique and setting, and to avoid breaking up this natural process by making interpretations. It will be noticed that I am talking about the making of interpretations and not about interpretations as such. It appals me to think how much deep change I have prevented or delayed in patients *in a certain classification category* by my personal need to interpret. If only we can wait, the patient arrives at understanding creatively and with immense joy, and I now enjoy this joy more than I used to enjoy the sense of having been clever. I think I interpret mainly to let the patient know
1 Based on a paper read to the New York Psychoanalytic Society, 12 November 1968, and published in the *International Journal of Psycho-Analysis*, Vol. 50 (1969).
위니캇은 1968년에 뉴욕의 정신분석학회에서 논문을 발표한 직후 홍콩 독감으로 입원했고 다시는 건강을 완전히 회복하지 못했다.
위니캇의 전기 작가는 '그는 이후 적대적인 뉴욕에 과감하게 진출했다가 병에 걸려 사망한 것으로 보인다.'고 쓴 뒤 이 기록을 정정했다고 한다.
어머니와 함께 있을 때 이렇게 한번 해 보세요.
그럴게요.

** the use of an object(1969), 국제정신분석학회지(International Journal of Psychoanalysis) 수록 논문.

1) 해석을 해야 한다는 개인적인 욕구로 인해 특정 카테고리에 속한 환자에게 있어 그토록 심오한 변화를 막거나 지연시켰다고 생각하면 경악스럽다. 기다리기만 하면 환자는 창조적인 방식과 크나큰 기쁨으로 이해에 도달할 것이다. 나는 이 기쁨이 내가 스스로를 영리하다고 생각했을 때의 기쁨보다 크다고 생각한다.

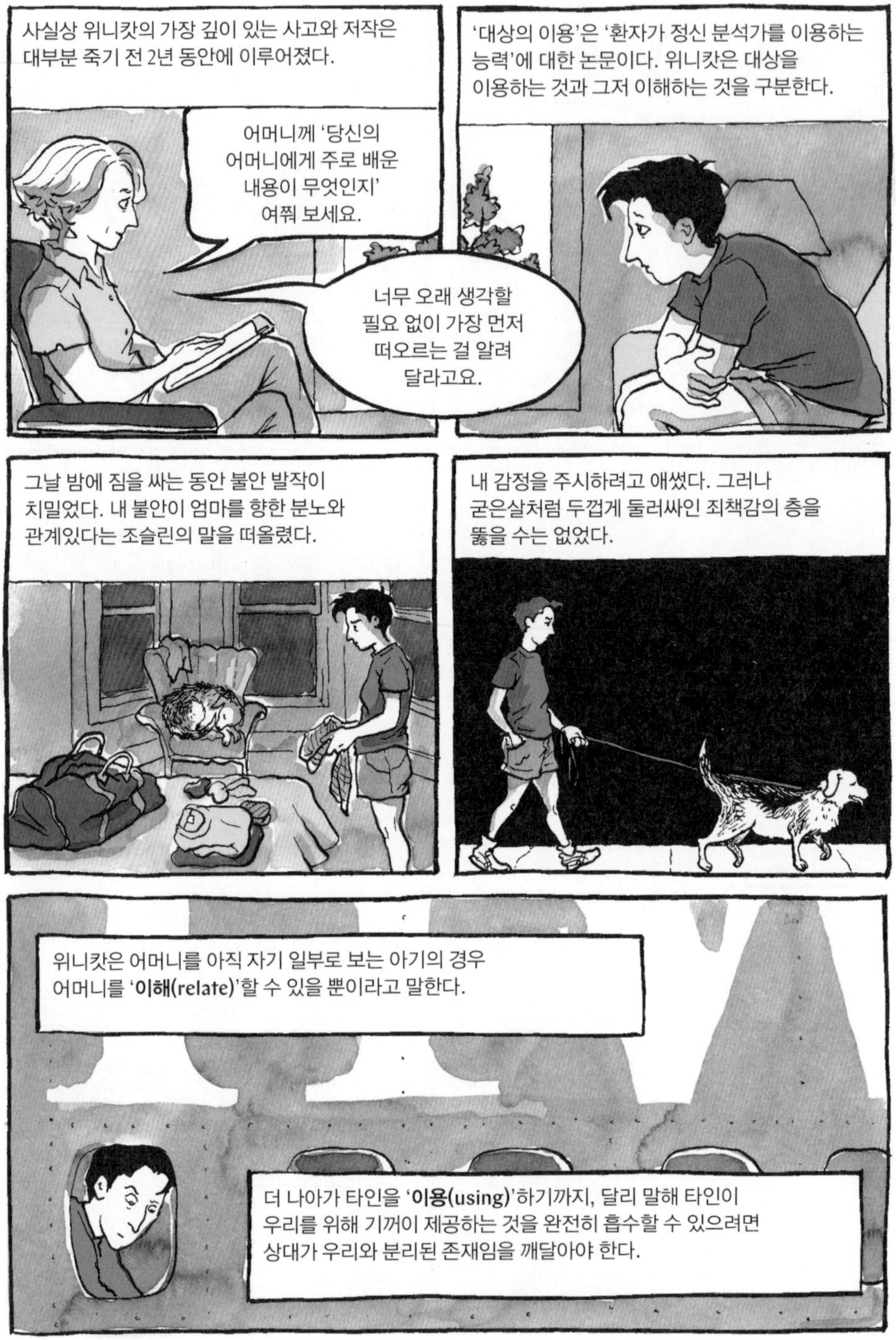

사실상 위니캇의 가장 깊이 있는 사고와 저작은 대부분 죽기 전 2년 동안에 이루어졌다.

'대상의 이용'은 '환자가 정신 분석가를 이용하는 능력'에 대한 논문이다. 위니캇은 대상을 이용하는 것과 그저 이해하는 것을 구분한다.

어머니께 '당신의 어머니에게 주로 배운 내용이 무엇인지' 여쭤 보세요.

너무 오래 생각할 필요 없이 가장 먼저 떠오르는 걸 알려 달라고요.

그날 밤에 짐을 싸는 동안 불안 발작이 치밀었다. 내 불안이 엄마를 향한 분노와 관계있다는 조슬린의 말을 떠올렸다.

내 감정을 주시하려고 애썼다. 그러나 굳은살처럼 두껍게 둘러싸인 죄책감의 층을 뚫을 수는 없었다.

위니캇은 어머니를 아직 자기 일부로 보는 아기의 경우 어머니를 '**이해(relate)**'할 수 있을 뿐이라고 말한다.

더 나아가 타인을 '**이용(using)**'하기까지, 달리 말해 타인이 우리를 위해 기꺼이 제공하는 것을 완전히 흡수할 수 있으려면 상대가 우리와 분리된 존재임을 깨달아야 한다.

어머니는 아버지가 죽은 지 칠 년 만에 옛집을 내놓았다. 아버지와 둘이 만든 공간을 당신 손으로 해체한다는 게 어떤 기분일지 상상하기 어려웠다.
우리는 그런 말을 하지 않았다.
엄마, 질문을 하나 할게요.
마욜리카 도기
아빠가 접시를 던져 패인 곳.
아빠가 소스 병을 던져 마요네즈가 묻은 자국.
생각하지 말고, 머릿속에 떠오른 대로 말해 주세요.
그러마.
엄마가 외할머니께 주로 배운 내용이 뭐였어요?

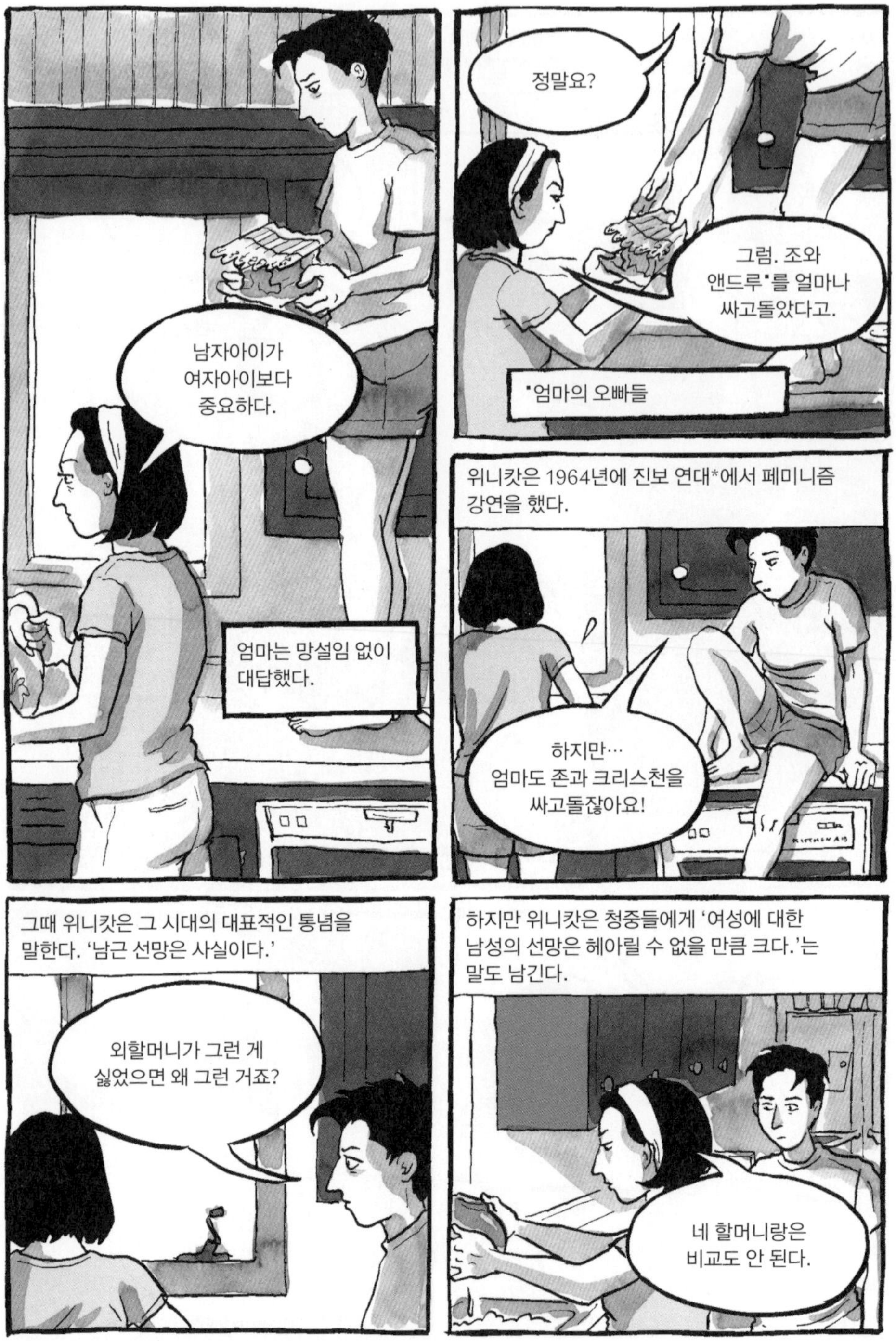
남자아이가 여자아이보다 중요하다.
엄마는 망설임 없이 대답했다.
정말요?
그럼. 조와 앤드루*를 얼마나 싸고돌았다고.
*엄마의 오빠들
위니캇은 1964년에 진보 연대*에서 페미니즘 강연을 했다.
하지만… 엄마도 존과 크리스천을 싸고돌잖아요!
그때 위니캇은 그 시대의 대표적인 통념을 말한다. '남근 선망은 사실이다.'
외할머니가 그런 게 싫었으면 왜 그런 거죠?
하지만 위니캇은 청중들에게 '여성에 대한 남성의 선망은 헤아릴 수 없을 만큼 크다.'는 말도 남긴다.
네 할머니랑은 비교도 안 된다.

* The Progressive League. 1932년에 H. G. 웰스와 C. E. M. 조드가 '진보 사회와 개인의 연방'이라는 이름으로 설립한 영국의 사회 개혁 단체.

1) 아동은 부모에게서 이를 받아들이기 힘들어하지만, 어쩔 수가 없다. 부모가 성교나 별거의 대용물로 접시를 던질 때 그 힘은 너무 강력해서 아이들 중 피해자가 생기기 마련이다.

2) 그는 화가 나서 식탁에서 벌떡 일어날 것이다. 그는 창밖으로 접시를 날려 버리겠지.

3) 아직도 나는 아버지의 행동을 잔혹하다는 말 외에 다른 어휘로 표현할 수 없다. 아버지가 말하는 대신 매를 들었더라도 딱히 나아질 건 없었을 것이다. 어떻게 설명하면 좋을까? 아버지는 화분을 던지고 그 파편을 당신 어머니에게 던진 순간부터 망나니였다. (그 이야기의 진실이 무엇이든 간에, 그런 식으로 흘러갔다.)

위니캇은 남성 여성 모두 서로에 대한 선망으로 좌절한 것으로 본다.1)
Children find it difficult to allow for these things in their parents, but this just can't be helped. The forces may be so strong that there just have to be casualties among the offspring when parents substitute plate-throwing for intercourse or separate to save the crockery.
〈등대로〉 끝부분에서, 릴리 브리스코는 여전히 램지 씨와 램지 부인 사이의 일을 이해하려고 애쓴다.2)
bedroom door would slam violently early in the morning. He would start from the table in a temper. He would whizz his plate through the window. Then all through the house there would be a sense of doors slam-
릴리는 십 년 전 어느 아침에 램지 씨가 우유 속에 빠진 집게벌레를 발견하고 접시를 던져 '바깥 테라스로 날려 보낸' 일을 언급한다.
이 장면은 아마도 울프의 아버지가 소년 시절에 화분을 박살냈던 일화에서 착상한 것이리라. 울프는 〈과거 스케치〉에서 이 사건을 회고한다.3)
bad Wednesday. Even now I can find nothing to say of his behaviour save that it was brutal. If, instead of words, he had used a whip the brutality would have been no greater. How can one explain it? He had been indulged of course ever since he broke the flower pot and threw the fragments at his mother (whatever the truth of that story, it ran something like that). Delicacy excused that. Then as he grew

조슬린과의 심리 치료가 일 년 반쯤 진행될 무렵에 전환점이 된 또 다른 세션이 있었다.
저는 완전히 **악처**가 됐어요! 엘로이즈에게 어디 가는지, 언제 오는지 자꾸 잔소리를 하게 돼요.
어젠 '여행'을 가고 싶다더군요.
엘로이즈와 나는 6개월 전에 벌어진 크리스와의 불륜 사건에서 벗어났지만 다시금 사이가 악화되었다.
대상을 이용할 수 있는 아기의 능력은 선천적인 것이 아니다.
엘로이즈를 탓할 건 아니에요. 요즘 저는 일만 하니까요.
불안 발작도 여전하고요.
'충분히 좋은 어머니'는 이 능력을 반드시 촉진시킨다.
지금 당신의 행동을 보세요.
당신은 엘로이즈의 사랑을 원하고, 이를 얻지 못하는 건 당신 자신에게 흠이 있기 때문이라고 하죠.
어머니를 이용할 수 없었던 아기는 이를 해결하고자 정신 분석에 발을 들인다.
뭔가 떠오르지 않나요?
엄마 말인가요?!
하지만 문제는 거기 있다. 그 아이는 정신 분석가를 이용할 능력이 없다.
보세요. 당신은 착하고 다정한 사람이에요. 순수하고 재능이 있어요. 성실하고 변하고자 하는 의지도 있죠.

이런 경우 환자에게 정신 분석가를 이용할 수 있는 능력을 주는 것은 정신 분석가의 임무다.
당신은 사랑스러워요.
정신 분석가가 충분히 좋은 어머니 역할을 맡아서…
엘로이즈가 자기 일에 더 만족한다면 절 더 사랑해 줄지도 몰라요.
…환자/아기에 의한 파괴에서 살아남는 것.
제가 방금 한 말 들으셨어요?
네, 네.
여기서 위니캇의 핵심 이론이 등장한다.
주체는 대상을 파괴해야 한다. 대상은 파괴에도 살아남아야 한다.
저도 제가 착하고 다정하고 성실한 건 알아요. 많이들 그렇죠.
대상이 살아남지 못하면 이는 주체의 자아를 투사한 내부로 남겨질 것이다.
대상이 파괴에도 살아남는다면 주체는 대상을 별개로 분리해서 볼 수 있다.
프로이트에게 있어 공격성이란 현실에 대한 반응이고 외부 세계가 우리 요구를 즉각 충족시켜 주지 않아 생기는 절망이다.
그리고 사랑스럽죠.

하지만 위니캇은 달리 생각한다.
현실은 우리에게 공격성을 부여하지 않는다.
하지만 조슬린 제가 정말로 괜찮은 사람이라면…
공격성은 우리에게 현실을 부여한다.
…전 죽을 거예요.
내 말이 무슨 뜻인지 확실치 않았으나,
내게 갑작스럽고 충격적인 진실로 다가왔다.
필요한 것을 주지 않은 어머니에게 분노하는 것보다는 차라리 죽는 것이 낫기 때문인가요?
음, 그러니까…
이 선을 넘어서는 안 될 것 같아요.
알아요.

상담이 있고 사흘 뒤 엘로이즈의 귀가가 또 늦어졌다. 새벽 1시 30분이 되자 나는 사고가 났다고 확신했다. 엘로이즈의 친구들에게 전화를 걸기에는 너무 늦은 시간이었다.
엘로이즈의 차는 크리스의 집 앞에 있었다.
이게 뭐야?
시계 바늘 소리까지 들렸다. 아무도 입을 열지 않았다.
침묵만이 모든 것을 설명할 수 있는 그 순간을 겪고서야 나는 상황을 이해했다.
비참한 몇 주를 더 보낸 뒤 내가 떠나야 한다는 걸 깨달았다.
버진 아일랜드는 어떡하지?
크리스마스에 엘로이즈의 부모님과 함께 여행을 가기로 했건만.
세상에! 난 그 빌어먹을 버진 아일랜드에 안 가.
크리스 데려가.

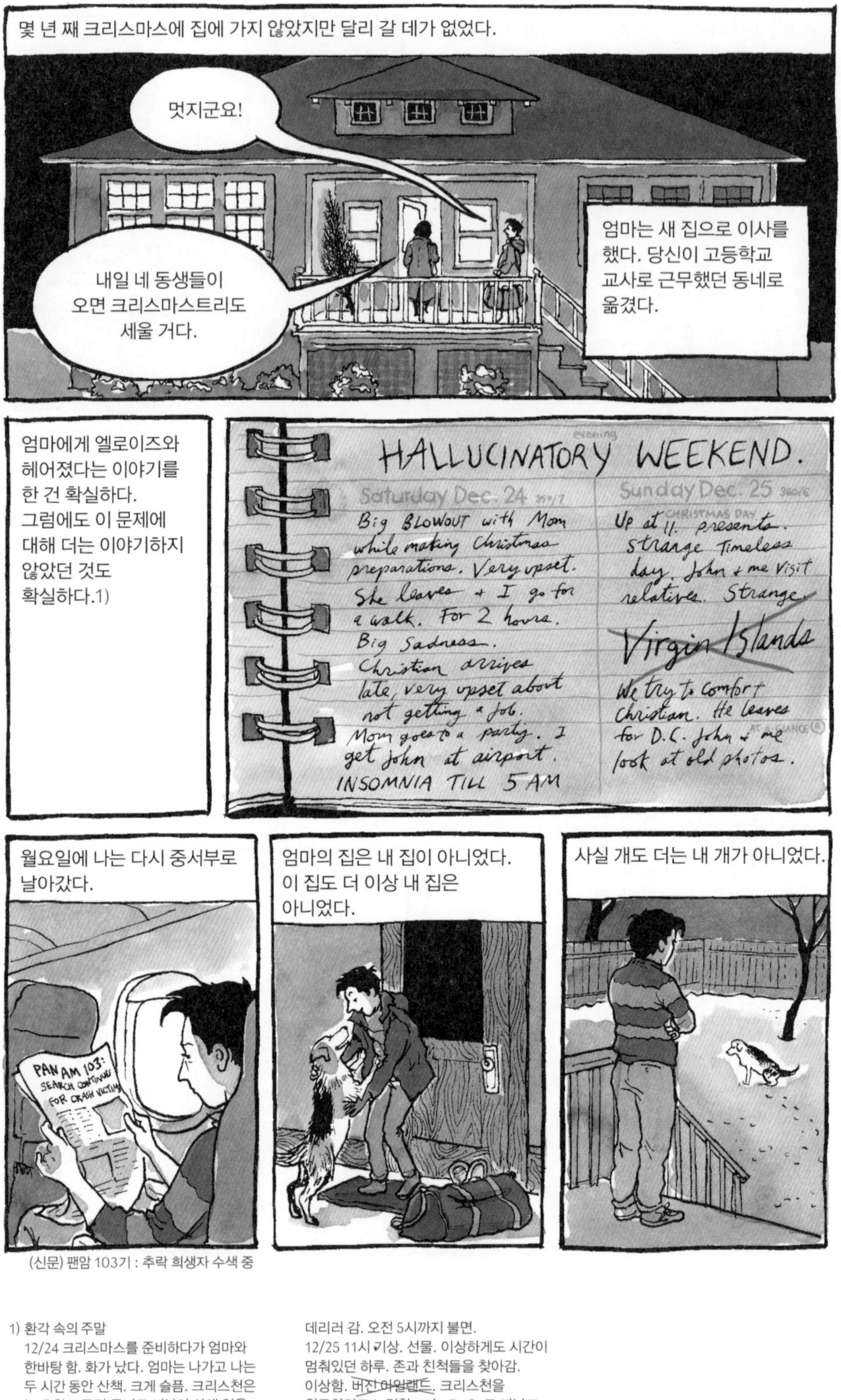

(신문) 팬암 103기 : 추락 희생자 수색 중

1) 환각 속의 주말
12/24 크리스마스를 준비하다가 엄마와 한바탕 함. 화가 났다. 엄마는 나가고 나는 두 시간 동안 산책. 크게 슬픔. 크리스천은 늦게 왔고 구직 준비로 기분이 상해 있음. 엄마는 파티에 가고 나는 공항에 존을 데리러 감. 오전 5시까지 불면.
12/25 11시 기상. 선물. 이상하게도 시간이 멈춰있던 하루. 존과 친척들을 찾아감. 이상함. ~~버진 아일랜드~~. 크리스천을 위로하려고 노력함. 그는 D. C. 로 떠났고 존과 나는 옛날 사진을 봄.

하지만 내게는 조슬린이 있었다. 일 년 전, 내가 울었던 날 조슬린이 나를 안아 줬던 게 생각났다.
그 주 화요일에 나는 한 번 더 안아 달라고 해야겠다고 다짐하며 조슬린을 찾아갔다. 하지만 시간이 갈수록 도저히 그 말을 할 수 없었다.
명절이란 건 왜 있을까요.
마침내 공식적인 상담이 끝난 뒤…
혹시, 음, 저, 한 번만 안아 주실래요?
흠, 좀 더 일찍 말했더라면 좋았을 텐데요. 지금은 시간이 끝났으니까 다음 주에 이어서 얘기해 봅시다.
JOCELYN
배를 발로 걷어 차인 기분이었다. 나는 우리가 정말 사소한 스킨십이라도 하길 바랐다.
그 순간 내가 바란 것은 단 하나, 아주 잠깐이라도 내가 아닌 누군가의 압력으로 감싸이는 기분을 느끼는 것뿐이었다.

이젠 아무것도 없다. 나와…
…무(nothing) 사이에.
위니캇은 신생아가 가진 '상상도 할 수 없는 불안감'을 열거한다.
(1) Going to pieces.
(2) Falling for ever.
(3) Having no relationship to the body.
(4) Having no orientation.
(1) 조각조각 나눠지는 것
(2) 영영 아래로 추락하는 것
(3) 신체와 관계 맺지 못하는 것
(4) 방향을 잡지 못하는 것
충분히 좋은 어머니는 아이를 안아 주는 것만으로 이 불안을 없애 준다.
정신 분석가는 환자에게 '포옹의 공간'을 조성한다…
…그러나 이는 정신 분석가의 관심, 물리적 공간, 카우치를 의미할 뿐.

실제 스킨십이 아니다.
우웅 우웅
WUOH wuoh wuh
오후 3시. 영하 15도
조슬린이 이때의 나를 실제로 안아 주는 건…
…분석적으로는 나를 추락시키는 일이다.
웅웅 부릉
WUOH WUOH VRRMM
십 년이 지난 뒤 '중년기 재회'에서 나는 빠르게, 또 완전히 조슬린의 마법에 다시금 사로잡혔다.
세상에! 정말 이상해요.
마치 떠난 적이 없는 것 같아요.
우리는 상담이 너무 급작스레 끝을 맺었으며, 그건 마치 아버지의 자살과 비슷한 방식이었다고 이야기를 나눴다. 아버지에 관한 책을 쓴다고도 말했다.
하지만 우리는 주로 내가 조슬린에 대한 전이를 얼마나 강력하게 느꼈는지에 대해 이야기했다.
선생님께서 저한테 사랑스럽다고 했던 날을 기억하세요?
그럼요.

그 순간이
제 구멍을 메워
줬어요.
음. 정신 분석가 수련에서 배운 바에 따르면
당신에게 그 말을 한 건 규칙 위반이에요.
그런데
그거 알아요?
그 말을 다시
하고 싶어요.
당신에게는 긍정적인 어머니상을
원하는 부분이 충분히 있고, 당신에
대한 제 좋은 감정을 받아들일
능력도 있었어요.
하지만 자신이 나쁘다는
생각을 여전히 지울 수 없자 다른
사람들에게 확인받고자 했죠.
당신을 속이고
바람을 피운 엘로이즈나
쿨하게 거리를 두는
다이앤에게서요.
나는 엘로이즈와 헤어진 뒤
내 몸을 처음 만진 사람과 사귀었다.
마사지사 다이앤이었다.
관계는 오래가지 않았고
그 다음도 마찬가지였다.
그 다음에 에이미를 만났지만
우리는 십삼 년 뒤에 헤어졌다.
어머니는 아버지를
떠나기로 마음먹는 데
이십 년이 걸렸다.
그러나 먼저 떠난 건
아버지였다.

스톤헨지 꿈을 꾸고 몇 달 뒤에 엄마를 찾아갔다.
이것 봐! 이 실 뭉텅이를 거-어…로 착각했지 뭐냐.
심장마비 올 뻔했다!
으으!
엄마는 옛날부터 거미를 끔찍하게 무서워했다. 어릴 땐 '거미'라는 단어조차 입 밖으로 못 내게 했다.
마침, 공포증에 대한 아주 흥미로운 글을 읽었어요!
잠시 만요. 책 좀 가져올게요.
거미 공포증이 있는 환자에 대한 글이에요. 부모로부터 항상 착해야 한다는 압박을 받은 10대 여자아이였대요. 저자는 소녀에게 '거미는 사람들을 미워하기 좋은 구실이 된다.'고 말해요.
ON KISSING TICKLING and BEING BORED ADAM PHILLIPS
저자는 '어마어마한 분노를 쏟아 내기 위해 그녀는 그 구실로 거미를 발견해야 했다.'고 썼어요.
JULY 2002
글쎄다. 나는 아홉 살 때부터 그랬어.

(책 제목) 애덤 필립스, 〈키스, 간지럼과 따분함〉

"뒤뜰에 핀 분홍색 작약 덤불 옆에 서 있었지.
메뚜기 한 마리가 거미줄에 걸린 걸 봤다."
"그때 노란 무늬가 있는 크고
까만 거미가 튀어나와서는 메뚜기를
실로 둘둘 감아 버리지 뭐냐."
"처음에는 메뚜기도
발버둥을 쳤지."
"하지만 이내 실이 단단히 감겨
몸을 조이자 움직임을 멈췄어."
그 다음 주 캐롤에게 이 이야기를 한참 하는 중에…
…천장에서 갑자기 줄에 매달린
작은 거미가 내려왔다.

위니캇의 전기 작가 F. 로버트 로드먼은 죽기 전에 위니캇이 거미 공포증 환자와 진행한 정신 분석 세션에 대해 기술한다.
WINNICOTT
로드먼은 위니캇이 지닌 '생각을 해설하기 위해 자기 상상 속 깊이에 도달하는 부단한 능력'의 증거로 이 사례를 언급한다.
당신은 발달 초기… 어머니로부터 완전히 분리되지 않았던 시기에… 어머니를 환각이라고 느낀 겁니다.
즉 당신은 주체적 대상, 예컨대 어머니의 가슴 혹은 그 무엇이든, 환각이라고 느꼈고 만나고 싶어 했습니다. 하지만 그러지 못했어요.
간극이 생겼죠.
어두운 결핍… 부재. 어린 당신이 이를 다룰 수 있었던 유일한 방법은 두 다리로 매달리는 것이었겠죠.
그게 거미가 되어 당신에게 두려움이 생긴 겁니다.

위니캇은 1971년 1월 22일 사망했다.
그는 늘 그랬던 것처럼 자다 깨서 화장실에 갔다.
하지만 그날은 평소보다 오래 돌아오지 않았다.
의자에 기댄 채 이미 죽어 있는 그를 클레어가 발견했다.
그에게 있어 특이한 자세는 아니었다.
'우리는 의자에 앉는 법이 없었어요. 늘 바닥에 앉았죠.' 클레어의 말이다.
한 달 뒤인 1971년 2월에 나는 일기를 쓰기 시작했다. 첫 일기는 아빠가 시범을 보이며 써 줬다.
WEDNESDAY
Ash Wednesday
24
55
THURSDAY
Dad is reading
Swan.
saw
John is
SANDY
나는 12일까지 예전 일을 기억나는 만큼 써 넣었다.1)
Feb. 1971
St Valentine's Day
14
MATT had a party today.
MONDAY
Washington's Birthday
15
Today I was sick. I watched T.V.
TUESDAY
Today was Tuesday. Whoopee!

1) 맷이 오늘 파티를 했다.
오늘 아팠다. TV를 봤다.
오늘이 화요일이었다. 야호!

내 공포증과 어머니 사이의 연결 고리는 무엇일까?
혹시 구토가 여성성의 표시는 아닐까요?
예컨대 여성 신체에서 나오는 것들을 상징하는 거죠.
생리 피, 애액, 심지어 아기일 수도 있고요.
2009년 8월, 마지막 생리를 끝낸 직후에 이루어진 분석 세션이었다.
당신 어머니는 자신이 여성이란 것을 억울하게 느꼈고 그게 당신에게까지 전해진 건지도요.
당연히 그때가 마지막 생리라는 건 당시에 몰랐다. 나중에 되돌아보고 알았을 뿐.
위니캇은 1964년 페미니즘 강연을 통해 그가 내내 해 오던 이야기를 정리했다.2)
1. We find that the trouble is not so much that everyone was inside and then born, but that at the very beginning everyone was *dependent* on a woman. It is necessary to say that at first
위니캇은 '여성혐오(misogyny)'의 뿌리가 의존이라고 봤다. 울프가 '페미니스트'란 단어를 직접 쓰지 않은 것처럼, 그 역시 '여성혐오'라는 말을 언급하진 않았지만 말이다.3)
The awkward fact remains, for men and women, that each was once dependent on woman, and somehow a hatred of this has to be transformed into a kind of gratitude if full maturity of the personality is to be reached.

2) 문제는 우리 모두가 여성의 몸속에 있다가 태어났다는 사실이 아니라 우리 모두 태어나자마자 여성에게 '의존'했다는 사실입니다.

3) 여성에게 한때 의존했다는 당혹감은 여성과 남성 모두에게 잔존하며, 완전히 성숙한 인격에 도달하였을 때에 이에 대한 혐오감은 일종의 감사로 바뀝니다.

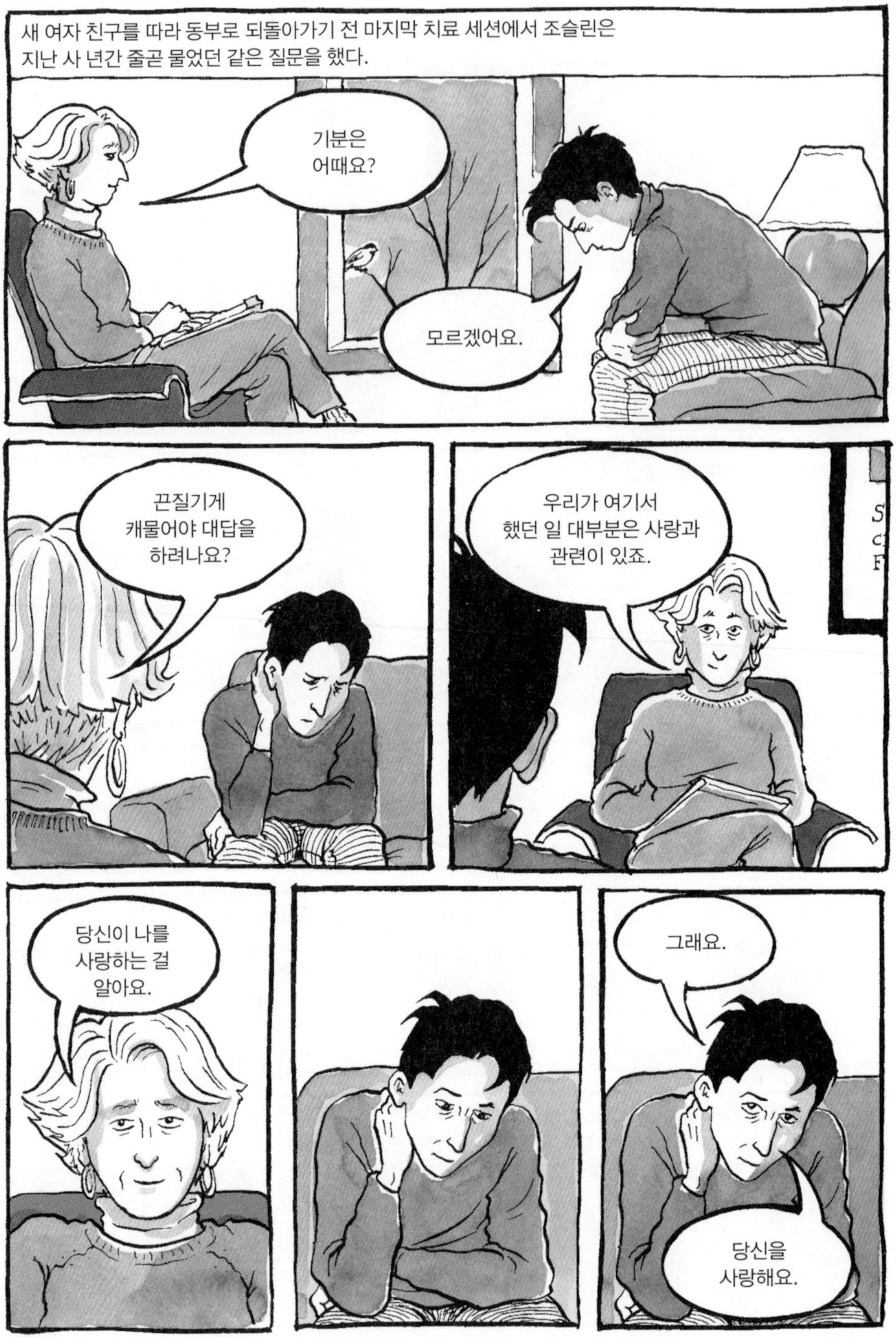

새 여자 친구를 따라 동부로 되돌아가기 전 마지막 치료 세션에서 조슬린은
지난 사 년간 줄곧 물었던 같은 질문을 했다.

위니캇의 저서 〈피글〉에 나오는 여자아이는 마지막 치료에서 증상이 사라졌고 다섯 살이 되었다.
네가 가장 수줍어하는 때는…
…네가 나한테 말하고 싶을 때구나…
…사랑한다고 말이야.
'아이는 적극 동의하며 끄덕였다.'고 그는 썼다.
capacity to use an object is more sophisticated than a capacity to relate to objects: and relating may be to a subjective object, but usage implies t
This s
Object is
the world
(5) Subject can use object.
대상이 살아남았을 때 우리는 '공유된 현실'의 세계에서 '외부 그 자체'로 나아간다.1)
The object is always being destroyed. This destruction becomes the unconscious backcloth for love of a real object; that is, an object outside the area of the subject's omnipotent control.
Study of this problem involves a statement of the positive value of destructiveness. The destructiveness, plus the object's survival of the destruction, places the object outside the area of objects set up by the

1) 대상은 언제나 파괴된다. 이 파괴는 실재하는 대상을 향한 사랑의 무의식적인 배경, 즉 주체의 전능한 통제를 벗어난 외부에 존재하는 대상이 된다.

아버지에 관한 책이 마침내 출판되었을 때,
어서 조슬린에게 보내고 싶어 좀이 쑤셨다.
우리는 오 년간 서로에게 연락한 적이 없었다.
MAY
주소를 알려 주세요.
책 한 권 보낼게요.
다음날 그녀의 파트너가 가능한 한 부드러운
어조로 이메일을 보내 조슬린이 십 개월 전에
급속도로 암이 진행되어 세상을 떠났음을 알렸다.
블로그 링크가 첨부되어 있어
조슬린의 병이 진행되는 과정을
역순으로 읽을 수 있었다.
나는 죽음으로부터 진단에 이르는 과정을
한 단어도 빼놓지 않고 읽었다.
조슬린은 죽었고 이미
일 년 가까운 시간이 흘렀다.
당시 내 삶에는 너무 많은 일이
일어나서 그 일을 기록할 시간이
없었다.
그 바로 전날 에이미와 나는
집안 살림을 나눠 가졌다.
에이미가 떠나기로 한 것이다.
며칠 뒤 나는 전국을 순회하는
북 투어를 떠나고…
…'Z'와의 불안한
장거리 연애를 시작한다.

북 투어가 끝날 무렵 엄마와 통화를 했다.
페기 해리스가 바바라한테 네가 쓴 책이 어머니한테 얼마나 몹쓸 짓이냐고 입을 놀렸단다.
허!
엄마는 친구들에게 건너서 들은 이야기들을 전해 주었다.
낭독회에 가면 항상, '당신 어머니는 이 모든 일을 어떻게 생각하세요?'라고 묻는 사람이 있어요.
빌린 차
그래?
네, 저는 말하죠. 엄마는 이 책을 달가워하지 않는 한편 예술적 거리 두기를 하신다고요.
잠시만! 아까 회고록에 대한 흥미로운 글을 읽었다. 끊지 마.
여보세요?
음. 네.
로시 갤러거가 쓴 글이야.
'작가의 일은 혼란스러운 인생에 형태를 부여하는 것, 자신의 이야기에 복무하는 것이다. 중요한 건 자신의 가족도, 진실도 아닌 이야기에 복무한다는 점이다.'
와우!

그래, 가족 따윈
얼어죽을!
하!
이야기에 복무해야
하는 거야.
물론 이야기는 여기서
끝이 아니다.
WEST
MASS
PIKE
90
Peter Pan
이야기에는 끝이 없다. 그럼에도 이제 오 년이라는 세월이 흘렀으니 마무리를 지어야 한다.
서점 직원한테 내 딸의 책이
곧 나온다고 말해 뒀다.
편집자에게 글 원고를
넘겨야 하는 마감일인
월요일을 바로 앞둔
금요일이었다.
1984년 엘로이즈
어머니가 주신
만년 달력
MARCH
얼마 전 엄마에게 책의 네 개 장을 보냈다.
그때까지 그린 원고 전부였다.
무슨 내용인지 묻기에
'**내 얘기!**'라고 말했지.
NOVEMBER
엄마는 원고를 먼저 밥에게 넘겼다. 너무 불편한
내용이 있으면 엄마에게 언질을 주기로 했다.
그랬더니 날
증인 보호 프로그램에
넣겠단다.

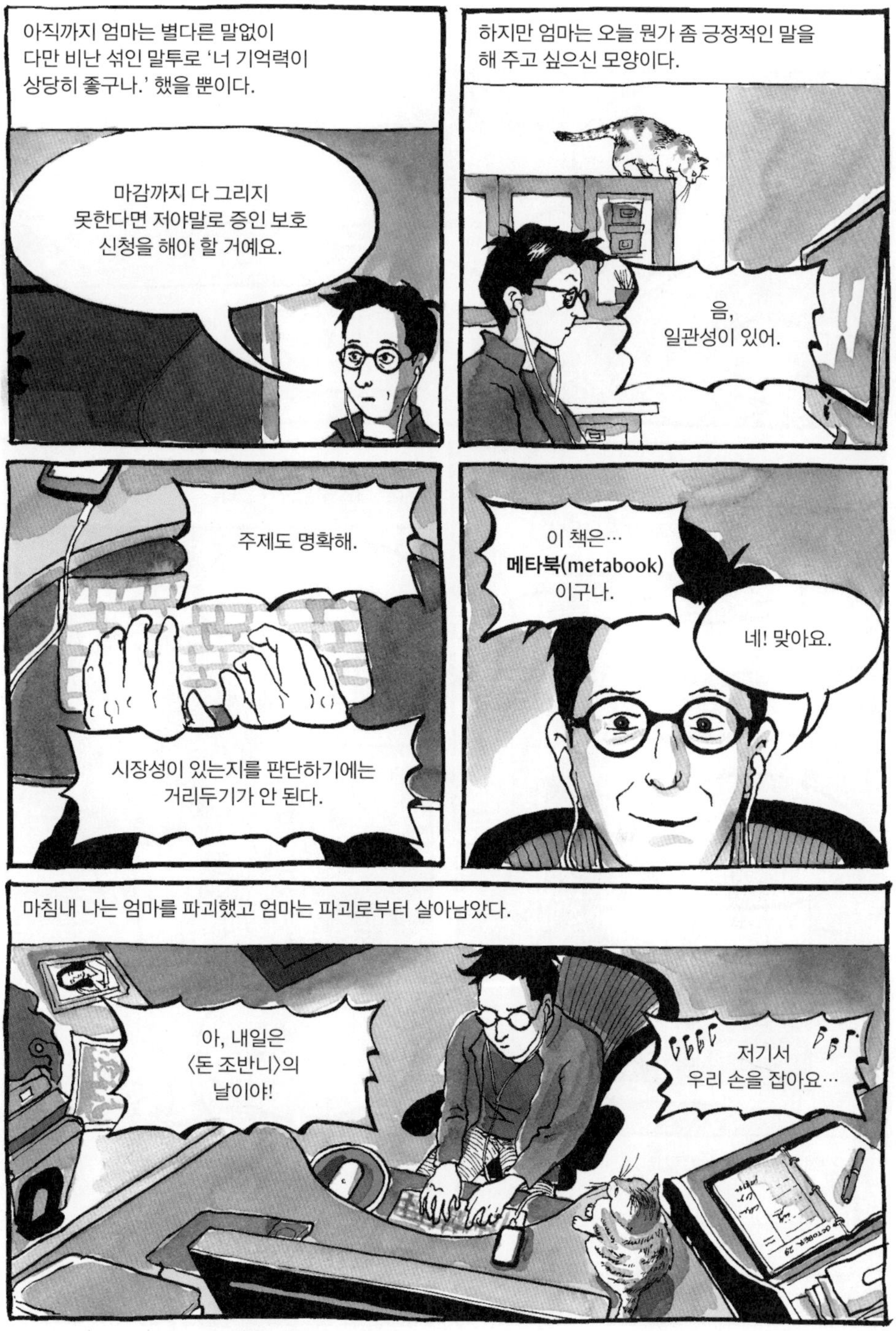
아직까지 엄마는 별다른 말없이 다만 비난 섞인 말투로 '너 기억력이 상당히 좋구나.' 했을 뿐이다.
마감까지 다 그리지 못한다면 저야말로 증인 보호 신청을 해야 할 거예요.
하지만 엄마는 오늘 뭔가 좀 긍정적인 말을 해 주고 싶으신 모양이다.
음, 일관성이 있어.
주제도 명확해.
시장성이 있는지를 판단하기에는 거리두기가 안 된다.
이 책은… **메타북(metabook)** 이구나.
네! 맞아요.
마침내 나는 엄마를 파괴했고 엄마는 파괴로부터 살아남았다.
아, 내일은 〈돈 조반니〉의 날이야!
저기서 우리 손을 잡아요…

엄마는 지역 영화관에서 하는 메트로폴리탄 오페라* 생중계를 정기적으로 보러 간다.
공연 리뷰를 봤다. 무대 세트에 문이 아주 많대.
그래서 하인이 돈 조반니의 업적을 나열하는 아리아를 부를 때, 문이 하나씩 열리면서 그 안에 여자들이 등장한다는구나!
돈 조반니 역시 영원히 어머니를 좇는다.
그녀의 이름인 이네즈(Inez)는 십자말풀이의 정답으로 종종 나온다.
그래, 나는 십자말풀이나 하러 간다.
네, 나중에 또 통화해요.
전화를 끊을 때 인사말로 "사랑해요!"라고 말하는 사람들이 부럽다가도 한편 시시하게 느껴진다.
엄마와 나는 이미 알고 있어서 굳이 말로 내뱉을 필요가 없다.
앨리슨, 당장 일어나!
못 일어나요! 저는 절름발이예요.

* Metropolitan opera. 메트로폴리탄 오페라는 미국 뉴욕의 가극단이며 미국에서 가장 큰 클래식 음악 조직으로 매년 240회의 오페라 공연을 상연함.

나는 '절름발이 아이' 놀이 시간이야말로 엄마가 나에게 글쓰기를 가르쳐 준 순간이라고 줄곧 생각한다.
다리에 부목을 대 줄까?
네!
놀이의 세세한 내용은 기억나지 않는다. 이 대화는 내가 전부 지어낸 것이다.
내가 기억하는 건 취한 것 같은 기분. 상상의 공간으로 들어갈수록 문은 점점 더 활짝 열린다.
그런데 엄마와 나는 다른 비슷한 놀이도 수두룩하게 만들고 놀았다. 왜 하필 '절름발이 아이'가 기억에 남은 걸까?
특수 신발도 있어야죠!
좋아, 끈을 매 주마.
내가 아는 건, 우리 사이에 어떤 임무가, 교환이, 상호간의 고착이 오갔던 것뿐…
엄마는 나의 보이지 않는 상처를 볼 수 있었다. 엄마도 갖고 있던 것이므로.

내 어머니에게서 받지 못한 것이 있다.
결핍과 간극과 공백이 있다.
어때?
하지만 그 대신 어머니는 내게
다른 것을 주셨다.

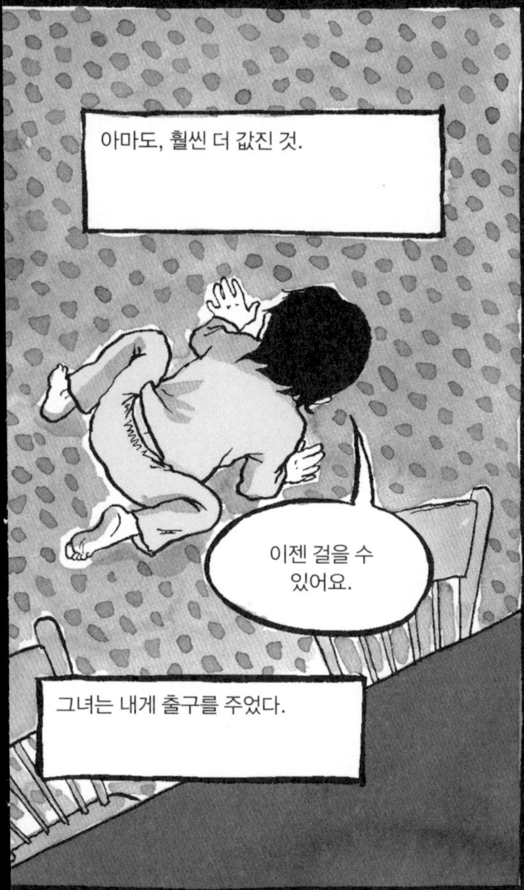
아마도, 훨씬 더 값진 것.
이젠 걸을 수 있어요.
그녀는 내게 출구를 주었다.

당신 엄마 맞아 : 웃기는 연극 (페이퍼백)
ARE YOU MY MOTHER : A Comic Drama Paperback

2019년 3월 8일 첫판 1쇄 발행
2019년 11월 13일 첫판 페이퍼백 발행
2022년 11월 1일 첫판 페이퍼백 3쇄 발행

지은이 앨리슨 벡델
옮긴이 송섬별
책임편집 노유다
디자인 이기준
펴낸이 나낮잠

펴낸 곳
도서출판 움직씨
주소 경기도 고양시 덕양구 세솔로 149, 1608-302 (우편번호 10557)
전화 031·963·2238 팩스 0504·382·3775
이메일 oomzicc@queerbook.co.kr
홈페이지 queerbook.co.kr 온라인스토어 oomzicc.com
트위터 twitter.com/oomzicc 인스타그램 instagram.com/oomzicc

제작 북토리
인쇄 한국학술정보(주)

ISBN 979·11·957624·8·4 03840

이 책의 국립중앙도서관 출판예정도서목록(CIP)은
서지정보유통지원시스템 홈페이지(http://seoji.nl.go.kr)와
국가자료종합목록 구축시스템(http://kolis-net.nl.go.kr)에서
이용하실 수 있습니다. (CIP제어번호 : CIP2019040933)